異世界に落とされた…
Dropped into another world
浄化は基本！
ほのぼのる500
ILLUST イシバシヨウスケ

JN072936

TOブックス

目次 contents

イラスト　イシバシヨウスケ
デザイン　萩原栄一（big body）

PERSON introduction

●コア●

フェンリルだったオオカミ。
銀色の美しい毛をもち、足も速い森の王の一角。
チャイとは夫婦で子供がたくさんいる。

●カレン●

フェニックスだったトリ。
小鳥だったはずが、大きな鳥へと成長した。
炎をまとい、火も吹ける森の王の一角。

●翔(あきら)●

一応、人間だったヒト。
イメージ次第で具現化できる力と浄化の力を持つ。
神の力も使えちゃう。

●シュリ●

アンフェールフールミだったアリ。
穴掘りが得意で、探知が得意な森の王の一角。
親玉さんとは犬猿の仲である。

●親玉さん●

チュエアレニエだったクモ。
糸を出す水にも強い森の王の一角。
子供、孫のクモたちには、それぞれ個体差がある。

●チャイ●

ダイアウルフだったイヌ 。
茶色の毛をした大きめな魔獣。
コアとは夫婦で子供がたくさんいる。

●アイ●

ガルムだったイヌ。
アッシュグレーの毛をした一般的な魔獣。
群れで生活しており、周りの魔物に恐縮しちゃう。

●ゴーレムたち●

最強の部隊だった石人形。
一つ目、農業隊、小鬼と役割ごと呼び名が違う。
とにかく翔を崇拝しちゃう。

●アメーバたち●

精霊だったヌルヌルたち。
星のあらゆるところに属性ごといる。
水、氷、土、火、風など。増殖しちゃう。

人物紹介

●子供たち●

召喚者だったヒトたち。
勇者召喚の犠牲者たちで、
月、紅葉、雷、太陽、翼、風太、桜と男の子四人と女の子三人の七人組。

●ウサ&クウヒ●

獣人だったケモ耳たち。
虐げられていたところを翔に救われた。
ぐんぐん育ち、強く賢くなった。

●モモ&スミレ●

天使だったモノたち。
神の見習いたちの犠牲者たちで、
魂を救済へ導く存在。
パタパタ動く羽がかわいい。

●オアジュ●

魔神だったヒト。
神と対立し、劣悪な魔界という地に住んでいた。
翔と出会い、家族の一員になる。
近々家族もお引越し予定。

●神々たち●

神だったヒトたち。
左はアイオン神、右はフィオ神と呼ばれている。
星を作り神力というチカラを扱う人々。
迷惑ばかりかけちゃう。

●龍たち●

龍だったトカゲたち。
下から土龍、風龍、氷龍、火龍、水龍とそれぞれ森の王の一角。
翔に飛びトカゲ、ふわふわ、マシュマロ、毛糸玉、水色と呼ばれている。

●テフォルテ●

ケルベロスだったタマゴ。
三つの頭を持ちそれぞれが意志を持っている。
左からキルト、アルト、カルト。

●ヒカル●

闇の力があったヒト。
実験台にされて呪いまみれだったところを、翔に救われた。
皆のお兄ちゃん役。

●妖精●

妖精だった謎生物。
凶暴そうな歯とキュートな羽を持つ生き物。
地下神殿に封印されていた。

391.　何をしたの？

「はぁ～」

地下神殿から受け取ったというより、無理矢理押し付けられたこの世界が誕生した時からの映像をすべて見終えることができた。すべてを知れば、問題を解決できると思っていた。まぁ、そうあってほしいという俺の希望だったのだが、見事に打ち砕かれた。

「見習い達を捜し出して、ぶっ飛ばしたいな」

見習い達は既に神力を奪われ、記憶だけ持って生まれ変わったらしい……だったはず。なので、今さら捜すことはできないんだろうが、見つけだしてぶっ飛ばしたい。

「とりあえず、アイオン神とオアジュ魔神に相談かな。あ～、飛びトカゲ達にも言わないと駄目だよな」

これから、今見たことを説明する必要があると思ったら気が重くなる。

俺は、面倒が大嫌いだ。だからずっと、流れに身を任せてきた。それなのに、この世界に落ちてからは、勇者ギフトのおかげで行動的になってしまった。行動的になるのはいいが、考えることなく動いてしまうので、いいのか悪いのかよく分からないが。

「勇者ギフトか」

行動が変わるほど、意識を変えられたと考えると恐ろしいが、この世界で生きる以上は必要なものだ。アイオン神が言っていたように、勇者ギフトの効果が消えなくてよかった。

「さてと、そろそろ戻るか」

みんなのところに戻って、説明しよう。あと、ロープにアイオン神に連絡を取ってもらって……オアジュ魔神は、今日か明日には会えるだろう。そうだ、オアジュ魔神には謝らないと駄目だな。新しくできた大地のことを色々とお願いしたけど、全部が無駄になるかもしれない。それにこちらに家族で来るという話も、止めないと。

「オアジュ魔神の家族が来る前に、問題が分かってよかったよな」

椅子から立ち上がって背筋を伸ばす。ずっと映像を見ていたからなのか、目の疲労がすごいな。手を目にあてて、ヒールを施す。眼球の奥に感じていた違和感が、ふっと消えた。完璧。

「よしっ。戻ろう」

目を閉じてみんながいる家を思い浮かべると、ふわっと体が浮く感覚に襲われた。足の裏に硬い感触がしたので目を開けると、鼻先に玄関の扉が。……ちょっと、玄関に近づきすぎたが成功。

『ロープ。ロープ。聞こえるか？』

玄関を開けながら、心でロープに呼びかける。

『何、何？　用事？』

すぐに答えが返ってきたことに少し驚きながら、アイオン神に連絡を取ってほしいと伝える。

『分かった。至急だと伝える？』

急いだほうがいいよな。

『あぁ、至急だと伝えてくれ』

『分かった。主、何かあったの？　随分と疲れた声になっているよ？』

心の声にも、疲れが表れてしまうのか？

『ありがとう。この世界のことをずっと映像で見ていたからだと思う』

しかも早回しだったから、本当に疲れた。

『そっか。ゆっくり休憩しないとね』

『そうだな。ありがとう』

『うん。アイオン神から返信があったら伝えるね。アイオン神のことだから、返事を返す前に飛んでくる可能性もあるけど』

あぁ、彼女ならありえそうだな。まぁ、今回は早く来てくれたほうがいいんだよな。

『今回は、特別に問題なし』

『ふふっ、了解。あっ、アイオン神の部下と繋がった。連絡は伝わったよ』

相変わらず、仕事が早いな。

『ありがとう』

「俺が倒したかったのに～！」

「うわっ」

リビングの扉に手を掛けたところで、中からすごい怒鳴り声が聞こえてきた。ドキドキしながらそっと扉を開けて中を窺う。

リビングの真ん中に、あれは……バッチュだな。バッチュが、腰に手を当ててどうも怒っている様子だ。あれ？　バッチュがいつもより、少し大きくなっているような気がする。怒ると、大きくなるのかな？

「あれだけ頑張って情報を集めたのに！　これでようやくあの一族を、死の淵に追いやれると思ったのに！　『ぎゃふん』と言わせる目前だったのに！　地獄の底に叩き落とす予定だったのに！」

ん？　今、バッチュは何を言ったんだ？　情報を集めて、死の淵に？　ぎゃふん？　地獄の底？　もしかして、ヒーローごっこの新しい設定か？

いや待て。バッチュの前にいるのは……一つ目一体と三つ目が一体。あの一つ目は、もしかしてリーダーか？　リーダーがあちら側にいるのは珍しいな。いつもは、なんとも言えない雰囲気で責める側なのに。

「申し訳ない。ただ私としては、ハーフの差別を指示しているのが誰なのか、知る必要があったのです。その結果、オップル一族が壊滅したようですが、これは不可抗力ということなのです」

オップル一族？　悪の王、バッチュの手下でも作ったのか？　いや、それならバッチュが死の淵に追いやるとは言わないよな。あの言葉を言うのは、ヒーローのほう……ヒーローは言わないか。死の淵、地獄の底は悪役のセリフだよな。「ぎゃふん」は……言う奴はいないだろうな。

「主？　入ってこないのか？」

隠れていたリビングの扉がすっと横にスライドする。

あっ、バレてたか。

「ははっ。入る前にちょっとな」

誤魔化しながらリビングに入ると、扉を開けたチャイが不思議そうに俺を見る。なんだか、盗み聞きしていた感じになってしまったな。いや、していたんだけど。

「えっと、あれは何をしているんだ？」

とりあえず、気になっていることを聞こうかな。

「リーダーとあんちゃんが、エルフの国でちょっと暴れてきたみたいだ」

……エルフの国で暴れて？

「チャイ、詳しい説明を頼む」

俺が記憶装置の部屋で、この世界の始まりからを映像で見ている間に問題が起きたらしい。エルフの国に、迷惑を掛けたのだろうか？　でも、あのリーダーのことだ。それにはきっと、深い事情があるのだろう。

「リーダーとあんちゃんが、エルフの国で危ない道具を見つけたんだ」

あぁそういえば、エルフの国では呪いの剣などを用意していたんだよな。それで他にもないか、探す必要があるとリーダーが言っていた気がする。

「今日見つけたのは、奴隷を作る道具だったみたい」

おっ、なんだって？　いや、落ち着こう。リーダーが見つけたんだから、きっと適切に処理をしてくれたはずだ。

「その道具があった建物を守るエルフの中にハーフがいたんだけど、周りとの対応が違ったみたいだから、その彼に理由を聞いて……王のもとに行って……バッチュの掴んだ情報を王に教えて……裏切り者を糸で釣ったみたい。そこまで確認して、時間だからと帰ってきたそうだ」

えっと簡単に説明を聞いたけど、別にリーダーとあんちゃんは悪くないな。うん。ただ、バッチュが集めた情報を無断で使ったことに、バッチュが怒っているというわけか。時間と労力をかけて集めた情報を勝手に使用されたら、怒るのは当然だな。

それにしても、エルフの国で暗躍しているオップル一族の情報を掴むなんて、すごいな。諜報活動までできるとは、さすが一つ目……だけじゃないから、さすが岩人形達か。

「主！　いつお戻りに？　気付かず申し訳ありません」

俺に気付いたのか、バッチュの前で頭を下げていたリーダーが俺の元に駆け寄ってくる。

「まだ、謝っていたんじゃないのか？」

「えっと……」

戸惑ったリーダーの様子に首を傾げる。まだ、バッチュは怒っていたよな？　あっ、やっぱり。

バッチュから感じる魔力が、冷たくなっていく。

「そうだ、バッチュ。ちょっと聞きたいことがあるんだけどいいか？」

「はい」

不貞腐れている声が可愛いんだが、言ったら怒りが俺に向きそうだな。黙っていよう。

「バッチュが掴んでいるオップル一族の情報は、まだあるのか？」

「まだまだあります。それを使ってゆっくり追い詰めるつもりだったのに」

うわっ、魔力が一段と冷たくなった。もしかして氷魔法が得意なのか？

「オップル一族が大人しく、エルフの国の王に捕まると思うか？」

「それは絶対にありえない！」

すごい、断言した。

「そうか。それならバッチュが持っている情報で、エルフの国の王を助けてきてくれないか？」

「えっ？」

オップル一族が抵抗すればするほど、エルフの国は荒れる可能性がある。そのきっかけを作ったのが、リーダーとあんちゃんならフォローをしないといけないだろう。

392. 行ってらっしゃい。

「ん？」

静かになったバッチュを不思議に思い視線を向ける。なぜか、両手をぐっと握ってぷるぷると震えていた。

「バッチュ？　どうした――」

「分かった！　主の期待に応えてみせる！」

えっ、期待？　なんのことだ？　俺、「エルフの国の王を助けてきてくれないか？」と言っただけだよな？

「バッチュ。えっと……エルフの王の意見を聞いて動こうな。頼むぞ」

「もちろん！」

うん、それならよかった。でも、どうしてだろう？　バッチュを見ていると、不安な気持ちになるんだけど。大丈夫だよな？

「やりすぎないようにな。処罰はエルフの王に任せればいいから」

「はい」

不安なのは気のせいだな。バッチュなら、きっと大丈夫だ。

「さっそく行ってくるね」

「そうだな。騎士の中から裏切り者を釣り上げた……じゃなくて、見つけた以上、オップル一族達も動きだすだろうからな」

俺の言葉にバッチュが庭に向かって片手を上げると、様々なサイズの蜘蛛(くも)達やアリ達がウッドデッキに集まってくる。それに首を傾(かし)げる。なぜ、集合をしたんだ？

「彼らも、一緒に行っていい？」

えっ、こんなに？　というか、どうして？　あっ、バッチュの肩に最小サイズの孫蜘蛛達がいる。あの子も一緒に行くということか？

「一緒に、オップル一族を調べた仲間だ」

なるほど。オップル一族を調べるのに、これだけの仲間達が協力をしていたのか。あっ、あの最小サイズの孫蜘蛛達はきっと情報収集だな。

「そうなのか」

どれくらいの数がいるんだろう？　ん～、五〇匹はいるよな。こんな大量の仲間達が押し寄せて大丈夫か？

「そんなに押し寄せたら、エルフの国の人達が驚いたりしないかな？」

俺の言葉に、バッチュが考えるように腕を組む。

「大丈夫だろう。問題を起こしに行くのではなく、協力しに行くのだから」

声に振り向くと、飛びトカゲが集まった仲間達を見て頷く。

「特に、攻撃的な性格を持つ者はいないようだ」

えっ？　攻撃的な性格？　そんな好戦的な性格の子がいるのか？　知らなかった。

「どちらかといえば、穏やかな性格の者達が集まっているからな」

まさか飛びトカゲは、蜘蛛達やアリ達を見分けられるのか？　そうでなければ、穏やかな子達が集まっているとは言えないよな。えっ、マジで見分けられるの？

「どうしたのだ、主？」

「いや、なんでも。そうか、穏やかな者達が多いなら大丈夫だな。バッチュ、エルフの国に行ったらすぐに王に会いに行って、協力することを伝えてほしい」

最初に、誤解を受けないように動かないとな。まぁ、バッチュならこれぐらい考えつくか。

「分かった」

「気を付けて、みんな、怪我などしないようにな」

心配だな。強力な結界を重ね掛けでもしておくか。

「三重結界」

バッチュや、エルフ国に行く仲間達に向かって結界魔法を掛ける。三重にしておけば、何かあってもある程度は防げるだろう。

「三重か……神が本気で攻撃しても数発は防げる結界だな」

ん？　飛びトカゲが何か言ったようだが、なんだ？　視線を向けると、なぜか呆れた雰囲気で首を横に振られた。なんなんだ？

「では、行ってきます」

「あぁ、行ってらっしゃい」

今から走っていくのか。魔法を駆使したら、一時間ぐらいで着くかな？　あっ、なんだかちょっと……、

「待った」

嫌な予感がする。

「えっ？」

驚いた表情のバッチュに、庭を指す。

「転移魔法で庭とエルフの国を繋げるよ。そのほうが早く着けるだろう」

「いいの？」

嬉しそうな声のバッチュに、笑って頷く。

「もちろん」

庭に出ると、以前行ったエルフの国を思い出しながら転移魔法を発動する。バッチュの前に扉が現れたので、おそらくエルフの国のどこかには繋がったはずだ。

「繋がった場所を確かめてから、問題がないなら通ってくれ」

俺の言葉に頷いたバッチュは、扉を開けると顔を出した。

「エルフの国に近い森の中に繋がったみたい」

よかった。

「では、行きます！」

断言したバッチュは勢いよく扉を開けると、飛び出していった。それにぞろぞろと、仲間達が続く。

「うわっ、ゴーレムだ！　早く門を壊せ！」

ん？　扉から聞こえてきた声に、首を傾げる。門を壊せと聞こえたような気がするんだけど……。

ゴンゴンゴン。

ゴンゴンゴン。

何かがぶつかる音に不安を覚える。

「無理です！　結界のせいで、用意した道具が壊れます！」

もしかして、エルフ国は誰かに襲われていたのか？　仲間達が出ていった扉から、そっと中を覗いて何が起きているのか確かめる。が、扉が繋がったのはバッチュが言うように森の中だったようで、木々が邪魔をして何が起きているのか、全く見えない。

「大丈夫かな？　既に問題が起きているようだけど」

「大丈夫だ」

傍に来た飛びトカゲが、扉から顔を出してエルフの国のほうへ視線を向けると、力強く断言した。

「バッチュは強い。そして仲間達が一緒だ。騒いでいるエルフ達も、すぐに大人しくなるだろう」

あれ？　門を壊そうとしているのは、エルフ達なのか？　ということは、もうオップル一族が動きだしているのか。それにしても、なんでわざわざ壁の外から攻撃をしているんだ？　やるなら中で暴れたほうが、効率的だと思うのだが。

「ほら、大人しくなった」

あれ？　そういえば、いつの間にか静かになっているな。何かがぶつかる音も聞こえてこないし。

「そうだな、静かになったな」

まぁ、大丈夫みたいだし信じて帰ってくるのを待つか。

「主、映像はすべて見終わったのか？」

扉を閉めると、心配そうに飛びトカゲが聞いてくる。そういえば、ここのところ周りに気を配る余裕がなかったな。

「あぁ、すべて確認できたよ。心配かけて悪かった」

「そんなことは気にしなくていい。それより、何か問題があるみたいだな」

さすがだな。俺の態度で気付いたのか？

「どうして分かったんだ？」

飛びトカゲは俺を見ると、小さく息を吐いたようだ。なんだ？

「気付いていないのか？　主の周りの魔力が荒れているぞ」

魔力？　あっ、本当だ。俺から出ている魔力が、いつもより荒っぽいみたいだ。記憶装置のある部屋から出る前に気持ちは落ち着かせたから、魔力も大丈夫だと思ったんだけど違ったみたいだな。

「全然、気付かなかったよ」

意識して、魔力を落ち着かせる。いつもなら無意識にできるのに、今日はなんだか難しいな。

「何を見たのだ？」

「何を」か。核の周辺を覆う呪いと死者の花の原因だろうな。それと、神々の罪か。神々の罪については、同じ神に丸投げするつもりだからどうでもいいけど。問題は呪いの原因だよな。

「それほど深刻なのか？」

飛びトカゲの問いに、肩を竦める。

「アイオン神とオアジュ魔神が、解決策を知っていたらいいんだけどな」

「そうか」

神妙に答える飛びトカゲの頭をそっと撫でる。

「まぁ、なんとかするさ」

――必ず。

「分かった。協力できることはやるから、なんでも言ってくれ」

「あぁ。ありがとう」

あっ、魔力が落ち着いた。仲間がいるっていいな。

『主！』

「ロープか？」

『そう。アイオン神から連絡が来た』

今日は連絡が先に来たな。

『明日になれば時間が作れるって。時間はまた連絡してくるみたい。それでいい？』

明日か。忙しいのかな？

「あぁ、それで頼む」

じゃあ、今日はゆっくり休憩して、明日に備えるか。

393. 参加します！

――一つ目　バッチュ視点――


主のおかげでエルフ国までたったの数秒。さすが主。やることがすごすぎる。

それにしても、この三重結界。主は、俺が誰に攻撃される可能性を考えたんだろう？　もしかして、エルフの国にはまだ調べられていない強敵でもいるのだろうか？　いや、もしかしたら気を抜かないようにという注意かもしれない。

「よしっ、気を引き締めていこう」

俺の言葉に、一緒にきた仲間達が前脚を上げて答えてくれる。彼らがいなかったら、この短時間でエルフの国を調べ上げることはできなかっただろう。オップル一族がすべて片付いたら、ちゃんとお礼をしなければ。でも、まずは目の前のことから処理していこうかな。

エルフの国に近付くと、先ほどから騒いでいるエルフ達の姿が見えた。主が掛けた結界によって、自国でありながら入ることができなくなった者達。飛びトカゲによると「気持ちを入れ替えたら、入れるだろう」とのこと。つまり、彼らは主が与えたチャンスを無下にした愚か者達。容赦(ようしゃ)する必要は一切なし！

「やるぞ」

「主から、エルフの国の王に処罰を任せろと言われただろう」

あっ！　隣にいる親アリさんの言葉に、ちょこっと忘れていた大切なことを思い出す。もう少し忘れていても……いやいや、ダメダメ。主との約束は絶対だから！

「分かっているよ。魔法で……一撃を食らわせて、眠らせようか」

俺が片手を上げると、親アリさんと親蜘蛛さんが一気にエルフ達に向かって駆けだす。すぐに、森には断末魔と倒れる音が周辺に響いた。いや、近付いただけで倒れるとか、失礼でしょ！　はぁ、しょうがない、終了。

エルフの国を囲う壁に近付き、様子を見る。結界で守られてはいるけど、どうかな？

「攻撃された痕跡(こんせき)さえないね」

かなり何度も攻撃を受けたみたいだけど、壁に傷一つなし！　さすが主の結界は強いね。えっと次は、エルフの王に協力することを宣言しないといけなかったな。

「とりあえず王はどこだろう？」

「ハーフの家族を救出しに行って、交戦中みたいだ。エルフの国にいる私の仲間が連絡をくれた」

子アリが、エルフの王がいるほうを前脚で示す。

「ありがとう。下を走ると色々邪魔だから、結界の上を走っていこうか」

「「「「了解！」」」」

主の作った結界の上を走って、場所を知っている子アリを先頭に王の下へ最短ルートで進む。火や水の攻撃が飛び交う場所が見えてくると、すぐにキンという剣がぶつかる音も聞こえてきた。

「アリさん達は、捕まっているハーフの家族の救出に行って！」

俺の言葉にアリさん達は、結界を抜けエルフ国に入るとそのまま地面へ降下。孫アリ達は、そのまま地面を走って救出に向かい、子アリと親アリさん達は、地中から行くのか地面に穴をあけて潜り込んでいった。

「俺達は、王の下へ行こう」

王の傍には、蜘蛛さんがいるから合図を送れば……あっ、いた！　王の場所を確認できたので、結界を抜けエルフ国に入る。王の真上に来ると、そのまま地面へと降りた。

「あっ、蜘蛛さん達は、あの煩い攻撃を止めてくれる？」

「「「「分かった」」」」

蜘蛛さん達とも別れて、王の隣に着地する。

「こんばんは」

「えっ？　うわっ！」

椅子から転げ落ちるエルフの国王、デルオウスを見る。もう少し離れたところに着地をするべきだった。怪我をさせたら、主に怒られちゃうよ。……怪我をしていたらヒールで誤魔化そう。

「申し訳ない。怪我は大丈夫ですか？」

「はい。えっと、リーダー――」

「違います！　俺はバッチュといいます！」

俺もリーダーと同じで主のことは大好きだけど、節度はちゃんと守れるゴーレムだから！　リーダーのように暴走しないから！

「主、えっと。森の神である我々の主から、エルフの王に協力をするようにと言われました。なので、なんでも言ってください。とりあえず、攻撃を止めるように言ったから。あっ、終わったみたいだね」

あっ、言葉が戻っちゃった……まぁ、いいか。

「えっ、あぁ攻撃が止まった。……森の神が、協力を……。ありがとうございます」

「いえ。ところで、オップル一族の動きは確認できているの？」

俺の言葉に、首を横に振るデルオウス王。それは駄目だね。まずは、奴らがどう動こうとしているのか調べないといけないね。

「終わったよ～。攻撃していた奴らと、威張りくさって指示していた奴らを全員拘束」

「ありがとう～」

子蜘蛛が、王のいる場所に報告にきてくれた。王を守る騎士だろうか？　子蜘蛛が近づいた瞬間、数名が倒れたのが見えた。あはは っ、もっとしっかり王を守らなくっちゃ。

「色々と、ありがとうございます」

デルオウス王が、頭を少し下げる。

「いいよ、いいよ。それより子蜘蛛さん、オップル一族の今の動きを確認してくれる？」

「いいよ。仲間が見張っているはずだから、すぐに確認できると思う」

「よろしくね」

ぽこっ。

子蜘蛛さんが仲間のほうへ戻っていくのを見送っていると、足元で音がした。視線を下に向けると、直径一〇センチほどの穴ができ、そこから子アリが顔を出していた。

「救出完了。見張りは捕まえたよ」

「ありがとう。家族の人達は無事だった？」

「救出する時に、半分ぐらいが寝ちゃったかな。でも怪我はなかったよ。見張り役のエルフ達は、少しだけ怪我したかな」

少しの怪我は、大怪我ではないから気にする必要なし。

「デルオウス王、ハーフの家族達の救出が完了したんだけど、こっちに連れてくる？　それとも彼らのいた村に行く？」

「救出まで。えっと、こちらにお願いします。彼らのいた村は、閉鎖しますので」

「そうなんだ。残しておくと、悪い奴らがまた利用するかもしれないから、閉鎖するなら土で埋めちゃおうか？」

「できますか？」

「できるよね？」

「もちろん」

穴から顔を出している子アリに確認すると、すぐに答えてくれた。彼らが埋められるというなら、絶対だ。

「それなら、お願いします」

「うん。とりあえず、救出した者達を連れてきてくれるかな？　捕まえた見張り役は、親蜘蛛さん達が捕まえた者達と一緒のところにお願い」

「了解」

穴から顔を出していた子アリが、穴の奥へと消える。デルオウス王から、小さく息を吐く音が聞こえた。なぜか、緊張していたようだ。緊張する場面は一切なかったと思うけどな。

「捕まえた奴らは、どうしたらいい？」

ふと影ができたので顔を上げると、親蜘蛛が傍にいた。

「デルオウス王、どうする？」

「えっ？」

「さっき、攻撃していたエルフ達のことだよ」

親蜘蛛の説明に、デルオウス王が神妙に頷く。あれ？　さっきより、緊張してない？

「騎士達に渡してください」

親蜘蛛にお願いすると、次に傍にいた騎士に指示を出す。

「抵抗はしないように言ってあるので、大丈夫だと思うけど。心配だから、孫蜘蛛を数匹連れていくといいよ」

親蜘蛛の言葉に、騎士から「えっ」という声が漏れる。見ると、なぜか髪を触っていた。それを不思議に思い見ていると、視線が合った。

「……孫蜘蛛殿は、どこにいらっしゃいますか？」

「ここ」

親蜘蛛が前脚で自分の体の上を指す。そこには五センチほどの孫蜘蛛三匹の姿があった。その姿を見た瞬間、騎士は髪から手を離した。なんだったんだ？

「ありがとうございます」

なぜか笑顔の騎士に、親蜘蛛が丁寧にお辞儀をされている。それに俺と親蜘蛛が首を傾げてしまう。よく分からないが、まぁいいか。

すぐに、捕まえたエルフ達が連れてこられる。あっ、白目をむいている者がいる。やりすぎと思われたかなとデルオウス王を見るが、特に気にした様子はない。主に「やりすぎないように」と言われているから、ホッとする。

「彼らを牢に」

「待て！　我らは不当に攻撃されたため反撃をしただけだ！　デルオウス王は証拠もなく、我々を攻撃したのだ！　この攻撃は違法だ！」

周りより身なりがいいエルフの男性が、王を見ると叫ぶ。違法？　つまり違法ではないという証拠を見せればいいのかな？

「あなた方一族が、オップル側の者だという調べはついてるよ。攻撃をする前に警告もしたから、違法ではないと思う」

「証拠はあるのか？」

「あるよ。二一日前に、エルフ国王都にある、コックスという店でオップル一族のバチュテ当主と会食しているよね。その時の、領収書はどうかな？」

ウエストポーチ型に作られた魔法バッグから、数枚の紙を取り出す。

「えっ？」

叫んでいた男が、目を見開く。

「領収書じゃ足りない？　それなら、三四日前にハーフのまだ一〇歳にも満たない子供を、オップル一族が経営する病院に『実験用』として引き渡したよね。その時に、あなたがサインした『引き渡し完了書類』はどう？　サインをしたから、覚えているよね？　ちなみに、あなたのサイン済みの書類は他にもあるよ。全部で四四五一枚を回収してあるから。あっ、でもここには一七枚しかないや」

呆然としているエルフに一七枚の書類を見せる。

「あなたの一族はハーフで体の弱い子を実験用として、何人もオップルー族に引き渡しているんだね。そうやって一族の中で、力を付けてきたことは分かっているよ」

無実を言い立てたエルフを見るが、反応がない。証拠が足りないのかな？　さて、どの証拠なら満足する？

「そうだ。病院にいた子供達を保護しているから、証人もいるよ」

証拠に証人、これでどうだろう？

394. オルサガス国　デルオウス王　三。

―オルサガス国　デルオウス王視点―

ゴーレムであるバッチュ殿の言葉に呆然とする。エルフのハーフを「実験用」にしていたなんて。

……全く知らなかった。

自分を有能だと思ったことは一度もない。いつも、オップル一族にいいようにあしらわれてきた

のだから。だが、ここまで無能だったとは……。

「情けないな」

ただ、今は落ち込んでいる暇はない。既にオップル一族が動きだしているはずだ。何がなんでも、止めなければ。森の神が協力してくれている今が、最後のチャンスだろう。

「来ましたよ」

バッチュ殿の言葉に視線を向けると、エルフ達とその伴侶なのだろう。人や獣人の姿がある。そして幼い子供達の姿も。声を掛けようと近づくと、怯えた表情を見せた。

「あなた方を助けにきた、デルオウス王ですよ。もう大丈夫だからね」

助けたのは俺ではないが、バッチュ殿の言葉にぐっと手を握りしめ彼らに向かって小さく頭を下げた。

「そうだ。生活していた村に、大切なものはある？　土で埋めてしまうから、あるなら持ってくるように言うけど」

バッチュ殿の言葉に、全員が首を横に振る。

「あの村に、そんなものはありません」

代表のエルフなのか、少し年配のエルフがバッチュ殿に答える。ずっと生活をしていた場所なのに、ないのか。

「分かった。それなら思いっきりあの場所を壊してくるね」

「お願いします」

バッチュ殿の言葉に、年配のエルフが頭を深く下げる。

「任せて、二度とあんな場所ができないように、徹底的に親アリさんが潰すから！　あぁ、そうだ。あなた達に暴力を振るっていたエルフ達は――」

「「「我々が、罰を与えておきました」」」

少し大きなアルメアレニエ達がバッチュ殿の言葉を遮り、前脚を上げる。「罰」という言葉に、周りにいる者達が首を傾げる。

「天罰ということで、上空から彼らの上に落ちてみたんですが白目をむいてぶっ倒れました。面白い、ではなく、呆気なかったので起きたらすぐに目に入るように我々の仲間が彼らの顔の上に乗って遊んで、いえいえ、起きるのを待ち構えています」

アルメアレニエの言葉を想像したのか、数人のエルフ達の顔色が悪くなった。目が覚めて最初に見るのが、アルメアレニエ。それは、本当に恐ろしいことだろう。そういえば、先ほどから変な叫び声が聞こえるんだが、もしかして……。まぁ、罰のようだからいいか。任せよう。

「参加しにきたヨ～」

場違いに元気な声が上から聞こえたので、視線を向ける。

「あれ？　テン？」

バッチュ殿とは色違いのゴーレムの登場に、ちょっと周りが騒がしくなる。バッチュ殿は岩の色をしているが、新しいゴーレムは青みがかった色をしている。

「主から、『オップル一族が暴走すると大変だろうから、バッチュの手助けをしてきて』とお願いされたんだヨ」

森の神が、新たに戦力を貸してくれたのか。本当にありがたい。

「そうなんだ。協力ありがとう」

「どういたしましてだヨ。そうそう、これ！　ナインティーンから借りてきたヨ」

テンと呼ばれたゴーレムが持っているのは、黒い小さな箱？　その箱の一部から何か突起が飛び出している。何なんだろう？

「できたんだ」

「うん。で、スイッチを入れて……聞こえますか？」

「……聞こえています。雑音もないから問題ないと思います。それと、オップル一族の動向確認は終わっています」

テンが黒い箱に向かって話すと、黒い箱から声が聞こえた。

「状況は？」

驚く間もなく、バッチュがした質問の答えに耳を澄ます。

「……オップル一族が抱える騎士団が、武器を手に王城に向かっています」

えっ？　王城に？

「……一気に城を攻め落として、デルフォス王弟を確保しろと指示が出ています。それと『デルオウス王は、側近に毒を渡してあるからすぐに始末できる』とも話してました。デルフォス王弟を傀儡にして、エルフ国を操る算段のようです。証拠になると思ったのでセブンティーンから借りた『映像記録　最新バージョン』を使って、すべて撮影済みです。最新バージョンなので、顔の毛穴までばっちりです」

「デルフォスが……守らなければ」

しっかりしなければと思うが、弟の名前が出た瞬間に少し混乱してしまう。彼しか、もう家族は残っていない。そして俺は、幼い頃に盛られた毒のせいでそう長くは生きられない。だから、デルフォスを、なんとしても守らなければならない。

「……あっ、デルフォスは子アリが保護したみたいです。その子アリから『友達が攻撃されたから反撃したけど、問題あった？』と、問い合わせが来ています。問題ありますか？」

子アリ？……もしかしてデルフォスが紹介してくれた、アビルフールミだろうか？

「問題はなし！　よくやった。ん～、王城を攻め落とす……つまり反逆を企てたってことだよね。そして実行しようとしていると」

ん？　風が冷たい？　まだ、こんな冷たい風が吹く季節ではないはずだが。

「ふふふふっ」

えっ？　バッチュ殿を見ると、なんとなく一歩後退（あとずさ）ってしまう。

「デルオウス王」

「はい」

なぜだろう。すごい圧を感じる。

「反逆は駄目だよね？　当然、起こした者達に手加減は必要ないよね？　生きてさえいればいいよね？」

「……はい」

「ありがとう」

どうしてだ？　なぜ、オップル一族を憐（あわ）れに感じたんだ？

「そうだ。そこの君、アウト。それは毒でしょ？　駄目だよ？」

毒？　バッチュ殿が指したほうを見ると、長年仕えてくれている側近がお茶を持って立っていた。だがその表情はこわばり、真っ青になっている。そういえば、俺は側近に毒を飲まされる予定だったか。

「お前だったのか。俺の周りは敵だらけだな」

「オップルー族は一〇〇年以上掛けて、王家の周りをゆっくり侵食したみたいだから。気付くのは難しいと思うよ。情報も色々制限されていたみたいだし」

「ですが、それが許される立場ではないので」

俺の言葉に、バッチュ殿が頷く。

「そうだね。なら、ここで一気に膿(うみ)を出し切って綺麗にしよう。大丈夫、フォローまでするのが俺だから！　ちゃんと実力があって、エルフ国を大切にしているエルフ達を見つけてあるよ。でもまずは、王城周辺を綺麗にしないとね。一緒に来るよね？」

バッチュ殿の言葉に頷くと、ドンと近くで音がした。見ると、大きなアルメアレニエが前脚を上げていた。

「あれに乗って、城の前でバカ騒ぎしている者達の前に登場してみよう。あっ、まだ聞こえている？」

「……聞こえています」

「オップルー族のバチュテ当主とアリャンテ当主の確保をよろしく。生きていればいいからね」

「……ふふっ。了解」

あれ？　今、笑い声が聞こえなかったか？

「では、行きましょう。親蜘蛛さんに乗ってください」

アルメアレニエに乗るのか。

「よろしく、お願いします」

アルメアレニエの傍に寄ってみたが、どこに乗るんだ？

「背中に飛び乗れますか？　無理なら風魔法で体を持ち上げます。すみません、私は糸が出せなくて」

「大丈夫です。失礼します」

魔法で脚力を高めて、アルメアレニエの背に飛び乗る。よかった、上手くいった。

「落とさないように、魔法で包み込むので安心してください」

「はい」

隣を見ると、俺が乗っているより少し小さいアルメアレニエに宰相が乗っていた。

走りだすと、そのスピードに体が硬直した。「落とさない」と言ってくれたが、これは怖い！

「着いたよ」

バッチュ殿の声にホッと体から力が抜ける。よかった、着いた。

「んっ？」

周りを見ると、王城を守る騎士達の姿に交ざって、オップル一族の紋章を着けた騎士の姿が見えた。どうやら既に、王城に攻め入っていたようだ。なんとか、ぎりぎり間に合ったのか。

「デルオウス王、片手を軽く上げてもらっていい？」

バッチュ殿の言葉に首を傾げながら、右手を上げる。次の瞬間、上からバサバサと何かが落ちてきた。えっ、何？

「「「「うわ～」」」」

「「「「ぎゃ～」」」」

オップル一族の紋章を着けた騎士達から、叫び声があがる。見ると、アルメアレニエ達とアビルフールミ達が上空から敵の騎士に向かって降ってきていた。逃げまどう敵の騎士達の先には、少し大きなアルメアレニエ達とアビルフールミ達が待ち構えている。なかには果敢に戦う者もいるが、アルメアレニエもアビルフールミもかなり強いのだろう。全く相手になっていない。というか、前脚だけで振り払われている。

「すごいですね」

宰相の言葉に、無言で頷く。

「デルオウス王、バチュテ当主とアリャンテ当主を捕まえたから、こっちに連れてくるね」

オップル一族を纏める当主、アリャンテとは会ったことはあるが、バチュテ当主と会うのは初めてだな。まさか二人も当主がいるなんてな。

395. オップル一族　二人の当主。

―アリャンテ当主視点―

「報告はまだか！」

そろそろ王城を落とし、王弟のデルフォスを捕まえたはず。大丈夫だ。王城に向かわせた部隊は、オップル一族の騎士団のなかでも腕の立つ精鋭を揃えた。王城を守る騎士では、太刀打ちできないだろう。なのに、なぜ、この不安感が消えない？

「アリヤンテ当主、今報告が……失敗したと」

「はっ？　失敗？　何があった？」

「アルメアレニエとアビルフールミが現れたようです」

くそっ。森の神を、甘く見てしまった。今まで全く動きがなかったから、この国のことに興味がないと判断してしまった。まさか、ここに来て妨害されるなんて。

「ついてこい！　この場所は危険だ」

なんとしても、オップル一族を存続させる方法を考えださなければ。

「なんでこんなことに」

狂いだしたのは、森の神が国全体に結界を張った日からだ。あの日からすべてが狂いだした。問題が発覚した者達は、森にある洞窟に一時的に避難させていた。生贄を差し出し問題を終わらせたら、すぐに帰ってこられるように。まさか、結界に阻まれて入ってこられなくなるなんて考えもしなかった。

「もしかしたら森の神は、あの時から既に我々のことに気付いていたのか？」

だからあんな結界を？

「アリャンテ当主、どちらに行かれますか？」

王都の近くは危険だ。少し離れた町にある隠れ家で、情報を集めるか。

「グンガ町の隠れ屋だ」

ドゴッ……パラパラパラ。

「うわっ」

地面が揺れた？

「どうした？」

「穴が！　この先に、大きな穴が現れました！」

穴？　地面が揺れたせいで、陥没したのか？

視線を先に向けると、確かにすぐ先に大きな穴が見えた。まるで行く手を阻むように開いた穴。その穴を見ていると、なぜか言いようのない恐怖を感じ体が震えるのが分かった。ただの穴なのに、なぜだ？

「……見つけた」

恐怖に目をつぶり、穴を迂回(うかい)しようとすると、ガサリという音と共に大きなアビルフールミが姿を見せた。

「ひっ」

穴からゆっくり出てくるアビルフールミに、恐怖で全身が震え上がる。アビルフールミは周りを見回し、私を見るとゆっくりと近付いてきた。

「来るな、く、来るなぁ」

ドサッ。

近付くアビルフールミから逃げようとするが、足が縺(もつ)れて倒れてしまう。それでも逃げようと必死に足を動かすが、地面を蹴るだけで一向に逃げられない。傍にいた護衛に手を伸ばす。それを見たアビルフールミの視線が、護衛達に向く。

「「うわぁぁ」」

彼らは、アビルフールミに見られた瞬間に逃げだした。

「待て！　私を守れ！　戻れ！」

逃げる護衛に手を伸ばすが、その手は届かない。逃げだす護衛達を呆然と見送る。

私はオップル一族の当主。守られて当然の立場で、人に傅(かしず)かれるのが当然で。

「みんな、逃げちゃったね。誰も守ってくれなかったね。かわいそうに」

声に視線を向けると、四〇センチほどのアビルフールミが、倒れ込んだ私の足の上にいた。全身が、恐怖でガタガタと震える。

「なぜ、こんな」

どうして私がこんな目に遭わなければならない？

「なぜ？　ん～、因果応報(いんがおうほう)かな？」

「いんがおうほう？」

アビルフールミの言葉を、ただ繰り返す。

「悪い行いをすれば、それ相応の報いがある。当然だよね。これまで好き勝手して、多くのエルフ達を苦しめてきたんだから、これからはアリヤンテが苦しむ番だよ。我が主は、引き返すチャンスをくれた。なのに、引き返すことはしなかった。だから、これは当然の報いだよ」

引き返すチャンス？　いつ？

「さぁ、行こうか」

どこへ？

「大丈夫、みんなも一緒だから」

アビルフールミの視線が横を向くので、つられて横に視線を向ける。そこには、逃げだした護衛達とこの屋敷で働く者達の姿があった。なんだ、彼らは逃げ切れなかったのか。

「ははっ。私を見捨てたくせに捕まったのか」

乾いた笑いが口から零れる。

「挨拶は済んだ？　それならもういいね。バッチュも待っているだろうし、行こう」

体が何かに掴まれた次の瞬間、目の前に大きな穴があった。その穴の底を見た瞬間、底知れぬ恐怖に目を見開いた。

「いやだ……やめっ……」

体をよじっても、拘束は緩むことがなくそのまま穴の中に引きずり込まれた。ただ私は、家の教えを守っただけだ。確かにおかしいと感じた時もあった。でも、国を裏から動かせるならそんなことは些細なことだった。権力と金。あと少しですべてが手に入るはずだったのに！

――バチュテ当主視点――

「武器を取りに行く。俺を守れ！」

周りを部下に守らせながら、呪いの剣を取りに行く。

「ハーフどもに呪具を着けて、用意をさせておけ」

呪具を着ければ、こちらの言うことを確実に実行させられる。その状態で、呪いの剣を持たせ王都で暴れさせればハーフの危険性を訴えることができるはずだ。

「どうするおつもりですか？」

「アリャンテに虐げられていたハーフ達が、反乱を起こしたことにする。いや、アリャンテが行った実験で、狂ったことにしてもいいな」

すべてをアリャンテとハーフのせいにする。アリャンテも、オップル一族を守るためだ、喜んで死んでくれるだろう。

「ハーフがある程度暴れたら、始末しろ。俺とお前達は、この国を守った英雄だ」

ハーフから国を守った一族として、オップル一族を存続させる。国民から支持されている一族を、無暗に潰すことはできない。

「まさか、森の神とデルオウス王が繋がっていたなんて！　クソッ！」

森の神と王の接触が、すべて失敗に終わっているから安心していた。森の神は、エルフ国に興味がないと。まさか、知らない間に関係を築いていたなんて。

だが、いくら森の神でも俺のことは知らないはずだ。一族に当主は一人。これが常識だからな。

周りを警戒しながら、隠れ家に馬で向かう。あと少しで着く辺りまで来ると、馬から降りて周りを見回す。

「この場所は、ばれてはいなかったな」

いつものように静寂に包まれていることに、ホッと体から力が抜ける。まぁ、この隠れ家の持ち主はオップル一族とは完全に無関係。我々側についている者達とも、全く関係ない者だから。ばれるはずがないのだが。

建物の鍵を開け、扉を開ける。この奥には、我々オップル一族が抱える研究者達が作り上げた最高傑作（けっさく）の剣がある。その剣は、持った者の魔力を数十倍にしてくれる。極限にまで引き上げた魔力を使用した攻撃は、どれほどの破壊力か。ハーフが王都を壊せば壊すほど、彼らを討伐する我々が英雄になれる。

ガラリ。

「いらっしゃい。遅かったですね」

……えっ？　目の前には、片脚を上げ俺を見ている大きなアルメアレニエと、その上に五〇センチサイズのアビルフールミがいた。あまりの事態に、何が起こったのかすぐには理解ができなかった。ただアルメアレニエの六つの目に、俺が映っているのが見えた。

「なぜ……」

俺の存在が、バレているのか？　俺はずっと、オップル一族の影として生きてきた。オップル一族でも俺の存在を知っているのは、ほんの一握りの者達だけだ。確かに他にも知っている者達はいる。だが奴らは、こちら側に完全に落ちていて利用価値があると判断した中でも有能な者達だけだ。いくら森の神でも、俺の存在を知っているはずはない。……ない、はずなんだ。

「オップル一族の影の当主、バチュテ。もちろん知っていますよ。当然でしょう？　オップル一族は二人の当主がいる珍しい一族、そして、エルフ国に害を及ぼす一族。主は、争い事が好きではないのです。なので、証拠も揃いましたのでそろそろ退場してください」

アビルフールミの退場という言葉に、頭が真っ白になる。それだけは、駄目だ！　絶対に、終わるわけにはいかない。

「やれ！」

「「「「えっ？」」」」

俺の命令に戸惑う部下達。

「何をしている、そこに武器があるのだから戦え！」

青い顔をした部下達に、部屋にある剣を指す。そうだ、いくらアルメアレニエやアビルフールミとはいえ、あの武器を使えば間違いなく殺せる。

「くそっ」

部下の一人が剣を持ち、大きなアルメアレニエに向かって切りかかった。アルメアレニエは防御することもなく、ただ攻撃を見ている。それに笑みが浮かぶ。あの剣を普通の剣だと思っているのだろう。愚かな。

バチッ。

ビシッ……バラバラバラバラ。

「えっ？　なぜだ？　なぜ剣が……砕けたんだ！」

確かに剣は、アルメアレニエに当たった。だが次に目に入ったものは、俺が考えていた結果とは全く違った。攻撃されたアルメアレニエには、一切傷はつかず。攻撃した剣になぜかヒビが入り、そしてバラバラと砕けて地面に落ちたのだ。

「この剣は、前に見つけたものより攻撃性が増しているようだったけど。やっぱりこの程度か」

剣の欠片(かけら)を見ていると、アビルフールミの「この程度」という言葉が聞こえた。

「というより、主の結界は神の攻撃も防ぐんだよ？　エルフが作った武器程度なら、結果は予想できるだろう？」

大きなアルメアレニエが、アビルフールミの言葉に頷くのが見えると、体から力が抜ける。神の攻撃を防ぐ結界？　つまり、彼らは森の神が施した結界で守られているのか。ははっ、俺はなんて馬鹿なんだ。神が認めた者達を倒せると思うなんて……ははっ。

「あれ？　もう終わり？　満足したなら、行こうか」

気付くと細い紐が体に巻き付き、大きなアルメアレニエが目の前にいた。

396. 有能すぎ！

「みんな、エルフの国で大活躍をしてきたんだね。すごい！」

桜の言葉に、みんながバッチュに拍手を送る。俺も一緒に拍手をするが、今聞いた内容に正直戸惑ってしまった。

バッチュを送りだした翌日、報告があるというので話を聞いた。が、まさかエルフ国がそんな大きな問題を抱えていたとは。しかもそれに、バッチュが気付いていたなんて。

「それで、オップル一族はどうなったの？」

桜が興味津々で聞くと、バッチュが胸を張る。

「当然オップル一族を全員捕まえましたので、一族は終わりです」

まさか、こんなことになるとはね。確かに、バッチュにはエルフ国の王に協力するように言った。けれどそれが、エルフ国が長年抱えていた問題を解決することに繋がるとは、想像すらしなかった。

「オップル一族と関わった人は多かったんでしょ？　そんなに多くの人を処罰しても、大丈夫？」

あぁ、それは俺も聞きたかったことだ。国政に関わっていた者達が多く処罰されたみたいだけど、問題はないのか？　エルフ国が、人材不足で傾いたりしたら大変だ。

「それは、大丈夫。オップル一族を調査していて、国政に関わっている者達が多く協力していることに気付いたんだ。だから、彼らが抜けた穴をしっかり埋められる人材を、同時に探した」

えっ、そんなことまでしていたの？

「デルオウス王には抜けた穴を埋めるエルフ達の一覧表を渡したし、それを元にグルア宰相が動いているから、数日後には元通りになると思う」

バッチュが有能すぎる。いや、他の子達もみんなすごく有能なんだけど。その中でも、ちょっとすごすぎない？

「そうなんだ、それだと安心だね」

紅葉の言葉に、子供達が嬉しそうに笑う。飛びトカゲ達も満足そうだ。一緒に話を聞いていた、獣人達は呆然としているけどね。そして悲しいが、俺もどちらかと言えば獣人達よりなんだよな。

「主、これでよかった？」

よかったも何も、想像以上だよ。

「ありがとう。最高の仕事をしてくれたみたいだね」

うん、本当に。あっでも、オップル一族はかなり手広く協力者を集めていたんだよな。全員を捕まえられたのだろうか？

「主、何か心配事？」

翼が不思議そうに俺を見る。それに頷くと、バッチュに視線を向ける。

まだ、隠れている者達がいるのでは？　少しでも残すと、後々面倒なことになるかもしれない。

「オップル一族に協力したすべての者達を、捕まえられたのか？」

「それが……未だに全員を把握できていないんだ。そのせいで、失敗してしまったし」

えっ、バッチュが失敗？　今までの話を聞いていて、失敗するバッチュを想像できないんだけど。

「オップル一族には、本当に多くの協力者がいて、そのすべてを把握するのは至難の業なんだ」

そうだろうな。調査中に接触しなかった者達もいたはずだ。

「そのせいで、デルオウス王に怪我を負わせてしまって」

「えっ！　大丈夫なのか？」

怪我？　命に関わるような怪我でもしてしまったのか？

「すぐに、テンがヒールを掛けてくれたから大丈夫だったんだけど。でも、デルオウス王の傍にオップル一族の協力者を近付けさせてしまったんだ。こんな失敗をするなんて……」

大丈夫だったのはよかった。それにしても、落ち込んでいるバッチュにはどう声を掛けたらいいんだ？

「あっ、デルオウス王にはすぐに謝罪をして許してもらったから、問題にはならないよ。それと、見逃している協力者が確実にいるから、エルフ国で調査してもいいという権限をもらったんだ。二度とこんな失敗をしないためにも、全員を潰さないと駄目だと思ったから」

ん？　調査してもいいという権限をもらった？　それに潰すって。

「今はトレント達に協力してもらって、捕まえた者達の尋問を行っているところだよ。そこから協力者を見つけていこうと思って」

尋問？

「でもバッチュ、聞いても素直に答えてくれないかもしれないよ」

太陽の言葉に、バッチュが頷く。

「素直に答えてくれるように、トレントの舞を見せてから尋問しているから大丈夫。『暴露の舞』は、とても活躍してくれているよ」

暴露の舞？　トレントってナナフシのことだよな。彼らの舞は確か「呪いの舞」だった。それが、暴露？　秘密などを話してしまう呪いか？

「その『暴露の舞』を見たら、話してくれるの？」

太陽の不思議そうな表情に、力強く頷くバッチュ。

「もちろん。なんでも話してくれるようになるよ」

なんでも話すのか。それをすごく怖く感じるのは、俺だけなのか？

子供達を見るが、興味津々の表情でバッチュの話を聞いている。どうしてだろう。子供達の未来にちょっと不安を感じるんだけど。

「バッチュ。王の怪我はヒールで治療したみたいだけど、どんな怪我だったんだ？」

とりあえず、怪我の大きさだけ確かめておこう。大きな怪我だったら、次に会った時に俺からも謝ったほうが……。いや、謝るのはやめて、治療したあとに問題がなかったかだけ確かめようかな。

デルオウス王に神として認識されているみたいだから、謝ったら気にするよな。

「右の掌に、二センチほどの傷だよ」

掌に………二センチの傷？　えっと、二〇センチではなく二センチとバッチュは言ったのか？

「深い傷だったのか？」

もしかしたら尖ったもので、刺されたのかも。

「違うよ。二センチほどの数ミリの浅い傷だよ？」

二センチは、聞き間違いじゃなかった。しかも浅い傷なのか。

「そうか。ありがとう」

怪我のことには、一切触れないほうがいいだろうな。

「いえ。そういえば、テンがヒールを掛けたあとに、デルオウス王が驚いた表情をしていたんだよね」

それは、たった二センチの怪我でヒールを掛けたからじゃないか？　俺だったら、驚くぞ。

「えっと確か『あれ？　体が軽くなった？　小さい時からの、あの苦しさがない』とか、言っていたかな。まぁ、苦しさがなくなったのなら問題ないから、気にしなかったんだけど。大丈夫だよね？」

小さい時からの、あの苦しさ？　もしかして、デルオウス王は病気でも患っていたのか？　でも、まぁ今の話を聞く限りでは、悪化した様子はなく苦しさが消えた感じだから、大丈夫だろう。でも、少し気になるな。

「バッチュが家に帰ってくる時に、デルオウス王に体調が悪そうな雰囲気はあったか？」

「全くなかったよ。どちらかといえば、前日より顔色もよくて元気だったかな」

「そうなんだ」

それは、悩みの種だったオップル一族のことが片付いて安堵（あんど）したからじゃないかな。あっでも、小さい時から苦しかったんだったら、やはり病気だったのか？　ん〜……まぁ、いいか。

「元気になったのなら、気にすることはないな。まだ尋問は続いているみたいだけど、バッチュはお疲れさま」

「はい！」

バッチュの嬉しそうな元気な声に、笑みが浮かぶ。

「バッチュに協力してくれたみんなも、ありがとう」

今回、バッチュに協力してくれた蜘蛛達やアリ達にもお礼を言う。きっとみんなも活躍したんだろうな。ちょっと見てみたかったかも。

397. ほどほどが大事。

バッチュの衝撃的な報告のあと、慰労会と称して酒乱会が開催された。いつもの酒乱会より、ワインの樽が多く空になるが今回は「いいか」と一緒に楽しんだ。

気付くとオアジュ魔神が、酒乱会に参加していた。どうやら、親蜘蛛さん達に絡まれて魔界に帰れなかったらしい。最初は不思議そうにワインを飲んでいたオアジュ魔神だが、エルフ国の話を聞くと魔界から大量に酒を差し入れしてくれた。ありがたいが、飲みすぎてしまうから大量はやめてほしい。まぁ、水を差すようなことは言わないけどね。

「でも、言ったほうがよかったかな？」

朝、広場に折り重なって寝ている仲間達の姿を見て、後悔してしまう。いつもより酒の量が多かったからなのか、いつにも増して酷い状態だ。しかも、本来の大きさに戻った火龍の毛糸玉まで寝てしまっている。

「毛糸玉が、ここで寝込むのは珍しいよな」

寝るのは仕方ない。ただ気になるのは、毛糸玉の口から時々火が噴き出していることだ。まぁ、それほど大きな火ではないが、前で寝ている親蜘蛛達を間違いなく火で炙っているように見える。ちょっと心配になるが、丸焦げになっていないから大丈夫なんだろう。というか、親蜘蛛達は気にせず寝ているし。……普通は起きないかな？

バフッ。

あっ、毛糸玉がくしゃみを。

ボウッ。

へぇ、火の勢いが増すんだ。

パタパタパタ。

いやいや親蜘蛛さん、足が燃えているんだから起きようよ。まぁ、火はすぐに消えたけど。

「主、すごいね。燃えても起きなかったよ」

太陽の言葉に、肩を竦める。

「私達もいつか、あの酒乱会に参加してもいいんだよね？」

えっ？　桜の言葉に、驚いてしまう。今の言い方は、参加したいと聞こえるんだけど。気のせいだよね？

「早くみんなと飲みたいね」

月の言葉に大きなため息が出る。気のせいじゃなかった。

「参加したいの？」

聞くまでもないけど、聞いてしまう。あ～、酒乱会はやっぱりやめれば……いや、やめられないけど！

「もちろん。みんな、楽しそうだもん」

楽しそうか？　まぁ、楽しそうだけど。寝ている仲間達の中に、獣人の姿がある。きっと、逃げられなかったんだろうな。一つ目達が起こして水を飲ませているが、二日酔いなのだろう。かなりつらそうだ。

「二日酔いになって、つらいかもよ」

「大丈夫。ヒールがあるから治せるもん！」

……そうだけど。月の言うことは正しいんだけど。

「楽しむ程度に、ほどほどにね」

俺もかなり飲むようになっているから、強く言えないんだよね。二日酔いになったら、ヒールで治すし。あれ？　俺のせいでもあるのか？

「朝ごはん食べて、今日は……のんびりしようか」

子供達の勉強を見ている先生達が、二日酔いで潰れているから今日は休みだろう。あっ、一つ目達がヒールで治してあげている。

「治してもらったみたいだから、今日はどうするのか聞いてくるね。先生！」

紅葉が、元気に獣人達の下へ駆けよると、二日酔いをまだ治してもらっていない獣人達が頭を押さえた。あはは っ、ちょっと早かったか。あれ？　獣人の一人が紅葉に頭を下げているけどあれは……語学を教えているノミスだな。なぜ、紅葉に謝っているんだ？

「今日はお休みだって～」

休むことになったから謝っていたのか。

「そうか。今日は特訓も、この状態では無理だな」

広場は、仲間達が寝ているので使えないし。

「そうだね」

「おはよう。うわぁ、体がギシギシいっている。あれ？　肩が痛いような気がするけど、何かしたのかな？」

髪になぜか大量の葉っぱをつけたオアジュ魔神が、眠そうな顔で起きてくる。肩も痛いと言っているし、いったい何をしたんだ？

「オアジュ魔神。髪に葉っぱがいっぱいついているけど、何をしたんだ？」

翼の言葉に、髪に手を伸ばすオアジュ魔神。

「葉っぱ？　本当だ。何かあったっけ？」

パラパラと、頭から落ちていく葉っぱを見て首を傾げるオアジュ魔神。翼が手を伸ばしてオアジュ魔神の髪から葉っぱを落とすのを手伝いだした。それにしても、本当に葉っぱだらけだな。

「あっ、思い出した！　昨日、子蜘蛛と力比べしていたら森に吹っ飛ばされて、落ち葉が溜まっていた場所に落ちたんだった」

力比べで、森に吹っ飛ばされた？　広場の周辺は広大な畑が広がっているので、森まではかなり距離がある。それなのに、森に吹っ飛ばされた？

「魔法を使って？」

じゃないと森まで飛ばないと思うんだけど。

「いや、魔法を一切使用しない、純粋に力だけの勝負だった」

オアジュ魔神は自慢げに言っているけど、負けているから。

「あの子蜘蛛、異常なほど力が強かったよな」

オアジュ魔神のいう子蜘蛛に、思い当たる子がいない。

「どの子だ？」

「ん？　あれ？　どの子だろう？」

広場で寝ている子蜘蛛達を見て、首を傾げるオアジュ魔神。

「えっと……無理。区別がつかない」

残念。どれぐらい力が強いのか、ちょっと興味があったんだけどな。あとで蜘蛛達に聞いてみるか。ただ蜘蛛達は、酔っている時のことを忘れる子が多いんだよな。オアジュ魔神と勝負したことを、覚えているかな？

「そろそろ魔界に戻るよ。昨日、戻るはずだったのが戻れてないし……怒られそうだな」

それは奥さんに、だろうな。ごめん、親蜘蛛さん達を止められなくて。

「そうだ、オアジュ魔神。アイオン神が来たら話したいことがあるのだけど、時間を取ってもらえないか？」

「ん？　分かった」

俺の表情を見て、何か感じたのだろう。真剣な表情で頷いてくれた。

「アイオン神の来る時間が分かったら、ロープに連絡してもらうよ」

「了解。じゃっ、またな」

魔界に帰るオアジュ魔神を見送ってから、ロープに声を掛ける。

『主！　どうしたの？』

『今、大丈夫か？』

『うん』

『アイオン神の来る時間が分かったら、オアジュ魔神に連絡をしてほしいんだけどお願いできるか？』

『もちろん！　任せて』

よかった。これで、あとはアイオン神から連絡が来るのを待つだけだな。

『アイオン神から、時間の連絡はあった？』

『それがまだなんだ。催促(さいそく)する？』

『いや、やめておくよ。彼女も忙しいのだろうし』

「主、ご飯食べよう」

太陽か。

「分かった。食べようか」

『ロープ、ありがとう。また連絡するな』

『分かった。主、またね』

太陽と手を繋いでリビングに行く。子供達は既に、いつもの椅子に座って待っていてくれたようだ。

「待たせてごめん。食べようか」

朝食を食べながら、部屋の中を見回す。なんだかいつもと違う気がする。……あぁ、みんながいないんだ。飛びトカゲも、コア達も広場で寝ていたからな。

「そうだ、主！　バッチュが『次は獣人の国だぁ』と、朝から元気に出かけていったけど獣人の国にはどんな問題があるの？」

えっ？　次は獣人の国？　興味津々の表情で、俺を見ている桜を見る。

「ごめんね。知らないんだ。あとで獣人の騎士達に聞きに行こうか。何か知っているだろうから」

「うん」

子供達の元気な声に、笑みを見せる。とりあえず、獣人の国にも問題があると。……まぁ、バッチュだし。大丈夫だろう。

『主』

朝食を食べ終わって休憩しているとロープの声が聞こえた。アイオン神から連絡が来たんだろうか？

『アイオン神から連絡が来たのか？』

『うん。ただ、少し忙しくて抜け出せそうにない、また連絡する、ごめん。だって』

『そうか。それなら次の連絡を待つよ』

というか、ここに来る時は仕事を抜け出していたんだな。まったく。

398. 維持した方法。

慰労会の二日後、アイオン神から「ようやく時間が空いた。明日のお昼前に、行きます」と伝言が入ったと、ロープが伝えてきた。すぐにオアジュ魔神に「明日お昼ごろに、来てほしい」とロープに伝えてもらい「大丈夫」と返事をもらえた。

子供達が勉強のために、リビングから出ていく姿を、手を振って見送る。ヒカルとウサとクウヒは、今日は勉強に参加せず森へ行くらしい。なんでも魔法で試したいことがあるのだとか。三人は、どんどん魔法を極めているように感じる。何をしてるのかを聞いても内緒にされてしまったが、楽しそうなので応援している。

リビングから、庭とその奥に広がる広場へと視線を向ける。一昨日とは違い、今日は朝から仲間達の特訓している姿が見えた。最初は魔法が飛び交う特訓に驚いたし、少し恐怖を感じた。でも今は、この光景が見られないと寂しく感じるから不思議だ。

「主。今日は何をしますか？」

一つ目のリーダーが、新しい紅茶を淹れてくれた。今日は、風味が少し独特の紅茶らしい。個性的すぎる香りも味も苦手だけど、これは美味しい。そういえば、紅茶の種類が少し増えているが今はどれくらいあるんだろう？

リーダーを見ると、首を傾げて俺を見ているのが分かった。あっ、質問に答えてないや。といっても、リーダーは既に俺がどんな答えを出すのか知っている。

「地下神殿に行ってくるよ」

数日前から、正確には地下神殿から受け取った映像を見終わってから、俺は朝に地下神殿へ行っている。

「……分かりました」

少し不機嫌な声を出すリーダーに、小さく笑ってしまう。ここ最近、毎日繰り返される質問と答えだ。その答えに、リーダーが納得していないのが声から伝わってくる。でも、こればかりは変更するつもりはない。俺はどうしても、あそこに行かなければならないし、やらなければならない。

「心配かけて、ごめんな」

「主が謝る必要はありません。やらなければならないことを、しているのですから」

俺が地下神殿へ行っていることを仲間達は知っているが、何をしているのかを知っているのはリーダーだけだ。リーダーの前で倒れてしまったので、隠せなかった。まぁ、いつかは話さなければならないのだが、アイオン神と話してからにしようと決めている。

「体のほうは大丈夫ですか？」

「大丈夫だ。調整ができるようになったし、休憩を取れば魔力は元に戻るから」

体の中の魔力を調べる。今日も魔力は満タンに回復している。というか、魔力が原因で倒れたわけではないからな。

「リーダー。紅茶の種類って今はどれくらいあるんだ？」

紅茶を飲み終えてリーダーを見る。

「今のところ一八種類です」

今のところということは、これからも増えていくということか。確か、農業隊の一体が紅茶に興味を持って改良したり、茶葉を森から見つけてきたりしているんだったよな。

「そうなんだ。今日の紅茶は香りがよかった。ありがとう。行ってきます」

「はい。お気を付けて」

今、地下神殿に入れる者は限られている。俺が、そう制限を掛けた。今、入ることができるのは俺と一つ目のリーダー。それと、内緒にしているが飛びトカゲとコアだ。他の者達は、入ることができない。

地下神殿を思い浮かべると、体がふっと浮く感覚がする。次に目を開けると、目の前に地下神殿が見えた。イメージするだけで移動できるのは本当に楽だな。

「おはよう」

「おはようございます」

あっ、地下神殿には妖精も出入り自由だった。

「異常はないか？」

「ないですよ。行ってらっしゃい」

「行ってきます」

出入りは自由だけど、この子はこの空間から出ようとしない。なんでも、この空間の居心地がよくなって出ていきたくないらしい。妖精は地下空間を浄化させる役割があるから、居心地がよくなったのはよかった。

地下神殿から最初は、妖精がいた空間に移動する。そこにある魔石に手で触れ、魔力を流し込む。魔石から感じるトクン、トクン、トクンという音に合わせて魔力が魔石に流れていく。体の中にある大量の魔力が急激に減っていくのを感じる。

「ふぅ。今日はこれで終わり」

魔力が流れるのを止めて、魔石から手を離す。白や青、赤の光を纏った魔石は、今日の分の魔力を受け取り元気そうだ。ただ、魔石を見る限りまだまだ魔力は足りていないことが分かる。いったい、どれだけの魔力を注げば満足してくれるのか。

映像で知ったのだが、この魔石は地下神殿の主導権を取れるだけでなく、世界を回す役目も担っていた。そのため、力が枯渇すると世界は滅びへと向かう。滅ぶ前に、間に合ってよかった。

「いや、間に合っていないか」

一度地下神殿に戻り、墓場へと移動する。地下神殿四階の棺桶が並んでいる場所ではなく、地下神殿から繋がっている一見何もない草原。最初は、なぜこの場所が墓場と呼ばれているのか分からなかった。だが、映像を見て分かった。この場所から、核のある空間へ繋がることができるようになっていたのだ。

この場所は、見習い達やこの世界に関わった神達が生み出した被害者達に、繋がる場所なのだ。

草原の真ん中に移動して、地面に両手をつく。草と土の感触がスーッと消えて、真っ黒な世界が見えた。この見えているのが、核のある空間だ。そして真っ黒なのは、すべて呪いだ。

「相変わらずきついな」

空間に直接触れている状態になるため、伝わってくる怒り、悲しみ、呪い、嘆き。それらが、俺の頭に大量に叩き込まれる。初日、これに耐えられず家に戻った瞬間に倒れてしまった。そして、それをリーダーに見つかったのだ。あの時のリーダーの混乱はすごかった。あまりの混乱ぶりに、すべて話してしまったんだよな。

「さて、ごめんな。今の俺にはすべてを浄化することはできないんだ。でも、少しでも落ち着いてほしいから」

魔力を核の空間に流し込む。体の中の魔力が何度か空っぽになるのを感じる。息が上がってくるのを感じると、空間に流した魔力に指示を出す。少しでも彼らが、苦しみから解放されるように。

「浄化！」

空間に光が一瞬広がるが、すぐに真っ暗な空間へと戻る。その光景を見ると、空しく感じる。圧倒的に呪いが深く濃い。俺の浄化は全く意味を成していないかもしれない。それでも、ほんの少し

でも苦しみから解放したいと毎日行っている。

地面から手を離すと、見えている真っ黒な空間が草原へと戻る。何度見ても、不思議な光景だ。草原に寝転って荒い息を整える。いつもならすぐに戻る魔力が、今はゆっくりと戻ってくるのを感じる。

「今日もなんとかなりそうだな」

映像から分かったことは、見習い達では全く魔力も神力も足りなかったということだ。この世界を半分しか作れなかったのだから、この世界を回すために必要な力が足りるはずがない。だから、地下神殿にある魔石は空っぽになってしまった。あの魔石が空になると、世界はゆっくりと滅びへと向かう。それを見習い達と、協力した神達は止めようとした。その方法は多岐にわたったが、どれも上手くいかなかった。

そして追い詰められた彼らは、おそらく禁忌へと手を出した。それが、協力している神々が管理している世界から魂を持ってくること。そして持ってきた魂から魂力を奪い、世界を回す力にする方法だった。その方法は上手くいったらしく、見習い達が喜んでいる映像があった。

そうこの世界は、魂力で維持されてきたのだ。魂力を奪われた魂を、ちゃんと弔っていたらここまで呪いは深く濃くならなかったかもしれない。でも、見習い達は魂力を奪うことしか考えず、残った魂を力のない不要なものとして捨てた。

この草原は、魂から魂力を奪った場所で、残った残骸を核の空間に捨てた場所なのだ。なぜ、核の空間に捨てたのかは映像からは分からなかったが、魂から魂力を奪われるのはかなり痛みを伴うらしく、魂が叫ぶ声が映像から聞こえた。

「最悪なことをするよな」

映像で見たが、魂力を奪われて残ったものは本当に小さな粒のようなものだった。きっとあの粒が一〇〇個集まったとしても、何も起こらなかっただろう。でも、長い間に核の空間には膨大な数の魂の残骸が集まった。しかも、無理やり魂力を奪われた痛みや苦しみを味わった者達の残骸が。一つでは小さな力も、その数が増えれば大きな力となる。見習い達は、この世界に死者の花が大量に咲いたことでそれに気付いたようだ。

映像には、慌てて核の周辺を確かめている見習い達の姿が映っていた。そして、すぐに浄化を行ったようだ。だが、既に手遅れの状態だったのだろう。数カ月は頑張ったようだが、いつからか映像に見習い達が全く映らなくなった。たぶん、彼らはこの世界を捨てたんだ。

「明日、ちゃんと話をしないとな」

起き上がって地面をぽんぽんと叩く。

「あなた達を、苦しみから解放できる方法が見つかればいいんだけどな」

399. まずは知ってくれ。

アイオン神とオアジュ魔神が、神妙な表情で俺の前に座っている。どうやら俺の様子を見て、重大な何かがあると感じたようだ。

「悪いな、呼び出して」

二柱は、すぐに首を横に振る。視線を横にずらすと、飛びトカゲとコアの姿がある。彼らには、この世界の現状を知ってもらうことにした。何かあった時に、仲間を守ってもらうために。

「少し前に地下神殿から、この世界ができた時からの映像を受け取ったんだ。そこで、この世界が今どういう状況にあるのかが分かった。俺一人では手に負えないので、助けてほしい」

俺の言葉に、驚いた表情のアイオン神。

「翔(あきら)の力でも、手に負えないのか？」

「あぁ、そうだよ。全く歯が立たないんだ」

今朝も、墓地に行って浄化を行った。昨日と同じで、浄化の手ごたえを感じることは今日もなかった。ただただ、彼らの呪詛(じゅそ)が頭に響いてくるだけ。ほんの少しだけでも、彼らの苦痛が軽減できればいいと思うのにそれができない。そのことが本当に悔しく、また自分が無力だと思い知らされる。

「この世界で分かったことを、詳しく話すよ」

アイオン神の目を見て話を始める。地下神殿を見つけた経緯から、地下に隠されていた死者の花を詰め込んだ棺桶のような箱のこと。そして地下神殿から受け取った映像や、その映像から知ったこの世界の現状を淡々と話す。少しでも感情をこめてしまうと、話が詰まってしまうと思った。墓地で初めて浄化を行ってから、彼らの声がずっと聞こえているような気がする。幻聴だと分かっているが。彼らの声を思い出すと、話せなくなる。だから、何も考えずただ事実を伝える。

話が進むにつれて、アイオン神の顔色が悪くなっていくのが分かった。そしてこの世界が、魂の力を奪っている話まで終わると完全に俯(うつむ)いてしまった。体が、微かに震えているのが分かる。もしかして、信じられないのだろうか？　微かな不安がよぎるが、アイオン神を信じるしかない。

「これが、俺が知ったこの世界の現状だ」

すべてを話し終えると、一つ目のリーダーが淹れてくれたお茶を飲む。少し冷めてしまったお茶が、話し続けていた喉にちょうどいい。

「悪い主。俺では手助けができそうにない。そもそも、魔界には神が作った魂は存在しないから」

申し訳なさそうなオアジュ魔神に、首を横に振る。

「魔界に迷い込む魂はたまにいるが、あそこは神が作った存在が存続できる場所ではない。だからすぐに消滅してしまうのだ。彼らに力があることも知らなかったよ」

そうなのか。本当に全く関わりがないんだな。

「アイオン神、この世界のことを調べたと前に話してくれたよな？　その時に、どうして魂力のことに気付けなかったんだ？　おかしくないか？」

オアジュ魔神とアイオン神は、そんな話をしていたのか。それにちょっと驚くな。

「調べたが分からなかった」

「だからそれが、おかしくないかと聞いているんだ」

オアジュ魔神の問いに、アイオン神の眉間に皺が寄る。

「フィオ神は、時を司る監視者の一人だろう？」

監視者？　そんな話は聞いたことがないな。まぁ、神に興味がなかったから聞かなかったのは俺だけど。

「そうだ」

「フィオ神が、知っていたのに隠した可能性は？」

それは、俺も考えた。フィオ神は、この世界について時を遡ってまで調べてくれたことを知っている。それなのに、なぜ気付かないのかと思ったから。

「それはない！」

アイオン神が強く否定するのを、飛びトカゲもコアも静かに見ている。おそらく彼らは、アイオン神を信じていいかどうか迷っているのだろう。

「フィオ神はそんなことをする神ではない。今の創造神からの信頼も篤い神だ。おそらくフィオ神は、ある神が用意した答えに、誘導されたんだ」

ある神が用意した答えに誘導？　そんなことができるのか？

「フィオ神は、世界を守る神々を監視する五柱のうちの一柱だ。その中で彼は、第三位についている。五柱の中で三番目に強い力を持っているからだ」

フィオ神が、そんな上位の地位についていたことにびっくりだな。ここで見る彼は、あまり威厳を感じることはなかったから。

「フィオ神の調査結果を変えることができるのは、彼より強い力を持つ神だけだ」

それはつまり、監視者の第一位と第二位だけということになるよな。他に強い力を持っている者がいる可能性もあるけど。

「第一位か第二位の監視者が、この世界のことを知っていながら放置し、見つかったから関わった神達を隠すために隠蔽したということか」

オアジュ魔神の言葉に、首を振るアイオン神。

「第一位の監視者だ。第二位の監視者とフィオ神の力は僅差だから、調べる時に使用した神力に自分以外の神力が混ざると違和感を覚えるはず。でもフィオ神は、自分が調査した結果に違和感を覚えていない。ということは、かなり力の差がある神が、完全にフィオ神の力を飲み込んで気付かせなかったんだと思う」

……よくわからないが、つまり強い力でごり押しした感じかな？

アイオン神が、映像が映し出されていた空中を睨みつける。

「見習い達が、第一位の神を指す言葉を言っていたからな。しかしまさか、第一位の神が……嘘だろ」

アイオン神にとってかなり衝撃的なことみたいだな。

「監視者を見張るのは創造神だよな？」

オアジュ魔神が少し苛立った様子で、アイオン神を見る。

「そうだ。創造神が見逃すはずが……。あっ、前の創造神か。前の創造神は、永遠という時間に苦しんで疲れ切っていた。もしかするとこの世界のことを知っても、第一位の神が関わっているから調べもせず問題ないと判断したかもしれない。前の創造神は、第一位の神を本当に信用していたから」

「たとえ永遠という時間に苦しんでいて、信用している神が関わっていたとしても、やるべきことをしなくていい理由にはならないだろう」

呆れた表情のオアジュ魔神に、アイオン神が頷く。

「その通りだな」

フィオ神についての判断は、今は無理だな。第一位の神が邪魔をしたのだとしても、証拠がない。それなら今は、もっと重要なことがある。

「アイオン神。悪いが、呪いをどうにかできないか？　彼らの苦しみは本当に酷い。少しでもいい、彼らを癒やす方法はないか？」

前の創造神については、どうでもいい。今さら、何を話したところで結果が変わることはない。今、重要なのは呪いだ。俺の言葉に真剣な表情で考え込むが、暫くすると首を横に振った。

「私の記憶では、今までに魂力を利用した問題は起こっていない」

ないのか。

「普通の魂の扱いは、どういう感じなんだ？」

「神の力で作られた魂は、一生を終えると傷がついていることが多々ある。だから神は、その傷を癒やして綺麗にしてから輪廻に戻す。何度もそれを繰り返すと、魂が消滅を望む時がある。その場合のみ、神は魂をその身に受け入れ消滅させる。元は神の力だから、元に戻るという感覚に近い。魂も消滅とはいえ、元の場所に戻るので苦痛など一切ない」

普通は、苦痛など感じることはないんだな。いや、魂は傷を負って戻ってくるんだっけ？

「魂に傷ができると、魂は痛みを感じるのか？」

「いや、感じない。魂にある傷は、生前は感じることができるが死んだら感じなくなる。ただ、魂が傷ついたままだと次の人生が悲惨なものになるから癒やして綺麗にするんだ」

なるほど。

「それにしても、魂一つの力などたかが知れている。この世界を維持するだけの魂の数など、想像もできない。いったい、どれだけの魂が被害に遭っているのか……」

アイオン神はため息を吐くと首を横に振った。

「あのさ、呪いはどうやって生まれるんだ？」

今までのアイオン神の説明では、呪いが生まれる経緯が分からない。傷が上手く癒えないと、呪いが生まれるのか？

400. 生前の行い。

呪いのことが分かれば、何か解決策が思いつくかもしれない。僅かでもいい、手掛かりがほしい。

「亡くなって戻ってきた魂は、生前のしがらみを切ってから帰ってくるのが普通だ。だがなかには、生前のしがらみが絡みついてしまっている者達がいる。彼らのほとんどが、生前に多くの怨み(うら)を買った者達で怨みというのはすごい執念を持っており、対象の人物が死んでも切れずに一緒に戻ってきてしまうんだ」

つまり、生前に誰かから怨まれるようなことをしてきた者達ということか。

「魂によっては、亡くなってから怨みが強くなることもある。いったい、生前に何をしてきたのか」

アイオン神がため息を吐きながら首を横に振る。「死んでも許さない」と、思わせるようなことをしてきたんだろうな。

「魂に絡みついている怨みはとても厄介(やっかい)で、神の力では癒やすことができないんだ」

神の癒やしってすごそうだけど、それが効かないのか。それだけ、強く怨まれているんだろうな。

まぁ、生前の行いのせいだから自業自得だけど。

「怨みは、魂をゆっくり侵食しながら苦しめていく。侵食を放置すると、透明な魂だったのがどんどん黒くなり、そして形が保てないほどボロボロになるそうだ」

「ボロボロ？」

「あぁ。私はそこまで放置したことがないので見たことはないのだが、かなり長い時間を苦しみ続けると、魂の形が崩れていくそうだ。そして最後には、断末魔を上げて消滅するらしい。この消滅を見た仲間は『元の場所に戻るのとは違うからなのか、そうとう苦しそうだった』と、言っていた」

長い時間苦しみ続けるのか。俺、知らない間に怨みを買ってないよな？

この世界に来る前の掃除屋だった時も、お客様に満足してもらえるようにしっかり綺麗にしてきた。プライベートでも、怨まれるようなことはしていない……はず。この世界にきてからは……あっ、ちょっと好き勝手しすぎかもしれない。怨まれている可能性があるかも。……次からはしっかり考えてから行動しようかな。

「あれ？　呪いは？」

俺は、呪いが生まれる方法を聞いたんだけど。

「呪いは、囚（とら）われた魂に絡みつく怨みなんだ」

んっ？　囚われた魂？　絡みつく怨みが、呪い？

「魂が生前の行いを深く反省すれば、ゆっくりとだが怨みは収まっていく。だが、怨まれている魂のほとんどは、反省などせずそのまま消滅を迎える。これが、怨まれた魂が迎える普通の終わり方だ」

つまり、特殊な終わり方を迎える魂がいるということか。

「魂の中には、時間が経つほどに絡みついている怨みが濃くなってしまう者がいる」

「怨みが濃く？」

「魂が生前持っていた様々な感情が影響を及ぼすんだ。例えば妬み、嫉妬、怒り、憎しみなどの負の感情。それらは普通、生前のしがらみが切れると浄化される。なのに、それらの感情を深く抱え込みすぎていると、上手く浄化できずに戻ってきた魂に残ってしまう時がある。そして最悪なことに、それらの感情は絡みついている怨みに影響を及ぼしてしまう」

つまり、生前の負の感情が怨みに力を与えてしまうのか。ある意味、これも自業自得なんだろうな。

「怨みが濃くなりすぎると、魂はその怨みに完全に囚われてしまい消滅ができなくなる。魂にとって消滅は、最後の許しだ。たとえどんなに苦しくても、消滅すれば終わりだから。それが消滅しないということは、永遠に苦しみ続けるということになる。ここまでなら問題ないのだが、魂を捕らえた怨みは止まらずにどんどん濃くなっていくんだ」

怨みが、どんどん成長し続けてしまうのか。

「怨みが濃くなり続け周りに影響を及ぼすようになること、それを我々は『呪い』と呼んでいる」

なるほど、怨みの濃さと周りに及ぼす影響で呼び方を変えたのか。今のアイオン神の説明を聞く限り、呪いを発生させる魂はそれほど多くはないみたいだな。あれ？　核の周辺の呪いを見る限り、膨大な数の魂が使われたと思うのだけど。

「それと世界を維持するために使われた魂だが、怨みを持った魂だけではおそらく足りない。たぶん、傷を負っただけの魂も大量に使われたはずだ。傷を癒やすより、新たに魂を誕生させたほうが簡単だし。何より、新しい魂だと神の意志が伝わりやすくて便利に使えるから」

「はっ?」

あっ、しまった。別にアイオン神が悪いわけではないのに、キレそうになってしまった。でも、やはりそうか。どう考えても、怨みを持った魂だけでは足りないよな。

「そうなんだ。えっと、生まれてしまった呪いはどうするんだ?」

「世界に呪いが生まれると、世界に負の感情が充満してしまう。それでは困るので、呪いが生まれないように対策を各世界が行っている。その対策に必要なのが死者の花なんだ。死者の花が、魂から怨みを引き離してくれるんだ」

ん?

「『死者の花は、死者の苦しみの声に反応して咲く』と聞いたけど違うのか?」

「その通りだ。ただ声だけではないが」

アイオン神の言葉に首を傾げる。死者とは魂だよな。魂の苦しみに花が咲いたら、怨みを引き離す? どうやって?

「魂に反省が見られないと分かると、世界は魂に死者の花の種を埋め込む」

えっ、種を埋め込む?

「種はすぐに発芽し、魂が苦しめば苦しむほど成長は早くなる。そして苦しみが深いほど綺麗な花を咲かせる」

魂が苦しむほど成長し、深いほど綺麗な花か。なんというか、惨(むご)たらしいというか。いや、自業自得だから仕方ないのか。……感情というのは、面倒くさいな。

「死者の花が花を咲かせると、世界に分身を作ることができるようになる。分身は死者の花から力をもらいゆっくり成長し、そして綺麗な花を咲かせる。世界に花を咲かせるのには、膨大な力が必要となる。その力を魂に絡みついている怨みからゆっくりと吸い取っているんだ」

魂と本体がある死者の花は実際に繋がっていて、花を咲かせる頃になると世界に分身を作り、怨みが持つ力を利用して世界に死者の花を咲かせている、ということでいいんだよな。

「この方法だと怨みが濃くなっても、花が咲く期間を延ばしたり、最初の花が枯れたら次の分身を作ったりして、力を使える」

怨みの力が落ち着くまで、花を咲かせ続けるということか。

あれ？　「死者の花は、花の香りで魔物を引き寄せる」と、コアが言っていた。妖精も「死者の花の分身を一輪咲かせて、その花が栄養をとってくる」と。

おかしいな、アイオン神が教えてくれた死者の花と違う。アイオン神は「死者の花は、魂に絡みつく怨みの力を使うために花が咲く」と言っている。でも、この世界に咲く死者の花は、世界から栄養をとるために花が咲くらしい。

「アイオン神。死者の花はすべて同じ条件で咲くのか？　この世界の死者の花は、世界に分身の花を咲かせ香りで魔物を引き寄せて養分にしてしまうんだ。そうだったよな、コア」

ずっと黙って話を聞いているコアに確認をとる。もしかして聞き間違いということもある。

「その通りだ。この世界で咲く死者の花は、養分というより必要なのは力みたいだが、その力を世界からとっている。アイオン神が言った死者の花とは、全く違う」

「えっ？」

アイオン神が眉間に皺を寄せる。

「死者の花が世界から力を？　変だな、そんな話は聞いたことがない」

今までに例がないのか。それとも報告がされていないのか？　なぜ、死者の花が変わった？　何が、他の世界とこの世界は違うんだ？　この世界を動かすエネルギーが、魂力という点か？

「そういえば、魂力が奪われた魂はどうなるんだ？」

「消滅する。魂から魂力が奪われたら、その魂は消滅するしかない。だが、魂力を無理やり奪われるのは、そうとう苦しいから、消滅は苦しみからの解放とも言えるかもしれない」

理不尽に連れてこられ、怨まれてもいないのに苦しめられ、そして消滅する。

「どんなに魂を集めて利用しても、消滅して証拠は残らないはずだったんだな」

俺の言葉に、苦々しい表情をするアイオン神。

「そういうことになるな。おそらく魂力を利用しようと考えた神達もそうなることを予想したんだろう。だから迷いなく使うことにした。実際は、コントロールできないほどの呪いを生み出したが」

「消滅か」

なぜ消滅していないのか。死者の花が世界から力を集める理由は何か。

アイオン神を見る。どうやら、彼女だけでは答えは出そうにないな。それなら、調べてもらうしかない。

「アイオン神。魂力を使われたのに魂が消滅しない原因と、死者の花が変化した原因を調べてほしいんだが、頼めるか？」

「もちろんだ。第一位の神が関係しているようだから少し時間がかかるかもしれないが、必ず調べる。フィオ神にもすぐに話をして協力してもらう」

「頼む。それと、濃い呪いを浄化する方法も調べてほしい」

「そんなに濃いのか？」

「見ていくか？　ただし、飲み込まれるなよ」

俺をじっと見るアイオン神は、覚悟を決めた表情で頷く。

「コア達はやめておいたほうがいい」

少し不服そうな表情をしたコアと飛びトカゲだが、頷いてくれた。あんなのは、知らないほうがいい。

アイオン神を墓場に連れていき、核へと続く地面に手を乗せる。一気に墓場に充満する呪いと呪詛の声。慣れないとつらいはずなので、すぐに地面から手を離す。

「大丈夫か？」

真っ青になったアイオン神を見る。彼女は一度頷くと、ゆっくりと息を吐き出した。

「これほどだとは思わなかった。神達は、なんてことをしてくれたんだ」

アイオン神が、手をぐっと握ったのが分かった。

「必ず原因を突き止める」

401. エントール国　第三騎士団団長　四。

―エントール国　第三騎士団　団長視点―

目の前に転がっている、意識のない六人の男性を見つめる。彼らは今から少し前に、ゴーレムのバッチュが連れてきた者達だ。

「えっと、彼らって……あの彼ら、なのか？」

副団長のキミールは混乱しているようだ。おかしなことを言っている。

「どうして疑問形なんだ？　どう見ても、エスマルイート王を裏切った元宰相ヴィスルイと共に逃げたヌースル魔導師と元騎士達だろう」

「そうですよね？　えぇ少し……かなりやつれていますが、彼らで間違いないですね」

あっ、目を覚ました。

「えっ？……えっ？」

俺と視線が合った瞬間に、固まるヌースル魔導師。正直、俺もどういう反応を返せばいいのか分からない。なんとなく周りに視線を向ける。ここは、俺達が借りている家の前。朝の特訓が終わったので家に戻ろうとしているところに、バッチュがきてこの六人を置いていった。そういえば、「ちょっとだけ見ていてください」と言っていたな。……見ているだけでいいんだよな？　というか、彼らはどこから連れてきたんだ？

　もう一度、ヌースル魔導師を見る。まだ現状を理解できないのか驚いた表情で固まっている。そのまま、固まったままでいてほしい。あれ？……なんというか、随分と汚れているな。服はところどころ破けているし、草木で汚れてもいる。前に見たヌースル魔導師は、威厳があったが今はその面影もない。それに、キミールが言うようにかなりやつれている。

「ひっ」

　バタン。

「えっ？」

　急に目を見開き倒れたヌースル魔導師。何が起きたのかと首を傾げると、後ろに気配を感じた。振り返ると、

「あっ、親玉さん。おはよう」

「ダダビス、おはよう」

　ヌースル魔導師が倒れた原因が、前脚を上げて挨拶を返してくれた。

「……新しい仲間か？」

　親玉さんの言葉に、どう言えばいいのか悩む。元仲間と言えばいいのか？　だが、ここにいる理由は？

「えっと、バッチュが、彼らをここに連れてきたんだけど……」

「バッチュ？」

　不思議そうな親玉さんに、どうしようかと周りを見回す。バッチュ、早く戻ってこないかな？

少し前に、ゴーレム達のおかげでエントール国と連絡を取れるようになった。まさか壊れた魔道具を、ゴーレム達が修理してしまうとは驚きだ。

いや戻ってきた魔道具は、聞こえてくる声に雑音が混ざらなくなったし、録音機能まで追加されていた。修理というより、改良だな。

しかも、改良された魔道具と同じものが作られ、エントール国に届けられていた。ゴーレムの一体に「これで、報告中に通信が勝手に切れることはないでしょう」と言われた。実際に使ってみて、驚いた。本当に、報告中に一度も通信が途切れなかったのだ。さすが森の神のゴーレム、すごすぎる。

毎日行う国への報告では、森の神やゴーレム達、森の王とその仲間達のことを伝えている。さすがに無断でやると不審に思われそうだったので、事前に森の神に許可を求めた。神は特に気にすることなく、話を聞き終わるとすぐに許可を出してくれた。そして、「それぐらいの内容なら、許可を求める必要はない」と、言われてしまった。

本当にいいのだろうか？　彼らの攻撃力や防御力を、結構詳しく報告しているのだが。まぁ、レベルが違いすぎるので気にならないのかもしれないけれど。

許可がもらえたので、報告では特訓内容については詳しく説明した。なのに、どうも本当の話なのか疑われているようだ。特に、親玉さんと呼ばれているチュエアレニエに特訓をしてもらっている話や、ダイアウルフ達に守られながら森で魔物を狩っている話を怪しまれている。そのせいで、フェンリルに乗って森を駆ける話や、飛びトカゲという不思議な名前を持つ森の王の背に乗せてもらって空を飛んだ話は、できないでいた。自慢話ができなくて残念だ！

毎日の報告はこちら側だけでなく、国側からもある。通常は、国外にいると国内の情報は噂ぐらいしか届かない。情報が洩れる心配があるため、詳しく国内情勢を連絡することはないからだ。

なのに、森の奥にいる俺のところには毎日国内情勢が詳しく報告される。エスマルイート王曰く、「どうせ隠しても知られているだろうから」ということらしい。そしてその通りだなと、小さなアルメアレニエ達と小さなアビルフールミ達を見て思う。あの子達からはきっと、どう頑張っても情報を隠すことは防げないだろう。

「元宰相ヴィスルイか」

ここ最近の報告を思い出して、少し不安になる。アルピアリ公爵とタルレスタ女伯爵が動きだしたようなのだ。といっても、アルピアリ公爵は気にする必要はない。彼は王から密命を受けて、あちら側に侵入している、味方だ。と、一つ目のリーダーが教えてくれた。どうして知っているのかを聞いたら、密命を受けているところを複数の仲間が見ていたらしい。

「見ていた、ね」

密命は密かに行われるものだ。特に、王の周辺に裏切り者がいると分かっているので、隠れ場所が使われたはず。なのに、「見ていた」のか。本当に、森の神に仕える者達は恐ろしい。

アルピアリ公爵は味方だと分かったが、問題はタルレスタ女伯爵。そしてもう一人、彼女に情報と資金を提供している存在だ。元宰相のヴィスルイが牢屋から逃げだした時にその存在に気付くことができたのだが、いまだにその正体が掴めていない。

このバックにいる人物が誰なのか分かれば情報の出所が分かり、王の近くにいる裏切り者を知ることができるのだが、難しいと第一騎士団団長のガルファが、頭を悩ませていた。

王の傍にいて情報を流している裏切り者も同時に調査が行われている。ただしこちらも、思うような結果が出ていない。ゴーレム達に協力を頼めばすぐにでも分かりそうだが、自国の問題なので自らの手で解決したい。それに、そこまで面倒を見てもらうわけにはいかない。

「お待たせしました」

ん？　よかった。バッチュが戻ってきたようだ。あれ？　たぶんあれは……ゴーレムのリーダーだな。彼を呼びに行っていたのか。

「まだ起きてないんだ。疲れているのかな？」

いや、それは違う。そっと親玉さんを見るが、首を傾げている。

「起きて～」

バッチュに揺さぶられるヌースル魔導師。おそらく、目を覚ました次の瞬間にまた倒れるだろうな。

「んっ。…………………ひっ！」

そうなるよな。再度、倒れたヌースル魔導師を見る。その顔は、真っ白だ。血の気が失せるという言葉がぴったりだな。

「あっ……しょうがない人だな。話を聞きたかったのに」

一瞬喜んだバッチュだが、ヌースル魔導師が再度倒れると肩を竦めた。

「バッチュ、彼らに結界を張ればいいのか？」

ゴーレムリーダーの言葉に首を傾げる。この森の奥で結界を張る理由はないと思うけど。

「うん。この状態だと彼らは獣人の国に入れないから」

えっ、エントール国に入れない？　門番に、ヌースル魔導師達を捕まえたと言えば、普通には入れると思うけど。

「あの、エントール国に入れないとは、どういう意味ですか？」

キミールが気になるのか、バッチュを見る。

「主の結界が、獣人国に少しでも害がある者だと判断すると、弾いてしまうんだ」

「「「「えっ！」」」」

今まで黙って話を聞いていた、他の騎士達もさすがに驚いて声が漏れてしまったようだ。というか、害があると入れないのか？

「あの、ヌースル魔導師達はどこにいたんですか？」

「彼らは、森の中で自分達が作った魔物に襲われてたよ」

だから服が破れて汚れて……ん？　自分達が作った魔物？

「えっと……作った魔物と言うのは？」

「自分の魔力を籠めた魔石を埋め込んで、操る予定だった魔物のことだよ」

バッチュの言葉に、頭痛を覚える。まさか、そんなものを作っていたなんて。エンペラス国の前王が作った「混ぜ物」を見れば、魔物が操れないことは分かるだろう！　なんて愚かなんだ。

402.　森に五〇人近くも？

—一つ目リーダー視点—

バッチュを目にしたヌースル魔導師が、引きつった声を上げて倒れてしまった。少し前から気になっていたのですが、ありえないと思うのですが、獣人達は我々のことを怖がっているような気がするのです。

いや、主に「今日も可愛いな」と頭を撫でてもらっている我々が、怖いわけありませんが。でも、倒れた獣人ヌースル魔導師の態度からは恐怖心が見て取れてしまうのです。実はエルフ達からも、我々に対する恐怖心を感じていました。

これは由々しき問題です。主は我々に可愛さを求めています。……たぶん。毎日、「可愛いな」と言うのですから、間違いないはずです。なのに、周りから怖がられるなんて……主の希望に沿えていません。どうしたらいいのでしょう。

「リーダー。また余計なことを考えてない？」

ん？　そういえば、してほしいことがあると言ってバッチュにここに呼ばれたのでした。

「余計なことなど考えていませんよ。いつも主のことだけです」

「うん、それは知っている。でも、主が関わると、間違った方向によく暴走するからさ」

なんて失礼な！　暴走などしたことはありません。

「何かをする時は、他の者にちゃんと相談してからね。主が心配するから」

主を心配させるわけにはいきません。ですから、もちろん相談はします。しかし、相談するように言われだしたのは最近なんですよね。何かあったわけではないのですが。……まさか、私が気付いていないだけで、主に心配をかけるようなことをしてしまったのでしょうか？

「どうしたの？」

バッチュを見ると、首を傾げて私を見ています。そういえば、分からないことを自己完結せずに相談するように言われていましたね。

「私が主に、心配をかけるような行動をとったのかと思いまして」

「そりゃもう色々――」

「えっ？　色々？」

色々とはなんですか？　何も思い当たることはないのですが。寝ている部屋に入るのは駄目だとサブリーダーに言われたので、部屋の中の音に耳を澄ませるだけにしています。部屋の前にずっといるのも駄目だというので、泣く泣く主が起きる一時間前からに変更しました。こっそり、孫蜘蛛を主の護衛につけようとしたら、親玉さんから止められました。「孫蜘蛛では、主の護衛にならない」と。あれは、残念です。私が傍にいない時の主の様子を聞くつもりだったのに。

「普段は有能すぎるのに、主に関してだけは残念な思考だよな」

「ん？　何か言いましたか？」

バッチュがため息を吐いて首を横に振ります。

「それより、協力をお願いしたいんだけど」

あぁ、そうでした。何かしてほしいということでしたね。

「いいですが、なんですか？」

バッチュが、地面に転がっている六人を指します。まだ、起きないのですね。

「ヌースル魔導師とそこに転がっている獣人達を、獣人の国に入れるようにしてほしいんだ」

確か彼らは、主の結界に阻まれて獣人の国に入れないのでしたね。

「分かりました。彼らに結界を張ります。それで獣人の国に入れるでしょう。しかし、獣人の国に入れないのは、その国に害があると主の結界が判断したからです。彼らを、獣人の国に入れて大丈夫ですか？　獣人の国で、問題を起こすことはないですか？」

「大丈夫だよ。彼らを獣人の王に引き渡しに行くために、結界を通りたいだけだから。絶対に目を離さないし」

そういうことなら、問題が起きる確率は低いですね。

「分かりました。えっと、一〇〇枚分の結界をイメージするので時間が少しかかります。待っていてください」

「一〇〇枚？　そんなに結界が必要なのか？」

バッチュの驚いた声に、私も少し驚きます。

「当たり前でしょう。主の結界は、どんなに結界を強化しても破られます。だから何重にも重ねて張ってすべてが破られる前に、結界を越えるしか方法がないのですから」

害意のある獣人が、少しでも主の作った結界に触れてしまうと弾かれます。なので、獣人が主の結界に触れないように私の一〇〇枚の結界で獣人を包み込むのです。

「ただ、一〇〇枚の結界をイメージするのは、難しいです」

「それは、そうだろう。一〇〇枚なんだから。ごめん、リーダー。そんなに面倒なことだとは思わなかったんだ。前に『主の結界に、弾かれた者でも通れる方法を考えた』と言っていたから。もっと、簡単なのかと」

バッチュの言葉に首を横に振ります。

「いえ、私も一度試してみたかったのでいいんです」

「ん？　試す？」

不思議そうなバッチュに頷きます。

「そうです。自分では試しましたが、実際に弾かれた者で試したことはないのです。なので、今日の実験は、とっても重要なのです」

「あっ、よかった。自分では試したことはあるんだな」

バッチュの安心した声に、肩を竦めます。

「それは当たり前です。ただ、どうしても結界に弾かれた者とは、出会えなくて」

「えっ？　獣人の国の周りに五〇人ぐらいいるよ」

「えっ。そんなに？」

獣人の騎士の皆さんも知らなかったみたいですね。かなり驚いているようです。

「なぜ、そんなに多いのですか？」

「元宰相のヴィスルイの仲間だということがばれた獣人達が、エルフ国の宰相の弟アルアの協力を得て一時的にエルフの国に身を潜めていたんだ。で、ある程度落ち着いたから獣人の国に戻って、元宰相ヴィスルイの復権を準備するつもりだった。でも、主の結界に弾かれて国に帰れない。戻ってくる予定の獣人達が戻ってこないから、森で何かあったのかと仲間が捜しに来る。彼らも国に害があると判断されて、国に入れなくなった。それを数回繰り返したせいで五〇人近くが、森で過ごすことになったんだよ。結界に弾かれて国に入れなくなったという情報が、なかなかタルレスタ女伯爵に届かなかったからね」

「それで五〇人もの獣人が、自国に入れなくなったんですね」

やはり情報というものは、大事ですね。

それにしても、エルフ国の宰相の弟が獣人達に協力していたのですか。エルフ国を調べた時に、隠れ家に潜んでいた獣人達が何者か気になっていましたが、獣人国から逃げ出した者達だったのですね。なるほど、気になっていたのですっきりしました。

「バッチュに、彼らについては放置すると言われたので、ずっと気になっていたんです。答えが分かってよかったです」

まぁ、放置といっても彼らには見張りをつけていたので、特に心配はしていなかったのですが。

「まずはエルフの国のことを調べ上げたかったから、獣人達は後回しにしたんだ」

「オップル一族を優先したのは正解だと思います」

大きな一族で、巨大な組織となっていましたからね。最優先になるのは当然です。

「あの、逃げだした奴らはエルフの国にいたんですか？」

ダダビスが、眉間に皺を寄せてバッチュを見ます。

「そうだよ。だけど今は、エルフ国から許可が下りた獣人達しかいないから、安心して。エルフ国の問題を解決するついでに、シュリ達に回収……捕縛してもらったから」

シュリですか、ということは巣穴に引きずり込んだのかもしれないですね。

「そうですか。ありがとうございます」

ダダビスがホッとした表情を見せます。よかったですね、前に逃げだした元仲間達を捜していると言っていましたからね。

「いえ、オップル一族の後始末の一つだから、気にしないで。ところでリーダー、結界のイメージは作れたの？」

あっ、……ちょっと忘れていました。バッチュを見ます。

「すぐに作ります」

403. 自分のことは見えにくい、らしい。

―一つ目　バッチュ視点―


リーダーに、獣人のヌースル魔導師とその護衛についていた元騎士達が結界を通れるようにお願いしたけど、まさか一〇〇枚の結界を重ね掛けするとは考えもしなかった。

「大丈夫？」

さすがのリーダーでも、かなり疲れるみたい。

「大丈夫です。できましたよ」

「ありがとう」

でも、困ったな。あと五〇人ほど結界を通してもらおうと思っていたんだけど。リーダーの様子から、やめたほうがよさそうだ。

「あれ？　新しい獣人だ。どうしたの、彼らは？」

主の声！　パッと後ろを振り返ると、いつもの様子で歩いてくる主の姿があった。ただ、その顔色はかなり悪い。そのことを言いたくなるけど、ぐっと我慢する。

リーダーから、この世界の状態と主が何を行っているのか聞いている。そして我々がそれについては手助けできないことも。正直、悔しい。我々の存在意義は主を助けることにあるのに！　肝心な時に何もできないなんて。この世界をこんな風にした神達を、ぶっ飛ばしたくなる。

「どうした？」

主の手がポンと頭に乗る。そこからじんわり伝わってくる主の魔力。いつもよりその魔力が弱々しいことに、本当に悲しい気持ちになる。

「なんでもないよ。彼らを今から、獣人の国王にプレゼントしてくるんだ」

「プレゼント？」

主は眠っている獣人達を見ると、少し考える様子を見せたあとに俺を見た。

「彼らは獣人の国に悪さを行ったか、行おうとした者達なのかな？」

「うん。獣人の国を混乱させようとしていたんだ。でも、結界があって国に入れなかったんだけどね。間抜けだよね。ふふっ」

森で魔物の準備を整えて、あとは操った魔物を国の中に放すだけと思ったら結界があって入れない。ふふっ、すごく焦っただろうな。ちょっと、その場面を見たかったかも。あっ、もしかしたらトレント達が見ていたかも。あの子達は、森のどこにでもいるし、少しでも異変がある場所には絶対に姿を見せるからね。よしっ、あとで話を聞きに行こう。

「結界があって、国に入れない？」

ん？　主を見ると、俺の言葉を繰り返して首を傾げている。リーダーを見るが、彼も主が疑問に思っていることが分からないみたいだ。ちょっと悔しそうな雰囲気を出している。

「もしかして、『敵意を持っている者を入れない結界』にしたからか？」

主が俺とリーダーを見るので、同時に頷く。

「そっか。ちゃんと機能しているんだな。あれ？　彼らを獣人の国王にプレゼントするって……もしかして結界が邪魔になっているんじゃないか？　あっ、だからこの異様な数の結界が張ってあるのか」

主が口元を手で隠して、小さく唸りだす。な、何があったんだろう？　リーダーを見ると、主以上に混乱した様子で動きがおかしい。主以外のことには有能なのに、どうしてこう主が関わると一気におかしくなるんだろう？　ある意味、ここまで極めるとすごい。

「よしっ、結界を変更するのは防衛力を弱めそうだから、捕まった者達が結界を通れるようにしよう」

しようって……普通は、そんなに簡単にはできないことなんだけど。でも、主は簡単にやってのけるんだろうな。

「えっと、結界を変更せずに通れない者達を通す方法は……」

ヌースル魔導師をじっと見る主。何かいい方法を思いついてくれるかな？

「一〇〇枚の結界？……なるほど、俺の張っている結界に彼らが触れないように、こんな一〇〇枚もの結界を張っているのか。つまり、俺の張った結界に感知させないことが重要なんだな」

すごいな、すぐに結界の数が分かるなんて。リーダーの張った結界は一枚一枚が薄いから、俺では何重なのか見ても分からないのに。

「なんだ。各国に張った結界より強い結界で守れば、普通に通れるじゃないか」

ははっ、各国に張った結界よりも強い結界かぁ。それは、主にしか作れない結界だね。

「俺がすぐに協力できる時はいいけど、俺がいない時でも通れないと意味がないよな。魔石を使うか。魔石は万能だから問題ないだろう」

それは違う。確かに魔石には色々な使い道があるけど、主ほど魔石を自由に使いこなしている方はいない。多くの魔石は、魔法の威力を強くしたり、発動時間を延ばしたりするのに使われている。そもそも、この家にある魔石ほど強い魔力がこもった魔石は存在しないし、魔石自体が探している力を求めて森の中を飛び回ったりもしない。主が力を込めた魔石は、すべて規格外の能力だ。

「岩人形だけに反応する魔石にして、前の結界より強い結界をイメージして……魔石に命令したら発動するようにして……増やすのも簡単にして……よしっ、完成。バッチュ、発動させてみてくれ」

相変わらず、簡単に魔石を書き換えちゃった。これって実は、すごく大変なことなんだけどね。

「ありがとう」

主から透明な魔石を受け取る。これをどうしたらいいんだろう？　確か、「命令したら発動する」と、言ったよね。

「倒れている獣人の体の一部に触れて、『結界』と声に出してみてくれ」

すごく、簡単だ。ヌースル魔導師の肩に手を置く。

「結界」

あっ、すごい。俺とヌースル魔導師を包むように結界が発動した。……えっ！　この結界は何を防ぐつもりなんだろう。結界に、すごく濃くて強力な魔力を感じるんだけど。

「すごいです。さすがです、主」

結界の威力に気付いて、興奮するリーダーを見て苦笑する。この結界の中は、きっとこの世界で一番安全かもしれない。

「バッチュ。結界は『やめ』と言うまで発動し続けるから。あと、その状態で他の者達に触れると、彼らも結界の中に入れることができるから」

つまり一人一人、結界を通す必要はないということか。それは、嬉しい。

「ありがとう」

これで五〇人近くの大移動もできるな。まぁ、まずはヌースル魔導師とその護衛達だけで試してみるけど。

「何か不具合があったら、すぐに教えてくれ。直すから」

「うん。本当にありがとう」

そういえば、ダダビス達が静かだな。いつもなら、主が来たらすぐに声を掛けるのに。あれっ？ どうしてダダビス達は、顔色を悪くして直立不動なんだ？

「あの、主様」

ダダビスの緊張した声に、主が視線を向ける。

「どうしたんだ？」

「すみません。我々の国の問題に、バッチュ殿を駆り出してしまって」

そんなこと？ 別に気にしなくてもいいのに。楽しんで……いやいや、主の今後の生活の安定のためにしているんだから。まぁ、ちょっとだけ楽しんでいるけど。本当にちょっとだけだよ。

「気にしなくていいよ。バッチュも楽し……えっと、この世界のためだから」

ははっ、バレてる。

「バッチュ？」

ちょっとリーダー、睨まないで。もちろん、主のためが一番重要なのはわかっているから！

「主のためだよ、もちろん」

その上で、楽しんでいるだけ！　もう、リーダーは主のことに関しては、心が狭いんだから。

「バッチュ。今から獣人の国へ行くのか？」

「はい」

獣人の国王に会って、国内で動く許可をもらって、奴らの隠れ家と拠点を一つ一つ……ふふっ、ぶっ壊す！　主が世界を守るために毎日、毎日頑張っているのに、混乱を起こすだと？　ありえない。本当に、ありえない！　どうしてやろうか、あいつら。本当に、今から楽しみだ。

「バッチュは、リーダーのことを『主が絡むと』と、よく言うけど、バッチュも『主が絡む』と、過激になるよな」

「そうそう。気付いてないみたいだけどね」

ん？　小さな声に視線を向けると、いつの間にか獣人の国を一緒に調べていた子蜘蛛と子アリがいた。あれ？　いつの間に来たんだろう？

「準備は終わったよ。証拠書類もばっちり、証拠品も十分揃った。獣人の国に入れるようには、主がしてくれたんだろう？　行こうか？」

子蜘蛛の前脚が、ポンと肩に乗る。なんだろう。ちょっと残念な子を見るような視線を感じる。

……気のせいか？

「そうだね。行こうか」

404. エントール国　エスマルイート王。

―エントール国　エスマルイート王視点―


「エスマルイート王、初めまして」

……………えっ、いつの間に？　外から聞こえた音に警戒していたら、気付いた時には目の前に森の神が作ったゴーレムがいた。その傍には、気まずそうな表情の第三騎士団団長のダダビスの姿もある。

「あれ？　聞こえてないのかな？　耳が悪いなんて情報はなかったけど」

ゴーレムが首を傾げて、一歩こちらに近付いてくる。それにビクリと体が震えてしまう。特に敵意を向けられたわけではないが、この現状に警戒心が働いたようだ。

「いえ、おそらく驚いて固まっているだけなので、あと少し待てば問題ないと思います」

ダダビスの説明に、自然と頷いてしまう。……いや、何も考えずに反応するのは王として駄目だろう。とりあえず、この混乱している頭を落ち着かせよう。

「驚かせちゃったのか。ダダビス、驚かせないためにはどうしたらいいのかな？」

先触れがあったら、驚かないだろうな。いや、待てよ。ゴーレムがこれから来ると分かって、落ち着いていられるか？　「なぜここに来るのか」と、疑問と恐怖に襲われないか？

「そうですね。通常は、先触れを出しておきます」

ダダビス。通常はそうだが、先触れをもらった者の気持ちを考えてあげてくれ。

「なるほど。予告しておけばいいのか……あっ、それならこれから会いに行く予定の者達に、先触れを出して驚かないようにしておかなきゃな」

きっと先触れに驚くだろうな。いや、ゴーレムからの先触れだと信じないかもしれないな。

ん？　あれは？　黒い体に六つの目……ははっ、アルメアレニエか。傍で見るのは今回で二回目だが、やはり迫力があるな。ん？　アルメアレニエが持っているのは……紙？　あぁ、先触れのための紙をアルメアレニエがゴーレムに渡したのか。

というか、アルメアレニエはどこから、この部屋に入ったんだろう？　あぁ、窓を壊して入ってきたのか。壊した時の音がしなかったのが不思議だが。あっ、すごいな。アビルフールミが、窓の修理をしてくれている。ありがとう。

「えっと、先触れなら『今から行きます。首を洗って待っていろ』でいいよね？　子蜘蛛さん、お使いよろしく！」

随分と恐ろしい先触れだな。

「誰に届けるのか、分かるようにしておいてくれ」

そういえば、誰に渡しに行くんだ？

「もちろんだよ。宛名をちゃんと書いておいたから、これで分かるだろう？」

折りたたんだ紙の一部をゴーレムが、アルメアレニエに見せる。

「あぁ、彼らにか。見張り役についているのは我々の仲間だったな。居場所は把握しているから、すぐに届けられるだろう」

残念だな。ここからでは宛名が見えない。あれ？　今、見張りと言ったか？　国内に、森の神に警戒されている者がいるということか？

「ありがとう」

ゴーレムからアルメアレニエに先触れが渡され、窓まで行くと外にいるアルメアレニエに渡された。あれ？　修理をしてくれている窓だけど、元のサイズより大きくないか？　あぁ、アルメアレニエが通れる大きさの窓に変えたのか。まぁいいけど……いいのか？　注意する？　誰が？……もしかして俺か？……無理！

「どんな大きさでも窓は、窓だ。全く問題ない」

「どうしたの？」

「あっ。いえ」

そういえば、挨拶をされていたんだった。

「初めまして。エントール国の王エスマルイートです」

時間が掛かったがなんとか返せたな。混乱も少し落ち着いたようだ。

「初めまして、森の神の使いバッチュです」

このゴーレムはバッチュ殿というのか。

「今日は先触れもなしで急に訪ねてごめんね。お願いがあるんだけど」

先触れがなくて、本当によかった。「首を洗って待っていろ」なんて内容の先触れをアルメアレニエから受け取ったら……逃げだしそうだ。あっ、バッチュ殿からの先触れを受け取った者達は、逃げだすのではないか？

「あの、先触れを受け取った者達が逃げる可能性がありますが」

「逃げる？　どこに？」

「えっ？」

ゴーレムのバッチュ殿が不思議そうに首を傾げる。その態度に、俺も首を傾げてしまう。どこって、見つからない場所だと思うのだが。ん？　ダダビスが首を横に振っている。

「エスマルイート王。バッチュ殿から、逃げ切るのは絶対に不可能です」

そうなのか。なんだろう、ダダビスの真剣な表情がすごく怖く感じるのだが。

「エスマルイート王？　話をしていいかな？」

「はい。どうぞ」

何を言われるのだろうか。それにしても、一つ気になることがある。バッチュ殿は、この場所をどうやって見つけたのだろうか？　ここは密会をするために、エントール国の名だたる魔術師達に認識阻害魔法を掛けてもらっている。だから、知らない者がこの場所を探せるはずないのだが、普通は。

「我々が、獣人の国で自由に動き回る許可がほしいんだ。あっ、許可をもらう前に先触れを出しちゃった……まぁそれはもういいか。で、自由に動き回ってもいいかな？」

もう既に、自由に動き回っているので許可は必要ないと思うが。ダダビスと視線が合うと、彼は一回頷いた。それは、許可を出したほうがいいということなんだろうな。

「分かりました。許可を出します」

「ありがとう。じゃあ、許可しましたという書類にサインをお願い」

準備万端だな。アルメアレニエが持ってきた紙を受け取り、内容を読む。

「えっと、『獣人の国を、害する者達の捕縛を許可します。そのために、国内を自由に動くことを許可します』」

獣人の国に害？　傍に立っている、今日の密会相手アルピアリ公爵を見る。彼は元宰相ヴィスルイの片腕をしていた者で、今も不穏な動きを見せる者達を密かに集めている。まぁ本当は俺の命令で動いていた間諜（かんちょう）なのだが、それは俺とあと二人しか知らない。

「すみません、この者のことなのですが」

アルピアリ公爵がこの国を害することはないと、言っておこう。

「アルピアリ公爵が昔から王の指示で動いていることは知っているから、捕縛対象にはなってないよ」

まさか、知っていたとは。

「ご存知だったのですね、失礼しました。すぐにサインします」

名前を記入した紙がバッチュ殿に渡ると、満足そうに頷いたのが見えた。それにしても、どうやってアルピアリ公爵がこちら側だと知ったのだろう？　会うのは数カ月に一回、会う場所はこのような密会に適した場所だ。まぁ、この場所に普通に入ってきたということは、我々が用意している隠れ家や隠れ場所も調べ上げているんだろうな。

「では、先触れを出した相手を捕獲してきます。あっ忘れるところだった。先に、彼らを置いていきますね？」

彼ら？　ダダビスに視線を向けると、首を横に振られた。ダダビスではないというなら、誰だ？

バッチュ殿が修理中の窓に近付くと、外に向かって手を上げた。すぐに、今までより一回り大きなアルメアレニエが姿を見せたので少し驚いてしまった。

「ありがとう。彼らをこっちに渡して」

バッチュ殿の言葉に、窓の外から何かがゆっくりと入ってくる。部屋の中にいたアルメアレニエがそれを受け取ると、私の足元に向かって転がした。

「獣人か？」

少し離れた場所で止まった者達の顔を、確かめる。なんだか随分と痩せている者達だな？

「あれ？……ヌースル魔導師？　それに元宰相ヴィスルイと消えた元騎士達か？」

あまりの変わりようにすぐには分からなかったが、間違いない。エントール国から逃げたヌースル魔導師と騎士達だ。まさか、こんな形で再会するとはびっくりだな。

「彼らは、どうしたんだ？」

傍にいたダダビスに視線を向ける。

「ヌースル魔導師は、操った魔物を国内で暴れさせる予定だったようです。ですが、準備を終えて国に戻ろうとしたら、森の神が張った結界で入れず、森の中に潜伏していたところをバッチュ殿が捕獲しました」

操った魔物？　それを国で暴れさせる？

「エスマルイート王、これが彼らの証拠だよ」

バッチュ殿の言葉に視線を向けると、その手には大量の紙。おそらくそれが証拠なのだろう。

「ありがとうございます」

まさか、魔物を使おうとするなんて。森の神の結界がなければ、どうなっていたか。

「いつまでここにいる予定？　捕縛した者達とその仲間達のことを任せたいんだけど」

どうやら、数日はかなり忙しくなるようだな。

「王城で待機しております。どうぞ、よろしくお願いいたします」

「任せて、心をぐしゃってしてから連れていくから」

ぐしゃっ？　擁護するつもりは全くないが、バッチュ殿が向かう先の獣人が少し可哀想かもな。

……まぁ、国内を混乱させようとする奴らだ。自業自得か。

405. エントール国　タルレスタ女伯爵。

―伯爵家女当主　タルレスタ視点―

部下からの報告に、苛立ちが抑えられず机の上にあったコップを投げつける。

「ひっ！」

怯えた部下の姿に、より一層苛立ちが増す。コップがぶつかったぐらいで声を上げるなんて！

それにしても、どうしたらいいのかしら？　まさか、森の神の張った結界が私達の計画を阻むことになるなんて、想像もしなかった。

「タルレスタ女伯爵、少し落ち着きましょう」

オルトル男爵の言葉に、大きく息を吐き出す。少し冷静にならないと駄目よね。

「確認だが、すべての魔道具を本当に確かめたのか？」

「はい。集めてくださったすべての魔道具で確認しましたが、どれも結界に小さな傷すらつけられませんでした」

いったい、どんな強力な結界が張られているのかしら。小さな傷すらつかないなんて、おかしいじゃない！

「魔物を使って攻撃してみたか？」

「それはまだしておりません」

「えっ？」

部下の言葉に、落ちつき始めた苛立ちがぶり返しそうだわ。どうして、確かめていないのよ、

「確かめてないのか？」

オルトル男爵の声にも、少し険が含まれる。

「魔物が結界を攻撃すれば、かなりの攻撃音が予想されます。魔道具の場合は、小さな音なので問題ありませんでしたが、大きな攻撃音となると門番に気付かれてしまいます」

オルトル男爵の苛立ちを感じた部下が、慌てて説明する。

「確かに、そうだな」

オルトル男爵が、納得したように頷く。そうね、攻撃音が響いて門番に動かれると厄介なことになるわね。音か……どうにかならないかしら？

「結果が出せず、申し訳ありません」

頭を深く下げる部下をちらりと見て、ため息を吐く。話を聞く限り、できることはすべてしたみたいだししょうがないわよね。

「下がっていいわ」

「はい」

部下が部屋から出ていくのを見送り、酒を一気に呷る。喉の奥がカッと熱くなるけれど、気分は晴らしてくれない。

「あぁ、森の神が邪魔でしょうがないわ」

ガゴッ。

「えっ？　何？」

不意に聞こえた音が気になり部屋の隅に視線を向けるが、特に気になるようなものはない。

「本でも倒れたのかしら？」

それにしては、何かが壊れるような音だった気がするのだけど。聞き間違いかしら？　まぁ、今はそんなことを気にしている時ではないわね。

「オルトル男爵、攻撃音の問題だけど何かいい方法は思いつかないかしら？」

聞いてはみたけど、攻撃音を消す方法なんてないわよね。森の神が結界さえ張らなければ、簡単に事を進められたのに。もぅ、本当に厄介な存在だわ。

「音の問題なのですが、音が鳴ってもいいように、こちら側の門番が当番の日に実行しましょう」

オルトル男爵の言葉に首を傾げる。こちら側の門番？

「森に最も近い東門の門番達の弱みを、ようやく掴むことができたのです。なので、彼らが門番の時に、門から魔物が入れるか試してみましょう。そして無理だと分かったら、門を魔物に攻撃させてみましょう。彼らが門番になっている時なら、少し大きな音が鳴り響いても問題ありません」

さすが、オルトル男爵ね。まさか、門番の弱みを握っておくなんて。

「えぇ、そうしましょうか。それにしても、門番達の弱みを、どうやって握ったの？」

「東門は最も王都から離れていて、娯楽が少ない。そういう者達は、駄目だと分かっていてもつい手を出してしまうものなのですよ」

「あぁ、賭博（とばく）ね」

私の言葉に、にこりと笑うオルトル男爵。この男は、法律で禁止されている賭博場を運営している。彼の頭がいいと思うのは、賭博場を金を稼ぐ場所ではなく、情報を集める場所にしていることよね。多くの者に賭博場を利用させ大金を稼ぐこともできるのに、彼は限られた者達しか招待しない。そして、相手が気を許すまで、賭けに勝たせ酒に酔わせ、ゆっくり懐柔（かいじゅう）していく。何度も賭博場でうまい汁を吸わせてから、ゆっくり、ゆっくり情報を聞き出し弱みを掴んでいく。この方法で、オルトル男爵は静かに貴族達に手を伸ばしている。男爵という地位だけど、いったいどれだけの貴族がこの男に逆らえないことか。ふふっ、あとで訊いてみようかしら？

「門番達にも賭博場を解放しているとは知らなかったわ。でも、彼らを引き入れて問題ないの？」

門番達は、それほど口が堅くないから、すぐに噂になりそうなんだけど。

「気になる者達は審査して、問題ないと判断したら仲介者が接触します。仲介者には、それぞれテストをするように言ってあります。そしてテストに合格すれば、招待状を届けます。招待する者達を厳選しているので、今のところ問題は起きていないですね」

すごい手間をかけているのね。さすがだわ。

「しかしタルレスタ女伯爵。もし、魔物が国内に入れなかった時はどうしますか？」

あぁ、そういう可能性はあるわよね。森の神の結界は、異常なほど強固みたいだから。

「魔物は、諦めるしかないわね」

ヌースル魔導師が見つけた、国内に大打撃を与える方法が使えないのは残念だけど。でも、いつまでもそれに拘(こだわ)っていては時間を無駄にしてしまう。

「そうですね」

何か、国内を大混乱させる方法はないかしら？　そういえば、森の神が張った結界のせいで仲間達が戻ってこられないと分かったのは、仲間達が商人に託した手紙からよね。もしかしたら、私達と関係のない商人だったら、エルフから買った大量の魔道具を国内に持ち込めるのではないかしら？

「信用できる商人を――」

「バッチュからの、先触れをお届けに参りました」

オルトル男爵に信用できる商人がいるか聞こうとした時、知らない声が重なった。

「「えっ？」」

聞きなれない声に、慌てて視線を向けて目を見張った。

「アルメアレニエ？」

書物で読んだ特徴的な六つの目と体の形状。そして、これまで感じたことがないような強く濃い魔力に体が自然と震えるのが分かった。

「先触れです」

さっ、先触れ？　アルメアレニエが差し出す、小さな紙に視線を向ける。あぁ、誰かが私に会いに来ると……待って。アルメアレニエを使いに出す知り合いなんていないわ。そういえば、バッチュという名前だったかしら？　誰なのかしら？　アルメアレニエは森の神の……まさか、さっき私が言った言葉を聞かれたなんてことは……ないわよね？　先ほど音がした場所を見る。大丈夫、誰もいないし何もないわ。そう、聞かれるはずがない。

「どうぞ」

「ひっ」

アルメアレニエの迫力に、体がぶるぶると震えてしまう。正直、受け取りたくない。でも、受け取らなければアルメアレニエは帰ってくれない気がする。受け取るだけよ。大丈夫。

震える手でなんとか紙を掴むと、アルメアレニエが私からすっと距離を取った。アルメアレニエが離れたことで、体から力が抜ける。よかった。あれ？　どうして帰らないのかしら。……もしかして、中を確かめるまで帰らないとか？　二つ折りになっている先触れの紙を見る。アルメアレニエを窺うと、じっと私を見ているのが分かる。小さく息を吐いて、そっと紙を開いて内容を確かめる。

「ひっ！」

先触れの紙が、手からはらりと落ちる。私は今、何を見たのかしら？　いや、あれはきっと見間

違い。そう、見間違いのはずよ。だって、「首を洗って待っていろ」なんて、そんな……。

「では、バッチュからの先触れは渡しましたので、この場所でお待ちください」

アルメアレニエが扉から出ていくのを見送ると、慌てて重要な書類などをバッグに詰め込む。

「逃げるわよ」

「タルレスタ女伯爵？　どうしたのですか？　先触れにはなんと書いてあったのですか？」

「オルトル男爵、逃げないと駄目なのよ。ここは危険なのよ」

一刻も早くここから離れないと。

「いったい何が？」

オルトル男爵が、私が落としてしまった先触れを拾い、中を確認した。そして一気に顔色を悪くした。

「タルレスタ女伯爵、これ。いえ、すぐに移動を始めましょう」

「えぇ」

早く、早く逃げないと。あぁ、どうしてこんなことになるの？　あと少しで、この国を牛耳(ぎゅうじ)ることができたのに！

406.　エントール国　オルトル男爵。

―男爵家当主　オルトル男爵―

――なぜ、こんなことになったんだ？

男爵の地位では、会える貴族に限界がある。だから、多くの貴族と知り合えるように、タルレスタ女伯爵に近付いた。彼女は傲慢なところはあるが、単純な性格で扱いやすいと判断したからだ。実際、自尊心を満足させれば、俺の思い通りに動いてくれた。

予想外だったのは、彼女が元宰相のヴィスルイと繋がっていたことだ。今は落ちぶれてしまったが、あの当時は国を動かせるほどの力を持っていた。さすがの俺も、予想していなかった大物の登場に少し警戒したが、この機会を逃すつもりはなかった。

まず俺は、ヴィスルイがほしがっている情報を徹底的に調べ上げた。まずは俺という存在を、ヴィスルイに知ってもらう必要があると考えたからだ。そのための情報。かなり時間と金がかかったが、俺はある情報を掴むことができた。

俺は掴んだ情報を、タルレスタ女伯爵を通してヴィスルイに伝えた。直接伝えることも考えたが、親しくない者からの情報など警戒されるだけなのでやめた。何よりヴィスルイと彼の友人達に、タルレスタ女伯爵の価値を認めさせ、俺は女伯爵に媚びへつらう存在だと思わせたかった。

なぜなら、貴族達は自尊心の塊。男爵という底辺の貴族が目立つと、反感を買い面倒事が増える。それを防ぐためにも、俺はタルレスタ女伯爵の指示でなんでもする存在だと思わせたかった。そして俺の望んだ通りにいった。俺は、タルレスタ女伯爵のために動くただの男爵。

この地位は、問題が発覚した時に一番力を発揮する。なぜなら、俺はタルレスタ女伯爵の指示に従っただけ。つまり、タルレスタ女伯爵は俺が行ってきたすべての罪を被ってくれる存在でもある。

まぁ、要するにタルレスタ女伯爵は隠れ蓑だ。

ヴィスルイに伝えた情報は、相当な価値があったのだろう。タルレスタ女伯爵が、ヴィスルイの傍に呼ばれることが多くなった。その結果、貴族達の中でもタルレスタ女伯爵は特別な存在となった。そして彼女に付き従う俺の交友関係は、一気に広がった。

だが、今までの経験上、こういう時こそ注意が必要だと気を引き締めた。上位貴族達に、利用される存在になってはいけない。こちらが利用する側でなければならない。そのために、今まで以上に相手を調べ上げ、そして相手の弱みを握ることに邁進した。邪魔な存在はタルレスタ女伯爵の名を使い排除し、彼女を貴族達から恐れられる存在にした。すべてはこれから。そう、これからだったのに。森の神がその姿を見せ始めた時から、狂いだした。あの存在が、すべてを壊した。もっと早く、その存在の恐ろしさに気付いていればこんなことにはならなかったのに。

「くそっ、どうしてこんなことに」

エンペラス国が奴隷制を廃止し獣人達を解放した時に、もっと森の神について調べるべきだった。すべてが上手くいっていて、気が緩んでいた。いや、エントール国内のことではないから気にしなかった。

あっ、まさかあのことを嗅ぎつけたりはしないよな？　大丈夫だよな？　あれが、明るみに出てしまったら……いや、大丈夫だ。証拠の書類は、毎回自分の手で燃やしている。だから大丈夫だ。それに、取引相手は俺ではなくタルレスタ女伯爵だ。だから俺があの罪を背負うことは絶対にない。

「大丈夫だ。バレるはずが――」

「何が大丈夫なの？　ところで『この場所でお待ちください』と、伝言を頼んだはずなんだけど。

「どうして馬に乗っているの？」

えっ？　誰の声だ？　馬はかなり速く走らせている。これについてこられるなど……えっ？　声がした方へ視線を向けて、固まる。

「聞いている？」

まさか、ゴーレム？　どうして、ここにゴーレムが？

「ねぇ、無視するのは駄目だと思うんだ。聞こえているでしょ？」

「いや、その……」

どう答えるべきだ？

「ひぃ」

えっ？　俺の少し前を逃げていたタルレスタ女伯爵の声に、視線を向ける。

「なっ、アルメアレニエ！」

アルメアレニエが、彼女の馬と並走するように走っている姿が目に入る。しかもそのアルメアレニエの上には、エントール国の騎士服を着た騎士が乗っていた。

「なんてことだ」

してやられた！　知らない間に、森の神とエスマルイート王が繋がっていたなんて。些細な接触はあった。森の王の子供達のための教師も派遣もした。だが、それ以降の接触はなかったはずだったのに、どこかで関係を築いていたのか。くそっ。送り込んだ教師からの連絡が来ないことに、もっと警戒をするべきだったんだ。

「そろそろ止まらない？　止まってくれないなら、強制的に止めることになるんだけど、いい？」

いいわけあるか！　逃げることは、もう不可能だ。それなら、身代わりを差し出して生き残るのみ。何かあったら、最初からそうつもりだったのだから大丈夫。まだ、上手くやれる。馬の手綱を引っ張り、馬を止める。

「よかった。止まってくれた。さてタルレスタのほうは。あぁ、彼女は捕まったね」

捕まった？　ゴーレムの視線を追うと、騎士に担ぎ上げられているタルレスタ女伯爵の姿があった。見た感じ、気を失っているように見える。それならちょうどいい、目を覚ます前にすべてを彼女に押し付けてしまおう。

「あれ？　タルレスタは気を失っているの？　もう、話を聞きたかったから起きていてほしかったのに。どうしてすぐに気を失うんだろうね。もう少し頑張ってほしいんだけど」

ゴーレムの言葉に、タルレスタ女伯爵を担ぎ上げている騎士が苦笑する。

「アルメアレニエを目の前にすると、多くの者は気を失います」

「そうなの？　親蜘蛛達はいい子で怖くないのに」

ゴーレムの言葉に、アルメアレニエが前脚を上げる。えっ？　アルメアレニエは親蜘蛛と呼ばれているのか？

「アルメアレニエは、死の番人ともいわれているチュエアレニエの子ですから」

騎士の言葉にゴーレムが首を傾げる。なぜ不思議に思うんだ？　見るからに恐ろしい存在なのに。

「チュエアレニエが死の番人？……今は、ナスもどきの番人になっているよ。特に衣をつけて揚げたナスもどきを出すと、絶対にどこからか来るんだよね。あれは匂いで気付くのかな？　それとも……野生の勘？　そういえば親蜘蛛達も、絶対に来るよね？」

「音と匂いと勘です」

アルメアレニエの答えにゴーレムが笑う。意味が分からないが、いい雰囲気だ。タルレスタ女伯爵に罪を着せるなら今か？

「あっ、そうだ。えっと、獣人国の第一騎士団団長のガルファだったよね？」

「はい、そうです」

あぁ、そうだ。あの顔は第一騎士団のガルファ団長だ。奴をこちら側に引っ張り込めればと思ったが、王への忠誠心が強く無理だった。最近は、俺の動きに気付いている節があったので、近付かないようにしていた。

「オルトルとタルレスタを縄で縛って。ダダビスのほうもそろそろ終わっているだろうから、エスマルイート王の下へ戻ろうか」

「分かりました。オルトル男爵、一緒に来てもらう」

ガルファ団長は縄で俺を拘束すると、意識のないタルレスタ女伯爵も同じように縄で縛った。彼女の意識が戻っていない今が、チャンスだ。あれ？　そういえば、どの犯罪がばれたんだ？

「ガルファ団長、少しお待ちください。罪状はなんでしょうか？」

「それは」

ガルファ団長が、ゴーレムに視線を向ける。

「オルトルの一番の罪は、獣人達を人やエルフに売ったことだね。あとは、貴族達からの依頼で獣人達を殺してきたよね。あとは、賭博場もあるかな。本当、タルレスタ女伯爵の陰に隠れて色々してきたよね」

ゴーレムの言葉に、冷や汗がどっと出る。まさか。まさか、バレてるのか？

「えっ、売った？」

ガルファ団長が俺を睨みつける。その鋭い睨みに体がぶるっと震える。駄目だ。態度に出すな。まだ、誤魔化せるはずだ。

「何のことを言っているのか、分かりません」

「えっ？　借金を払えなくなった獣人達を人やエルフに売ったよね？　オルトルが持っていた証拠は燃やされてなかったけど、取引した相手の証拠は残っているからね」

そんな……待て。取引相手はタルレスタ女伯爵だ。俺じゃない。

「オルトルが一〇日ほど前に売った獣人達は、全員を保護してあるから。彼らは生きた証人だね。自分達を誰が売ったのか、ちゃんと知っていたよ。オルトル、どうしたの？　顔色が、かなり悪くなっているけど」

楽しそうなゴーレムの声に、頭が真っ白になる。売った商品は必ず処分する。契約で決めていたから、生き残った者がいるなんて想像すらしていなかった。

「オルトル、貴様！」

ガルファ団長が俺の頭を掴み、持ち上げる。

「ぐっ」

「ガルファ団長、落ち着いて。あとは、エスマルイート王が判断することだから」

「……はい。失礼しました」

ドサリと、地面に体が叩きつけられる。痛い、怖い。これから俺は、どうなるんだ？　いや、まだ何か手があるはずだ。

407. エントール国　エスマルイート王　二。

―エントール国　エスマルイート王視点―

謁見の間に一カ所、周りと異なる窓ができ上がった。他とは違い、その窓の開口部はかなり大きい。まるで大きな存在が出入りするために作られたかのようだ。……いや、現実をちゃんと見ないといけないな。そこから出入りするのは、間違いなく大きいアルメアレニエだろう。

「完成しましたので、我々は帰ります」

目の前に並ぶ、三体のゴーレム。正直、どう返事をしていいのか悩む。俺はこの国の王だ。だから、「ご苦労」か？　いやいや、森の神が作った存在に向かって言うのか？　不敬では？　まて、ゴーレムより王のほうが……面倒くさいから、立場を考えるのはやめよう。

「ありがとう」

いや、「ありがとう」はおかしくないか？　窓を破壊したのはアルメアレニエだ。その壊れた窓を修復してくれただけなんだから。修復？　どう見ても改装されてしまったが。

「これから必要だと感じたので、窓を大きくしました。問題がありますか？」

断ったら元に戻してくれるのだろうか？　というか、ゴーレム達から強い魔力を感じる。もしかして、圧を掛けられているのでは？

「問題は、ない」

恐ろしいから、魔力を強めないでくれ。

「よかったです」

ゴーレムから感じていた魔力が、すっとなくなる。小さく息を吐き出すと、でき上がった窓の近くにいるギルスに視線を向けた。彼は俺を見ると、静かに首を横に振った。まぁ、ゴーレムを止められるのは森の神だけだな。

バッチュ殿が目の前からいなくなった後、すぐに王城に戻った。側近達に、色々と説明しなければならなかったからだ。それにバッチュ殿は、問題を起こしている首謀者を連れてくると言った。それなら、騎士達の準備も必要だろう。

執務室で側近達と話をしていると、隣の謁見の間から大きな音が響いた。慌てて謁見の間に駆け付けると、窓があった場所に大きな穴が空いていた。そして、そこから姿を見せたアルメアレニエ。あの時の、側近達の混乱はすごかった。

アルメアレニエは、教師達の護衛につけた騎士ギルスを連れてきた。そして、前脚を上げると颯爽と去っていった。何が起こったのかよく分かっていない状況の中、半壊した窓から次に姿を見せたのは三体のゴーレム。アルメアレニエが現れた時以上の大混乱に陥った。そんな中、ギルスが三体のゴーレムがここにいる理由を説明してくれた。「窓の修繕に来た」と。その内容に、ちょっと釈然としないものを感じたが、お願いした。

そして、修繕……改築された窓を見て苦笑する。やっぱり、開口部が大きくなっている。もう、それでいい。

「ご協力感謝いたします。では我々は帰りますので」

頭を下げるゴーレム達に、俺も頭を下げる。彼等は本当に窓の修繕だけをしに来たようで、すぐに帰る準備を始めた。準備が終わり、窓から出ていこうとすると窓の傍にいたギルスに声を掛けた。

「ギルスはどうするの？」

ゴーレムの口調が変わったことに気付く。俺には、丁寧に話してくれていたのか。魔力はぶつけられたが。

「えっと、ダダビスと戻ります」

そういえば、バッチュ殿と一緒にダダビス団長も来ていて、バッチュ殿と一緒にどこかへ行ったな。あいつ、護衛としてちゃんと働いているのか？　あっそうだ。第一騎士団のガルファ団長は無事だろうか？　首謀者を捕まえに行くと聞いて、一緒に行ってしまったが。アルメアレニエに乗ると聞いた時、顔色を悪くしていたから心配だ。

「そっか。それじゃ、またあとで。バイバイ」

ゴーレム達はギルスに向かって手を振ると、窓から颯爽と帰っていった。姿が見えなくなると、息をひそめていた側近達が安堵したのが分かった。あっ、座り込んでいる者までいるな。

「お待たせしました～！」

「「「「ひっ」」」」

ホッとした瞬間に、バッチュ殿の声が謁見の間に響き渡った。緊張感が途切れた瞬間だったから、悲鳴を上げる気持ちも分かる。俺はぎりぎり、持ちこたえた。

「ダダビスのほうはまだかな？……あっ、帰ってきたね」

「遅くなりました」

「いや、俺も今帰ってきたところだから大丈夫。そうだ、先触れを出したのに、三人とも逃げていたからびっくりだよ。ちゃんと『待っていて』と書いたのになぁ」

やはり、先触れを見て逃げたみたいだな。ん？　ダダビス団長の後ろにいる巨大なあれは……。人を乗せたアルメアレニエが三匹、開口部を大きくした窓から入ってきた。

「少し遅くなったな」

「問題ないよ。親蜘蛛さん、ありがとう」

一匹でも存在感があるのにそれが三匹もいると、謁見の間も狭く感じるな。

「ここに転がしておくぞ」

「うん、ありがとう」

アルメアレニエの言葉に、バッチュ殿が頷く。

ゴロゴロ、ゴロゴロ、ゴロゴロ。

アルメアレニエから降ろされた者達を確認する。バッチュ殿が連行してきたのがオルトル男爵、タルレスタ女伯爵、バーリュ侯爵。ダダビス団長が連行してきたのがマッロシ伯爵とキャベル伯爵だった。キャベル伯爵の姿を見た瞬間、眉間に皺が寄った。

「キャベル……貴様だったのか」

信用し傍に置いていた者が、紐でぐるぐる巻きにされ床に転がっていた。まさか、昔から信頼を寄せていた者が、俺を裏切っていたとは。その事実に落胆する。

「エスマルイート王。今から彼らの罪を説明していくね。とりあえず俺が分かっている範囲で証拠がある分だけだけど」

「お願いする」

いったい、森の神はどこまでこの国の醜聞を知っているんだ？　少し緊張するな。

「あっ、その前に。証拠を先に渡しておくね」

ドサドサドサ。

ん？　バッチュ殿が、アルメアレニエに合図を送ると、どこからか大量の書類が出てきた。それが床に落とされると、バッチュ殿がそのうちの一枚を手に取る。

「爵位をつけて説明したほうが、分かりやすいよね。えっと、タルレスタ女伯爵は、オルトル男爵にいいように使われていたことが多いんだけど、元宰相のヴィスルイの脱獄には手を貸しているね」

タルレスタ女伯爵が？　だがあの時、彼女は何もできないと……あぁ、キャベル伯爵が進言したんだったな。くそっ。

「元宰相のヴィスルイの監視に当たっていた六人の騎士を、毒殺したのが彼女だね。それと、ヌースル魔術師が魔物を操って国内で暴れさせようとしたことにも協力しているし、エルフの密売人から攻撃に特化した大量の魔道具を手に入れていたのも彼女。証拠はばっちりあるから確認してね」

バッチュ殿がタルレスタ女伯爵に視線を向けると、少し小ぶりなアルメアレニエが彼女の傍に書類を置いた。あれが証拠か。確認には何日も掛かりそうだな。

「あっ、ヴィスルイはエルフ国にいたから引き渡してもらって、今こちらに護送中。ヌースル魔術師とその護衛をしていた元騎士達は、ダダビスがいた第三騎士団に引き渡しておいたからね。魔道具は証拠として各一個ずつは残したけど、残りは処分したから」

ヴィスルイはエルフ国にいたのか。それにしても、エルフ国でもバッチュ殿はある程度自由に行動できるのか？　普通は、元宰相の地位にいた者を簡単に引き渡したりはしないよな。エントール国との交渉に使えるのだから。

「えっとマッロシ伯爵とバーリュ侯爵は、ヴィスルイの研究を引き継いで奴隷紋を研究していたんだ」

えっ、研究を引き継いだ？

「すべて処分したはずだが」

ヴィスルイが奴隷紋を研究していると知って、内密に研究機関や書類をすべて処分した。そこで働いていた者達も、既にこの世にはいない。

「この二人は元宰相のヴィスルイにも内緒で、研究資料を持ち出して別の場所で研究していたんだ。彼と違ったのは、奴隷紋が完成していないのに実験を行ったこと」

実験？

「うっ、えっここは……あっ」

目を覚ましたバーリュ侯爵と目が合うと、現状を理解したのか一気に青ざめた。

「マッロシ伯爵とバーリュ侯爵は、未完成の奴隷紋を身寄りのない獣人達で試したんだ。そのせいで多くの獣人達が亡くなっているよ。俺が把握してる人数は、一一二人。でも、研究所に残されていた資料を見る限りもっと多いと思う。あと、人の国から来た元奴隷達も被害にあったから」

身寄りのない獣人？　そういえば、マッロシ伯爵は教会を運営していたな。両親がいない子供達を保護すると言っていたが……その子達か？

「研究所は三つ。ダダビスに紹介してもらった第二騎士団と協力して制圧したから。そうそう、研究所で保護した獣人三二人は、リーダーがヒールで癒やしたから、もう大丈夫。証拠は、第二騎士団が持っているから。証人も」

えっ？　いつの間に、第二騎士団が協力していたんだ？　ダダビスに視線を向ける。あっ、目を逸らしやがった。あいつは！

「で、キャベル伯爵とオルトル男爵だけど」

キャベルか。奴はいったい何をしたんだ？

408.　エントール国　エスマルイート王　三。

―エントール国　エスマルイート王視点―


転がされていたキャベルが身じろぐのが見えた。

「くっ、ここは？」

周りを見回すキャベルと、視線が合う。俺をじっと見つめたキャベルは、現状を把握したのだろう。憎々しげな表情で、俺を睨みつけてきた。

「愚かだな、俺は」

小さなつぶやきは、誰にも聞かれることなく消えた。

キャベルを信じたかった。まぁ、無駄な期待だったが。

キャベルと俺は幼馴染だ。俺の無茶な行動に文句を言いながらも、ついてきてくれた。本気で怒られたこともあった。そして、ある貴族から命を狙われた時には、命を懸けて守ってくれた。彼の腰には、その時の傷跡が残っている。

王になってからも、俺が間違った判断をすれば本気で怒ってくれた。そんな彼は、俺にとって貴重な存在だった。だから信用していた。

「キャベル、なぜ裏切った？」

バッチュ殿が、キャベルの罪を言う前に声を掛けてしまう。どうしても、彼の口から聞きたかった。

「裏切った？　違う。俺はこの国のために動こうとしただけだ」

この国のため？　どういうことだ？

「エスマルイートの近くにいて分かった。お前は王に向いてない。だから俺は、国民のために動こうとしただけだ！」

力強く言われる言葉に、苦笑する。そんなことは、俺が一番理解している。

俺は、三男だった。優秀な兄がいたので、王になるはずがなかった。それなのに、兄の一人は魔物討伐で命を落とし。もう一人の兄は、貴族の裏切りで亡くなった。

急に降って湧いた王という地位。誰よりも戸惑い、不安に押し潰されそうになったのは俺だ。でも、そんな態度は見せられない。俺が不安な態度を見せれば、貴族につけこまれてしまう。だから、王太子に決まったあの日から強い王を演じた。気の休まる時などなかった。それでもキャベル、お前が俺を支えてくれたから、ここまで踏ん張ることができたんだ。そういえば、お前の前では幾度となく弱音を吐いていたな。それが原因なのだろうか？

今まであった支えが、ふっと消えたような気がした。いや、元々支えなどなかったのか。気分がぐっと落ち込んでいく。

「主が『エスマルイートはすごい王だ』と言っていたよ。つまり彼は、森の神が認めた獣人国の王ってこと」

「えっ？」

バッチュ殿の言葉に視線を上げると、ガルファとダダビスが頷いているのが見えた。あぁ、俺を認めてくれる存在もいるのだな。そうだ。俺は、獣人エントール国の王だ。今までだって、何度も裏切りにあってきた。今回のこれも、その内の一つにすぎない。他の裏切り者とキャベルに違いなどない……裏切り者は、裏切り者だ。

「それよりキャベル。国民のためとか言っているけど、君の本当の目的は利権でしょ？　そのために扱いやすい第一王子を王に担ぎ上げる予定だったじゃない」

第一王子？　それは俺の息子エストアールのことか？

「それに本当に国民のためだというなら、マッロシ伯爵とバーリュ侯爵が行っていたことを黙認していたのは、どうして？　知っていたよね？　彼らが何をしていたのか」

「な、なんのことだ、知らん」

焦ったキャベルの前に立ってバッチュ殿は、腰に手を置いて首を傾げる。

「えっ？　第一王子を担ぎ上げる理由を、自慢気に息子に話したでしょ？　忘れちゃったの？　それに奴隷紋の研究室に、どこまで研究が進んだのか確かめるために行ったよね？　どっちも忘れちゃったの？　本当に、覚えてないの？」

バッチュ殿は、小馬鹿にしたようにキャベルの前で首を左右に振る。その態度に悔しそうな表情をするキャベル。

「知らん。私は何も知らん！」

「思い出さない？　それならもう少し詳しく話すね」

「なに？　詳しく？」

「そう。どうやって第一王子に取り入ったか。それは第二王子が次代の王として指名され、自暴自棄になっていたところをつけ込んだでしょ？『あなたこそ王にふさわしい。私が必ずやあなたを王にしてみせます。少し協力していただければ必ず王になれるでしょう』って。どう？　思い出した？」

「なぜ？　なぜ、そのことを……」

キャベルの唖然とした表情で、それが本当のことだと分かる。それに小さくため息を吐く。エストアールのことだ、きっとキャベルの言うままに協力をしたのだろう。

このエントール国では、最初に生まれただけでは次代の王に指名されることはない。子供達の中から、優秀で人となりに問題がないか見極めてから、現王が次代の王を指名する。だから、子供達がある程度成長するまでは、次代の王が誰になるのかは分からない。これがエントール国の王位に関するルールだ。

それなのに、なぜかエストアールは自分が次代の王に指名されると思い込んでいた。しかもそのせいなのか、態度も横暴で。そのたびに、何度も注意をした。しかし、改善は見られなかった。だから俺は、次代の王に次男である第二王子エストカルトを指名した。エストアールには、なぜこうなったのかを時間を掛けて説明したつもりだったが、無意味だったのか。

「あっ、第一王子のエストアールもここに来るようにしたから。まだ思い出せないなら、聞いてみようか？」

　バッチュ殿の言葉に、肩を震わせたキャベルは顔を上げると嫌な笑みを見せた。それに危機感を覚える。

「あはははっ。そうだ、その通りだ。だが森の神も、まだまだだな」

　何を言い出すんだ！

「キャベル、やめろ！」

　森の神の不興を買ったら、この国全体に影響を及ぼすのに！

「どういうこと？」

　バッチュ殿の不機嫌な声が、謁見の間に緊張感をもたらす。その中で、キャベルだけが不気味に笑っている。

「くくくっ。あ～、最高だ！　森の神は、すべてを見通していると思い込んでいるんだろうな。だが、残念。俺の仲間はこいつだけじゃない！」

　キャベルが真っ青な顔で震えているオルトルに視線を向ける。そういえば、彼らの関係はまだ訊いてなかったな。

「あ～、なんだ。そのことか」

バッチュ殿の楽しそうな言い方に、キャベルが訝(いぶか)しげな表情を見せる。

「あのさ、君。彼らに騙(だま)されていたんだよ」

「はっ？　俺が騙された？　何を言っているんだ？」

バッチュ殿の言葉に、苛立った様子のキャベル。

「君と一緒に行動していた、アルティス侯爵とナルミト伯爵」

彼らも俺を裏切っていたのか？

「そうだ、その二人だ。なぜここにいない？」

「ふふっ、キャベルは全く気付いてなかったんだね。いやぁ、面白い」

バッチュ殿の言葉に、キャベルの表情が険しくなる。

「アルティス侯爵とナルミト伯爵は王を守るために、君に近付いたんだよ」

えっ？

「キャベルは王からの信用が厚い。だから生半可な証拠では潰せないと、彼らは考えた。それで確実に潰せる証拠を得るために、君の懐(ふところ)に入り込むことにしたんだよ。君の態度を見ている限り、成功していたみたいだね。そうそう、二人から君に伝言を預かっていたんだった。『我々はエスマルイートこそが、エントール国の王にふさわしいと思っている。君から聞いた話は、本当に自分勝手で苛立った。消えてくれ』だって。残念だったね」

あの二人が、そんなことを言うなんて。

「ははっ。私は見極める目が濁っていたようだ。もっと視野を広げないとな」

私はキャベルを見る。思いがけない二人からの裏切りに、先ほどまでの傲慢な態度は鳴りを潜めている。

「やめろ、離せ！　私を誰だと思っている」

「兄上、いい加減に口を閉じてください。煩いです」

謁見の間の扉が開くと、息子達が入ってくる。一人は長男であるエストアール……は、アルメアレニエの糸でぐるぐる巻きになっていた。次に次男であるエストカルト。長女であるエリトティールも一緒のようだ。

「父上、これはどういうことですか？　なぜ私に、こんなことをするのです！」

エストアールが、私に向かって声を荒げる。それを見た、エリトティールがため息を吐いた。

私には三人の子がいる。エストカルトは人の心を掴むのが上手い。そしてエリトティールは……親が言うのもあれだが、冷淡で策士だ。いや、優しい面もあるが。なぜ、エストアールだけがこうなってしまったのか。

「黙れ。キャベルに『王にしてやる』と言われたようだな」

俺の問いに、青ざめるエストアール。

「えっ？　それは、俺が王にふさわしいから」

「ありえないわ。あんな犯罪者の口車に乗って、王宮警備の重要機密を漏らす者が王にふさわしい？　寝言は寝てから言ってちょうだい。バッチュ殿、残りの証拠です。あと、頂いた証拠ですが、問題ありませんでした」

「ありがとう。とても助かるよ」

えっ？　エリトティール？

「どうしたんですか？　お父様？」

「いや、バッチュ殿と知り合いなのか？」

「えぇ、ゴミの排除が思うようにいかず困っている時に出会いました。同じ目的でしたので、協力していただいたんです。バッチュ殿の仲間達はすごいですよ。それまでのことが嘘のように、あっという間に情報や証拠が集まりました。本当に、色々と。ふふふふっ」

頼もしいけど、ちょっとその笑い方は怖いかな。ほら、騎士達が引いているから。あっ、もしかしてエストカルトも知っていたのか？　首を横に振っているということは、知らなかったのか。

「そうか。ありがとう」

エリトティールの方が王に向いていたかな？……やめよう。王が怖がられすぎるのは、よくないからな。

409.　午前の日課。

「「「「行ってきます」」」」

「行ってらっしゃい。勉強頑張れよ」

朝食後、子供達が勉強へ向かうのを見送る。教師達とはよい関係を築けているようで、勉強時間も楽しそうだ。

今日は、午後からバッチュが誰かを連れてくるらしい。朝食時に、午後からの予定を空けてほしいとお願いされた。午前は無理だが、午後からは相変わらずやることがない。だからもちろんＯＫなのだが、誰を連れてくるんだろう？　そもそも、バッチュは獣人の国の問題に取り掛かっていたはずだ。獣人国から来るのか？

「主。今日も、墓地に行かれますか？」

ん？　一つ目のリーダーの声に、首を傾げる。珍しいな。最初の頃は毎日「行くのですか？」と、聞いてきたけれど、最近は何も言わなかったのに。

「あぁ、行くつもりだ。どうした？」

「こちらを、お使いください」

リーダーが俺に魔石を一つ差し出す。受け取ると、魔石から膨大な魔力を感じた。

「これは、リーダーの魔力か？」

「はい。何か主の手助けができればと思い、魔石に魔力を詰めました。どうぞ、お使いください」

リーダーには、かなり心配をかけている。本当は、墓地に行ってほしくないと思っていることも分かっている。それでも、こうやって俺のやっていることに協力してくれる。

「ありがとう。色々と、ごめんな」

墓地で行う、呪いの浄化。正直、どれだけの効果があるのか全く分からない。もしかしたら無駄なのかもしれない。それでも、呪いがある以上はやめたくない。いつか、彼らをあの苦しみから解放したいのだ。この世界のせいで被害にあったのだから。

「行ってらっしゃいませ」

「行ってきます」

地下神殿をイメージすると、体がふっと浮く感覚がする。目を開ければ、目の前には地下神殿が見える。毎日のことなので慣れた。

「さてと、今日も頑張りますか」

まずは、魔石に力を注ぐために、地下一階へ移動する。

「おはよう」

「主、おはよう。今日も魔石の状態はいいみたいだよ」

妖精の嬉しそうな声を聞いて、魔石に視線を向ける。毎日魔力を注いだせいか、白や青、赤の光を纏った魔石に新たな変化が起きた。今魔石は、部屋の中央で浮いている。そして白や青、赤の光を纏った魔石は、自ら発光しているのだ。妖精が言うには、いい変化らしい。

「今日もよろしくな」

声を掛けてから、魔石に手を翳す。以前は魔石に触れていたが、今は魔石に手を近づけるだけで魔力を送れるようになった。触れていないのに、魔石からトクン、トクンという鼓動が伝わってくる。目を閉じ、振動に合わせて魔力を送る。

「はぁ。今日の分は終わり」

体内から、魔力がごっそりと消えるのを感じ、送るのをやめた。目を開けて、魔石に変化がないか調べる。

「変化なし。よしっ」

よい変化はいいが、悪い変化が起きないとも限らない。なので、魔石が変わるといつもドキドキしてしまう。今日はその心配はしなくてすみそうだ。

「さて、墓地に行くから戻るな。また」

「うん。変化があったら、呼ぶね」

妖精に手を振って、一度地下神殿へ戻る。体内を調べ、魔力が戻ってきているのを確かめる。

「今日も大丈夫そうだな」

毎日、毎日膨大な魔力を使用している。いつか、魔力が戻ってこない日が来るのではないか、それが心配だ。

目を閉じ、墓地をイメージすると体が浮く感覚と、風を感じた。目を開けると、いつも通り何もない草原に立っている。

「よしっ」

小さく気合を入れて、草原の真ん中に行く。地面に手をつくと、真っ暗な世界が目の前に現れた。その瞬間、呪いの不穏な気配に包まれ、大量の呪詛が聞こえだす。頭にぶつけられるような、妬みや怨み。それらに気持ちが引きずられないように、何度も深呼吸を繰り返す。しばらくすると、気持ちが落ち着いてくる。もう、大丈夫。

「おはよう。今日は仲間のリーダーから力をもらってきたんだ。だから、昨日より少しだけ多く浄化ができると思う」

魔石を手に持ち、呪いが充満する空間に俺の魔力と一緒にリーダーの魔力も流していく。何度も体内の魔力を空にしながら、魔力を大量に流し込む。しばらくすると魔力の戻りが悪くなるので、魔力を送るのをやめた。そして浄化のイメージを確認してから、流した魔力に指示を出す。

「浄化！」

魔力が流れた部分だけが、一瞬真っ白になる。だが、今日もすぐに真っ黒な空間に戻ってしまった。

「まだまだだな。また、明日」

ふらつく体に力を入れて、地面から手を離す。

『ま……』

ん？　今、声が聞こえたような？　地面に手をつけている間は、ずっと呪詛の言葉が聞こえるので声が聞こえるのはおかしくない。でも、今。手を離してから聞こえたような気がしたけど。

「…………、気のせいか」

しばらく待ってみるが、何も聞こえない。

「さてと……休憩だな」

帰りたいが、魔力が枯渇していて動けない。いつものように、寝転がって魔力が戻ってくるのを待つ。しばらく休憩していると、魔力が溜まっていくのを感じた。それに、ホッとする。

「今日も大丈夫だな」

……半分ぐらいは戻ったか？　そろそろ帰れそうだ。起き上がって、伸びをする。

地下神殿に戻ると、妖精がいた。いつもなら、この時間は魔石の傍を離れないのに。

「どうしたんだ？」

魔石に何かあったのか？

「えっと、魔石に黒い線が一瞬入ったような気がしたんだ」

黒い線？

「でも、その……すぐに消えたから見間違いかもしれなくて……」

見間違いか。さっきの声も気のせいだと思ったけど。ちょっと気になるな。

「分かった。知らせてくれて、ありがとう」

「うん。また明日」

妖精が地下に戻っていくのを見送ってから、俺も戻るために家をイメージする。浮遊感のあと目を開けると、目の前には玄関の扉。今日も無事に戻ってこられたみたいだな。

「ただいま」

「お帰り」

「えっ？」

聞こえるはずのない声に、視線を向けるとテフォルテがいた。相変わらず、三体の顔が不機嫌そうだ。まぁ、そう見えるだけで、実際は機嫌がいいようだ。尻尾(しっぽ)が激しく左右に揺れている。

「どうしたんだ？」

「今日はお祝いなんだろう？　だからお酒を差し入れにきた！　そしてうまいものを食いに来た！」

お祝い？　なんのことだ？

「どうした？」

「いや、お祝いって誰に聞いたんだ？」

「ナインティーンに聞いたんだ」

ナインティーンは、色々道具を作りだしている農業隊の一体だな。ということは、農業隊関連のお祝い事か？

「お祝いの内容を聞いたか？」

「あぁ、獣人国の悪人討伐完了祝いで『祝！　悪い奴は地獄行き！』パーティーだと聞いた」

なんとも言えないパーティー名だな。それにしても、悪人討伐完了？　完了ということは、獣人国の問題が解決できたのか。バッチュはさすがだな。で、今日はそれを祝うための場が設けられると。なるほど。

「地獄行きか」

エルフ国の問題の時に、最終的な判断はその国の王に任せるように言っておいたから、たぶん大丈夫のはず。……きっと。

「どうした？」

「いや、なんでもない。そういえば、お酒をありがとう」

「いやいや。一つ目達が作る料理は格別だからな。あれが食えるなら、酒ぐらいいくらでも盗んで……持ってくるよ」

今、盗むって聞こえたが。じっと見ると、テフォルテの三体の顔がそれぞれ視線を逸らす。あっ、ここはみんな違う方向を見るんだな。って、今それを気にする時じゃない。

「盗んできて大丈夫なのか？」

「魔界ではよくあることだ。だから問題ない。それに私は強い。誰も文句は言ってこないよ」

魔界は強さが何より重要視されるみたいだからな。テフォルテが問題ないというなら、そうなんだろうけど。

「あまり、無茶はするなよ。テフォルテに何かあったら、アルト達が悲しむんだから」

「……分かった」

今の間はなんだ？　テフォルテを見ると、どこか嬉しそうな雰囲気を感じた。それに首を傾げると、

「心配されることなど、魔界ではないからな」

もしかして、テフォルテは照れたのか？　じっとテフォルテを見ると、さらに顔を背けられた。可愛い性格だよな。

410. 王達が来た。

なんで、獣人国の王エスマルイートが俺の隣でワインを飲んでいるんだ？　テフォルテから、獣人国の悪人討伐完了祝いだとは聞いた。でもまさか、獣人国のトップが来るとは思わないだろう。

「今回のことで、色々学びました。あいつらを捕まえることができて、本当によかった。協力、ありがとうございます」

「俺は何もしてないよ。すべてバッチュの功績だから」

エスマルイートの様子を窺うが、いったい何があったんだ？　解決して喜んでいるようには見えない。どちらかといえば、落ち込んでいるように見える。捕まえた獣人達の中に、信頼していた者でもいたのか？　悪い奴というのは、本性を隠して味方のふりをしたりするからな。……励ますべきか？　でも、本当に裏切られたとは限らないし、どうするべきか。

「森の神」

「はい？」

「我が国が落ち着いたら、遊びに来てください。みんな、喜びます」

みんなが喜ぶ？　それって、獣人国の王と俺が仲良くしているのを獣人達に見せたいのか？……よくわからないけど、まぁ大丈夫だろう。

「そうだな。落ち着いたら遊びに行こうかな」

エスマルイートが、嬉しそうに笑みを見せる。少しでも気分が上昇するといいが。

「お父様。ここのお酒は美味しいですね。飲んでいますか？」

女性の声に視線を向けると、エスマルイートに長女だと紹介されたエリトティールがいた。父親譲りのきりっとした美しい獣人だ。あと一人、えっと次男のエストカルトはどこだ？　あっ、いた。親アリ達と飲んでいるのか。あれ？　顔色が悪いような気がするな。

「リーダー」

「はい」

やっぱりいた。姿が見えなくても呼んだら、すぐに来てくれるんだよな。……盗聴器でもつけられているのかな？　ははっ、まさかね？……本当に、ないよね？

「主？　どうしてそんな不審な目で見るのですか？」

「いや。ちょっと酔っているのかも。それより、エストカルトの顔色が少し悪い気がする。大丈夫か見てきてくれないか？」

「分かりました」

リーダーがエストカルトのほうに行くのを見送る。彼が行けば、問題ないだろう。

「エリトティール。飲みすぎるなよ」

「大丈夫ですわ。私、お母さま譲りで酔えませんの」

　エリトティールの言葉に、エスマルイートが諦めた表情でため息を吐いた。王も娘には弱いのかな？

「そうだ。一つ聞きたいんだが」

　エスマルイートがエリトティールに視線を向ける。その真剣な表情に、エリトティールが少し姿勢を正した。

「なんでしょうか？」

「キャベルのことを、どうして私に言わなかった？　娘の言葉を無視するような親だと思っているのか？」

　キャベル？　話の感じから重要な人物みたいだな。もしかしてエスマルイートが落ち込んでいる原因か？

「いえ、違います。ただお父様をおと、り……お父様とあれは親しかったので、どう話そうか迷っている間に話す機会を逃しただけです」

　今、「おと、り」って聞こえた。それって「囮（おとり）」？　いやいや、親を囮に使うなんて……ね？

「エリトティール」

　あぁ、エスマルイートの表情が消えている。反対に、エリトティールはすごく綺麗な笑顔だ。しかも、笑顔なのに圧を感じる。何も言うなよ、みたいな。こわっ。

「はぁ、もういい。お前は本当に裏で動くのが好きだな」

　エスマルイートの言葉に、「ほほほっ」と笑うエリトティール。裏で動くか。彼女、バッチュと気が合うかもしれないな。

「父上？　なんだかすごく疲れているようですが、大丈夫ですか？」

ん？　覇気（はき）のない声に視線を向けると、顔色がかなり悪いエストカルトがいた。

「いや、俺よりお前だろう」

確かに。親アリ達に囲まれていたけど、何があったんだ？

「俺は、ただの飲みすぎです」

あぁ、絡み酒の被害にあっていたのか。悪いな。あの子達の暴走は止められないんだよ。

「えっ、兄さんが酔ったの？　あの兄さんが？　嘘でしょ？」

どれだけ信じられないんだ？

「本当だって。黒い酒を飲んだんだけど、あれは駄目だ。絶対酔うぞ」

黒い酒？

「あぁ、それは酒に酔ったのではなくて、魔界の酒に含まれている魔神力に酔ったんだよ」

「「「えっ？」」」

親子の驚いた顔は似るもんなんだな。そっくりだ。

「森の神。今、なんて？　魔界の酒？　魔界？」

エスマルイートの唖然とした表情に頷く。

「魔界に住むテフォルテから、今日の祝いにともらったんだよ。味はうまいんだけど、魔神力が含まれているから、初めて飲む者は全員が魔神力に酔ってしまうんだ」

魔界から盗んできたものだとは、言わないほうがいいよな。

「魔界――」

「邪魔をするわよ。今日は何かあったの？　いつも以上に賑やかだけど」

あれ？　この声はアイオン神だよな？　なぜ、そんな口調なんだ？

「アイオン神、久しぶりだな。今日は、獣人国に蔓延る問題が無事に解決したことを祝っているんだ」

俺の言葉に首を傾げながら、傍に来る。

「そう。お祝いだったの。あら？　初めて見る獣人ね。彼らは誰？」

アイオン神の視線が、エスマルイート達に向く。三人が、唖然とアイオン神を見つめているのが分かった。どうしたんだ？

「彼らは獣人国の者で王のエスマルイート。次男のエストカルト。長女のエリトティールだ」

「あら、あなた王なの？」

アイオン神の言葉に、無言で頷くエスマルイート。どうやら緊張しているみたいだ。

「アイオン神ということは、神の仲間ですか？」

エリトティールの言葉に、きょとんとした表情をしたアイオン神。そして俺を見る。

「そうね。翔も神だったわね！　そうか神仲間か」

なんでそんなに嬉しそうなんだ？　というか、神という括りに入れられるのは遠慮したいけどな。

「それより、何をしに来たんだ？　頼んでいたことが、何か分かったのか？」

「ごめん。私の範囲では無理だったから、創造神が今動いているわ。私達が動くのを予想していたのか、妨害がすごいのよ。本当に腹が立つ。いつか、叩きのめしてやるわ。あの腹黒神！」

腹黒神って。すごい言い方だな。そういえば、神同士は争いをしないみたいなことを以前聞いた気がするんだけど……聞き間違いだったかな？

「今日はね。あの、の……この場所で、言うべきじゃないわね」

呪いのことを話そうとしたのか？　それは、そうだな。

「ところで、今日はどうしたんだ？」

「あら、何が？」

「その口調だ。いつもと違いすぎて気持ちわ……気になる」

危ない、気持ち悪いと言いそうになった。あっ、アイオン神に睨まれた。バレたか。

「部下にちょっと注意を受けて……あぁ、なんでこんなことを気にするんだ？　面倒くさい！」

あっ、戻った。限界だったんだ。

「翔はどっちがいい？」

俺？

「どっちでもいいよ。どっちもアイオン神であることに変わりはないんだから」

俺の言葉に嬉しそうに笑ったアイオン神は、バンバンと背中を叩いてきた。

「やっぱ、そうだよな」

ぶつくさ言いながら、傍にあった酒を飲むアイオン神。先に話を聞いたほうがいいだろうな。

「ちょっとアイオン神と話してくるから、エスマルイート達は楽しんで」

エスマルイート達と飲んでいたウッドデッキから、アイオン神を連れて家の中へ移動する。さて、どこだったらゆっくり話ができるかな。

「主、こちらに話せる場所を用意しました」

えっ？　近くにいなかったのに、いつの間に。

「リーダー、ありがとう」

さすが。ただ、やっぱり盗聴器か？　ん？　肩にゴミ？……あぁ孫蜘蛛か。手を上げると、小さな孫蜘蛛が前脚を振ってくれた。うん。なるほど、そういうことか。

「どうしたんだ？」

アイオン神の言葉に首を横に振る。

「なんでもない。リーダー、用意した部屋に案内してくれ」

孫蜘蛛達の活躍だったのか。この子達、最近、大活躍だな。バッチュの話によれば、すご腕の諜報員みたいだし。

411. 絶対に止める。

一つ目リーダーの案内で三階へと向かうが、首を傾げてしまう。三階に、話ができるような部屋を作った覚えはない。もしかして、知らない間に一つ目達が作ったのだろうか？

「ここです」

案内された部屋の扉を見て、動きを止める。しばらく呆然としていると、リーダーが俺を見ていることに気付いた。

「えっと……」

リーダーと視線が合うと、ものすごい圧を感じる。間違いなく、扉に施された装飾のことだろうな。

「すごいな、この木彫り。……これって、俺だよな」

そう、扉に装飾されていたのは俺だった。まさか俺をモチーフにした木彫りが施されているなんて……恥ずかしすぎる。

最初の衝撃から復活したので、扉に視線を向ける。正面から見た俺が、おそらく実物大で彫られている。ただ、実際の俺より五割ほどイケメンだ。

「完璧でしょう？」

完璧って何が？　えっ、この部屋に今から入るんだよな？　ちょっと怖いんだけど！　というか、いつこんなのを作ったんだ？　相談してくれたら、全力で止めたのに！

「すごい………愛されているな」

アイオン神を見ると、顔が引きつっているのが分かる。

「笑ってもいいぞ」

俺の言葉に、無言で首を横に振るアイオン神。

「そんなことをしたら、攻撃魔法の餌食(えじき)だろう」

アイオン神がそっと、傍に立つリーダーを見る。まぁ、確かに。笑ったら、そうなるだろうな。

それよりも、入るか。どうして、話をする場所を求めただけでこんな恥ずかしい思いをしないといけないんだ？　というか、この部屋の中はどうなっているんだ？

異様に心臓がドキドキとしているのを感じる。まさか、部屋に入るだけでこんなに緊張するとは。

カチャリ。

そっと扉を開けて、中の様子を窺う。……よかった、変な装飾はない！　安堵で体の力が抜ける。

「執務室だったのか。落ち着きのある、いい空間だな」

アイオン神と一緒に中に入って、部屋の中を見回す。

「確かに、落ち着けるな」

どこかホッとする執務室だ。

「あっ」

アイオン神が天井を見て声を上げたので、つられて天井を見る。

「あっ」

次の瞬間、ちょっと意識が遠のいた。まさか、天井だったとは。

「マジか」

天井には、俺が描かれていた。なぜか煌(きら)びやかな服を着た俺が。しかも魔法を発動させているのか、俺の周りが発光している。というかなぜそんなきらきらした格好なんだ？　そんな格好を今まで一度だってしたことはない。せめて普通の服を……違う。服じゃなくて、こんなもの作らないでくれ！

「…………似合っているぞ」

「嘘を吐くな」

本当に、なんでリーダーはこんな絵を描いたんだ？

「この部屋は、これからのことを考えて作りました」

　これからのこと？　リーダーを見ると、どこか満足そうな雰囲気を醸し出している。

「これから多くの方が主に会いに来るでしょう。その方々と話をする場所が必要だと思いました。そこで、主の偉大さが分かる部屋を作ったんです」

　えっと、何を言っているのか分からないんだけど。俺に会いに来るって誰が？　そして来た人を、この部屋に通すの？　羞恥心がすごいんだけど！　それに、この天井の俺を見ても偉大に感じる人はいないから！

「ただ、場所が気に入りません。三階はプライベートスペースなのでお客を招くのには不向きです。だから、一階を大きく改造しようかとみんなで話し合っているところです」

　新しく作るのか？　それだったら。

「次に執務室を作る時は、俺にも声を掛けてくれるかな？　俺の意見を反映してほしいんだ」

　なんとしても、俺を装飾に使うのを回避させてみせる。絶対に止めてみせる！　心にその思いを刻みながら、部屋にあるソファに腰を下ろす。

　疲れた。酔いが一気に醒めたな。

「大丈夫か？」

　アイオン神が心配そうに俺を見る。それに無言で頷く。別に攻撃されたわけではない。いや、思いっきり精神面に攻撃を受けたけど。しかもかなり効いたけど、リーダー達に悪気があったわけではない。……ないよね？

「お茶をどうぞ」

リーダーがアイオン神と俺の前にお茶を置いて、部屋の隅に控える。用意も完璧だし、俺や俺の周りに対する配慮も完璧……なんだけど。どうして、時々おかしな方向へ暴走するんだろう？　特に俺に関することになると、おかしくなるよな。どうやったら止められるんだ？……分からん。

「話を始めてもいいか？」

ちょっと苦笑しているアイオン神に視線を向ける。

「あぁ、悪い。呪いに関することだよな」

「呪いというか魂のことなんだが」

魂？

「魂力を世界の力に転用した実験が、遥か昔に行われていたことが分かった」

アイオン神の言葉に、眉間に皺が寄る。被害にあった者達が他にもいたなんて。

「ただ、その実験は本当に昔で、その実験に関わった神達はすべて亡くなっていて話は聞けなかった」

神の言う昔って、俺では想像できないほど昔だからな。でもまぁ、実験の記録が残っているだろう。

「実験の目的は、魂力を使い世界が維持できるかどうかを調べるためのものだった」

世界の維持。この世界と同じだな。

「まぁ実験に関わった神達の多くは、魂を入れ替える方法を探していたようだけどな」

魂の入れ替え？

「前に話しただろう？　魂を癒やすより、新しく作ったほうが神にとって都合がいいと」

「あぁ、聞いた」

「傷を癒やすより、新たに魂を誕生させたほうが簡単だし。何より、新しい魂だと神の意思が伝わりやすくて便利に使える」と言っていたな。正直、聞いた時はムカついたものだ。

「神達は、戻ってきた魂を効率よく消して、自分達に役立つ魂を生み出せる環境を作ろうとしたんだと思う」

やっぱりムカつくな。

「……そうか」

「だが実験は途中で中断されている」

中断？

「原因は、実験に参加した神々が突如として姿を消したからだ」

「えっ？　消えた？」

アイオン神を見ると神妙な表情で頷いた。

「消えた原因は不明。そして、実験のために作られた世界だが、神々が消えた一〇日後に消滅したと記録されていた」

実験を行っていた神々が消えて、世界が消えた？　実験に参加させられていた魂が、何かしたのか？　でも、魂にそんな力はないよな？

「実験で使われていた魂達も、世界が消滅する二日前に消滅したとあった。この原因も一切分かっていない。すべてが消えてしまったため、時間が進むにつれて、その実験や神が消えたことは忘れられていったようだ。ただ、『魂を世界の力にしてはいけない』という言葉は残ったから、長い間、魂を利用しようとする神達はいなかった。この世界ができるまでだけどな。そうだ、魂を利用することを禁止にしたから、魂が世界の被害者になることは、二度とない」

「そうか、よかった」

その決まりを破る神がいないことを願うよ。

「アイオン神の話を聞く限りは、この世界の呪いには役立ちそうにはないな」

「悪い。今、創造神に実験に関わった神達のことを詳しく調べてもらっているから」

「ありがとう」

アイオン神の言葉に頷く。創造神まで協力してくれているんだったな。

「呪いについては、これを渡しにきたんだ」

これ？　アイオン神から、木の箱を受け取る。箱を開けると、拳大の真っ白な石が出てきた。

「魔超石と呼ばれるもので、魔幸石を作った神達が作ったものだ」

魔幸石はロープのことだよな。ロープを作った神達の作ったもの。

「浄化の力を増幅してくれる力がある」

「そうなのか？」

本当なら嬉しい。これで、もう少し浄化を強く掛けることができる。アイオン神を見ると、頷いてくれた。

「ありがとう。これは役に立つよ」

少しでも、あの苦しみを軽くしたい。

412. まだ、分からない。

魔超石を手に取ると、ひんやりとした冷たさを感じた。特別な石みたいだから、力を感じるかと思ったけど違ったな。

「浄化の増幅か。……あれ？」

何かおかしくないか？　なんで、こんなものを神達は作ったんだ？

「この魔超石だけど、どうして作られたんだ？　これが必要になるような呪いがあったのか？」

魔幸石は、神達に必要だったから作られた。まぁ実際に完成させたら怖くなって、成功した魔幸石を封印したけど。

「私もそう考えて、魔超石が作られるきっかけを探ったんだが、今のところ何も出てこない」

何も出てこない？　首を傾げると、アイオン神が一枚の紙を空中から取り出す。

「魔超石を作ろうとした時から、五〇年を遡（さかのぼ）って呪いに関する情報をすべてチェックした。数人で調べた結果、複数の世界で呪いが発生したことは分かったが、通常の方法で収まっているんだ。だから、魔超石を作ろうとした経緯は不明だ」

不明か。

「魔超石は簡単に作れるものなのか？」

アイオン神を見ると、驚いた表情をしていた。もしかして、かなり馬鹿な質問だったのだろうか？

「魔超石は、魔幸石の次に作るのが難しいといわれているものだ」

「そうなんだ」

「あぁ。魔超石は作り方が残っているのだが、成功させた神はまだ数名程度だ。私の知り合いでかなり神力の扱いに長けた者がいるが、彼ですら力を安定させられなかったからな」

簡単に作れるものではないなら、やはり作ったのには何か理由があるはずだよな。

「浄化は、呪いを消す以外に使い道があるのか？」

首を横に振るアイオン神。そうなると、やはり呪いの浄化のために魔超石は作られたってことだと思うんだけど……。

「色々調べていて、気になる記録を見つけたんだ」

アイオン神を見る。

「記録漏れの可能性もあるんだが、どうも気になってしまって。魔超石を作った神が管理している世界が、記録から忽然と消えているんだ」

消えた？

「実験していた世界のように消滅したということか？」

「それも、あるかもしれない。ただその当時の記録があちこちに散らばっていて、集めるだけでもかなり時間が掛かっているんだ。もしかしたら、記録が探せていないだけかもしれない。なんせ、膨大な記録だからほしいものを見つけるだけでも大変で」

まぁ、記録の量はそうとうだろうな。アイオン神の言葉に頷くと、先ほど空中から取り出した一枚の紙を差し出した。

「これは？」

「もしかしたら、消えた世界が他にもあるかもしれないと思って調べたんだ。今のところこれだけが見つかった。本当に消えたのかは不明だけどな。神の名前と、世界の名前」

受け取った紙には、一四柱の神の名前と世界の名前が書かれてあった。

「この中の誰かと、話をすることはできないか？」

「無理だな。一柱は魔神になったらしいが、それ以外の神達は、創造神が消滅させた」

創造神が消滅？　ということは、何か大きな問題を起こしたということか。

「消滅させられた原因は？」

「記録では九柱が『狂った』、四柱は『敵』と書いてあった。長く生きた神には、よくあることだ」

狂ったに敵か、呪いとは関係なさそうだな。

「魔神になった者は？」

「それは魔界に聞かなければ分からないから、私では……あっ、今なら聞けるのか」

うん、聞けるな。

「オアジュ魔神に、俺から聞いてみるよ」

「不思議だな。魔界の情報が、簡単に手に入るなんて」

アイオン神が苦笑する。

「少し前なら、全く考えられなかったことだ。今思えば、どうしてあんなに魔界や魔神を拒絶していたのか」

拒絶？　アイオン神もフィオ神も、オアジュ魔神を拒絶してた印象はないんだけどな。……飲んでいたからか？

「悪いな。どれも中途半端な情報ばかりで。とりあえず翔に、魔超石を渡したかったんだ。無理をしているだろ？」

「大丈夫だ」

首を横に振る俺に、アイオン神が苦笑する。

「あっ、魔超石のことはロープに訊けば、何か分かるんじゃないか？」

魔超石を作った神達が、ロープである魔幸石を作ったんだから。

「魔超石のほうが早い時期に作られたみたいだけど、何か分かるだろうか？」

ロープのほうがあとで作られたのか。それだと、分からないかもしれないな。でも、もしかしたらということもある。

「とりあえず、訊いてみよう。『ロープ。ロープ、聞こえないか？』」

「「…………」」

無理かな？

『主？　呼んだ？』

よかった。すぐに答えてくれた。

『ロープ。急に呼び出して済まない。訊きたいことがあるんだけど、今は大丈夫か？』

『大丈夫だよ。それより、どうしたの？　あれ？　主が持っているのは魔超石？』

知っていた！

『ロープは魔超石を知っているんだな？』

『えっ？　うん、俺を作った神達が作った兄弟石みたいなものだから』

兄弟石？　そんな考え方なんだ。

『魔超石が作られた経緯を知らないか？』

『………』

あれ？　黙ってしまったか？　アイオン神を見ると、首を横に振られた。

『ロープ？　大丈夫か？』

『あっ、ごめん。昔のことだから、思い出すまでに時間が掛かって。ちょっと待って』

『ごめん。ゆっくり思い出してくれていいから』

ロープも魔超石も、かなり昔に作られたものだ。その時の記憶を思い出すんだから、時間は掛かって当然だ。

『思い出した！　魔超石は、呪いの制御ができなくなった世界を救うために作られたんだよ』

呪い！

『呪いを制御できなくなった世界があったのか？』

『そうらしいよ。俺を完成させた神達が、話していたから。えっと確か「やはりあの世界は呪いに、飲み込まれたようだ」って。他には「奴も一緒に消えている。魔超石では力が足りなかったのだろう」だったかな。あと「知られたら厄介だ」とか「消えてくれてよかった」とか言っていたと思う』

呪いに飲み込まれた？　それは、世界が消滅した原因か？　呪いが世界を飲み込む？

「アイオン神。意味が分かるか？」

「分からない。呪いが世界を飲み込むなんて初めて聞いた。今までの記録には一切そんな情報は載っていない」

「隠蔽したんじゃないか？　知られたら厄介なことになるから」

ロープが聞いた話から考えると、そうなるよな。

「そうだな。今よりも、記録設備が整っていない時代だったから。隠蔽は簡単ではなかっただろうが、できたはずだ」

アイオン神が頭を抱える。

「大丈夫か？」

「……大丈夫だ。昔の神は今と違い、気高い存在だと思っていたんだ。それが違っただけだ」

「あぁ。それは、残念だったな」

どう言葉をかけたらいいのか、分からないな。

「知ろうとしなかった結果だ」

諦めたようにため息を吐いたアイオン神。大丈夫かと見ていると、急に自分の頬をパチンと両手で挟んだ。

「よし。ロープから聞いた情報を元に、また調べてくるよ。隠蔽したとはいえ、完全になかったことにするのは無理だ。きっと、何か痕跡が残っているはずだ。隠蔽された場所を探すのは得意だ」

そうなんだ。

「分かった」

「あと、魔超石は使ってくれ。ロープの話では、それほど力があるものではないみたいだが、ないよりいいだろう」

魔超石か。

「もちろん、ありがたく使わせてもらうよ。少しでも多く浄化したいから」

魔超石をぐっと握り締める。呪いがこの世界を飲み込むかもしれないと分かった。そのせいで消滅するのかもしれないと。でもまだ、この世界は此処にある。なら、できることをしていくだけだ。

アイオン神と一緒にウッドデッキに戻ると、庭の惨状が目に入った。

「すごいな」

アイオン神が、ウッドデッキや庭で寝ている仲間達を見て笑っている。

「そうだな」

まぁ、仲間達はいい。よくあることだ。ただ、仲間達に交じって獣人国の王エスマルイートもいるんだけど。あっ、次男のエストカルトも発見！　明日も仕事だと聞いているんだが、彼らは大丈夫なのか？

413. 繋がりは大切だね。

帰る準備を終えたエスマルイートを見ると、少し疲れた表情をしているような気がした。

「大丈夫か？　もう一回ヒールを掛けようか？」

「いえ、大丈夫です。仕事のことを考えただけですから。それにしても、さすが森の神ですね。あの気持ち悪さが、あっという間に治るのですから」

「ん？　あれぐらいなら一つ目のリーダーやバッチュでもできるぞ」

たしか、農業隊にもいたはずだ。少し前に、農業隊の数体が習得できたと報告に来たからな。なんでも、魔神力と闇の魔力が起こす体の不調は、普通のヒールでは治すことができないらしい。俺は普通にヒールで対応していたんだけど、ヒールが一番上手なリーダーでもできないと言われてしまった。魔法って難しい。

「はっ？　あぁ、リーダー殿やバッチュ殿……さすがです」

それにしても、昨日はそうとう飲んだんだな。翌日まで魔神力と闇の魔力が、体に影響を及ぼすほど残るなんて。この世界を覆う力には、光の魔力と俺の闇の魔力が含まれているから、魔界に属する力を少しぐらい体内に取り入れても、問題ない体に変化してしまっているのに。まぁ、これはさすがに内緒なんだけどね。

「お世話になりました」

エリトティールが、嬉しそうに俺を見る。俺は、彼女が腕に抱えているものを見て首を傾げてしまう。

「それは？」

俺の質問に、笑みが深くなるエリトティール。なんでかな？　その笑みを見た瞬間に、背中がぞくっとしたんだけど。

「バッチュ殿とすぐに連絡が取れるように、私専用の通信機をいただきました。これで、バッチュ殿といつでもやり取りができます」

本当に嬉しそうに笑うエリトティール。

「そうか。よかったな」

嬉しそうに笑うその表情は、とても綺麗だ。なのに、なぜか恐ろしいものを感じるなんて……きっと勘違いだ。

「ふふふふっ」

勘違いだよね？

「森の神、バッチュ殿との交流に許可を出していただき本当にありがとうございます。これほど心強いことはありません」

えっ？　許可？　エリトティールの言葉に首を傾げる。

「これからもエントール国は、森の神と共にあります。我が国で森を害する存在を見つけましたら、私が責任をもって対処いたします」

彼女の言う「共に」とは、協力関係になりましょうということでいいのかな？　ただ、対処という言葉に何か不穏なものを感じたんだけど。エスマルイートにちょっと説明を……こら、視線を逸らすな。

「森の神？　どうかしましたか？」

「いや、あまり無理はしないようにな。それと獣人国の法に照らし合わせて処罰すること。これは絶対に守ってほしい」

「もちろんです。バッチュ殿からも、そう言われていますから」

よかった。国の法を守るなら、大丈夫だろう。

「帰ったらすぐに、我が国の法を見直そう」

ん？　何かぼそぼそと、聞こえたような気がしたけど……。

「では、忙しくなりますのでこれで失礼をさせていただきます」

気のせいだったかな？

「あぁ」

エリトティールのやる気に満ちた表情を見て、なぜか不安を覚える。大丈夫かな？　あれ？　エスマルイートとエストカルトの顔色が悪いんだけど、どうしたんだ？

「森の神、繋げてもらって構いませんか？　お父様、お兄様、帰りましょう。仕事の時間です」

全員の起きた時間が遅かったから、転移魔法で獣人国とここを繋げると約束したんだよな。エスマルイートとエストカルトが気になるが、仕事の時間も迫っているみたいだし繋げるか。

「分かった」

獣人国の門周辺を思い出しながら、転移魔法を発動させると目の前に扉が現れた。扉を開けて、繋がった場所を確かめる。よかった、門のすぐ傍だ。あっ、門番が気付いたみたいで慌てている。

「無事に繋がったみたいだ。扉を越えたら獣人国の門が近くにあるから」

「「「ありがとうございます」」」

エスマルイート達が興味津々で扉を見ている姿に苦笑してしまう。時間は大丈夫か？

「あっ！　では、失礼します」

エスマルイートが俺に頭を下げると、他の者達も慌てて頭を下げる。そして、順番に扉を潜り抜けていく。手を振って見送っていると、なぜか子蜘蛛と孫蜘蛛達が目の前を通っていった。

「あの子達は、獣人国に何をしに行くんだ？」

「あと片付けです」

傍にいる一つ目のリーダーの言葉に首を傾げる。あと片付けとは、なんだろう？

「主要な者達は捕まえましたが、残党達がまだ残っているので」

なるほど、あと片付けね。それはとても大切なことだね。

「みんな、頑張って」

扉が閉まる前に蜘蛛達に声を掛けると、みんなの前脚がすっと上がった。扉が消えるのを確認してのびをする。

「さてと、朝ごはんに行こうかな」

食べ終わったら、墓場に行こう。今日は、アイオン神が持ってきた魔超石がある。あれを使って……あれ？　魔超石の使い方を聞きそびれてしまった。どうやって使うんだ？

「とりあえず、魔超石を握って浄化を発動させてみるか」

普通の魔石だと、それで問題なく威力を強めることができるんだけど。魔超石という特別なものは、どうなるかな？

「試すしかないか」

「主、クウヒ達が待ってますが、朝ごはんはどうしますか？」

あっ、しまった。

「ごめん。すぐに行くよ」

見送りに時間が掛かりすぎたな。

慌てて、リビングに戻ると子供達が待ってくれていた。時間が掛かりそうな時は、先に食べていいと何度も言っているが、待っててくれるんだよな。

「ごめんな。さっそく食べようか」

俺の言葉に、嬉しそうに手を合わせる子供達を見て笑みが浮かぶ。

「いただきます」

「「「「いただきます」」」」

「あれ？　新しいパンだ」

パンを入れているカゴを見ると、薄ピンクに色づいたパンと薄緑色をしたパンを見つけた。

「薄緑色のパンが野菜を、薄ピンク色は果物を混ぜ込んで焼いたパンです」

給仕をしている一つ目が、説明をしてくれた。それに頷いて、薄緑のパンを手に取った。瞬間ふわりと香る野菜の香り。

「優しい香りだな」

パンを一口大にちぎって口に入れる。

「結構しっかりと野菜の味がしているんだな。これは、うまいわ」

一個目を食べ終わると、薄ピンクのパンに手を伸ばす。こっちは果物だったよな。香りは甘酸っぱいな。甘いのかな？

「あっ。思ったより甘くなかった」

ちょっと想像と違ったな。このパン、……生クリームと相性がよさそう。

「生クリームか、思い出したら食べたくなるよな」

生クリームはどうやって作るんだろう？　あれは牛乳から作られるのか？　でも、この世界に牛乳はないし……いや、そもそも本当に牛乳から作るのか？　ん～、分からない。……ジャムでいいか。

朝食には、毎日五種類のジャムが用意されている。その中から、真っ赤な色で甘味の強いジャムを選ぶ。薄ピンクのパンに真っ赤なジャムを挟むと、なんとも可愛いパンができ上がった。

「俺には、似合わない色合いだな」

一口かじりつくと、甘酸っぱい果実の香りが鼻から抜ける。そしてジャムの甘味がじんわりと口に広がった。

「うまいな、これ」

甘味が足りないと感じた薄ピンクのパンには、甘味の強いジャムが合うようだ。久々に、カゴの中にあるパンを完食してしまった。

朝食を食べ終わると、少し休憩してから地下神殿へ向かう。いつものように、大きな魔石に魔力を流し様子を見る。今日は、白や青、赤の光を纏った魔石に変化はなかった。

次は墓地に向かう。手の中には、アイオン神から譲り受けた魔超石。これが役に立ってくれることを祈るが、どうなるかは不明だ。

墓地の真ん中に来ると、一度深呼吸をする。そして地面に手をつくと、次の瞬間には呪詛が墓地に響き渡った。もう一度深呼吸をして、気持ちを落ち着かせる。

「おはよう。今日は、アイオン神からもらった『魔超石』を使おうと思うんだ。少しでも浄化の範囲が広がればいいいんだけど」

右手に魔超石を持って、浄化のイメージを作る。イメージが完成したところで、魔力を核の空間に流し込む。体の中の魔力が何度か空っぽになると息が上がってくる。そろそろ限界だな。右手の魔超石をぐっと握りしめ、空間に流した魔力に指示を出す。

「浄化！」

右手がカッと熱くなる。見ると、右手に持っていた魔超石がキラキラと光を纏っていた。

ピカッと目の前が真っ白になる。今までで一番の反応。少し期待するが、光はすぐに消え目の前には呪いが広がる真っ暗な空間。

「無理か。……いや、少しずつでいい。きっといつかみんなを苦しみから解放してみせるから」

地面から手を離す。

『……ぁ』

ん？　今……。

「気のせいか」

魔超石を見る。浄化の力は強くなった。ただ、それを凌ぐほど呪いが濃いけど。でも、少しは役に立ちそうだ。

414. 主の望みを叶えるために。

―魔幸石　ロープ視点―

こっそり覗いた主の様子に、ため息が零れる。今日もまた、墓地へ行ったのだろう。顔色がかなり悪い。しかも、魔力がかなり不安定だ。それだけではなく、闇の魔力や神力に似た力までが不安定になっている。心配だなぁ。でも「大丈夫なの？」と聞いても、「大丈夫」としか返ってこないし。あぁ、一つ目のリーダーが心配そうに主のあとをこっそりついて回っている。あの子も心配性だからね。

この世界は、神達のせいで色々とまずい状況になっている。正直、奴らの責任なのだから奴らに解決させればいいと思う。でも、奴らのことだ。問題を抱えているこんな世界は、一瞬で滅ぼそうとするだろうな。ただあの呪いを見る限り、それでは解決しないような気がするけどね。

まぁ主には、この世界を神に託すなんて考えは一切ない。自分で守ろうと必死だ。でも、頑張りすぎ。もう少し俺や神獣である龍達を頼ればいいのに。でも、主の性格だと無理なんだろうな。だから俺は、勝手に動くと決めた。

そのためには、魔幸石の力をもっと自由自在に操れるようになる必要があった。そして頑張った結果、神々と繋がれたり神達が治める空間なら自由に意識を飛ばすことができたりと、便利に使いこなせるようになった。うん、上出来だ。

「さてと、今日はどの神と繋がろうかな？」

神に繋がると、記憶装置に記録されている記憶を勝手に見ることができる。しかも、力の揺れさえ抑えられたら神にはばれない。なんて最高の力なんだろう。これで、主が探している呪いのことを調べることができる。

「あっ、こいつは！」

時のフィオ神が、要注意だと警戒している神だ。神力が多く濃いので、かなり大変かもしれないけど今日はこいつにしよう。今までは力の操作に不安があったから、このレベルの神には挑戦していなかったけど、自信もついたし大丈夫。それに、これまで覗いた神達の記憶の中には、呪いについての情報が少ないんだよな。もっと上位の神の記憶を探らないと。

「さて、頑張ろう！」

あちこちに飛ばしていた意識を、狙いを定めた神に集中する。そしてゆっくりと力を操作し、神に近付ける。その時に、神の持っている神力と魔幸石の力を同調させる必要がある。実はこれがとっても重要。同調率が高いと、神に気付かれにくいようなのだ。

焦るな。

焦るな。

「よしっ。繋がった。あとは神力と同調させて……よしっ！」

よかった。さすがに力の強い神だけある。同調させるのが大変だった。あとは、この神が操作する記憶装置の中身から呪いに関する情報をコピーするだけ。

「キーワード、呪い。すべて。コピー。開始」

次々流れ込んでくる情報を、独自に作った記憶装置に記憶させていく。主の記憶装置を真似て作ったので、自慢の装置だ。

『ロープ。ロープ。聞こえますか？　一つ目のサブリーダーです』

やばいな。声を掛けられると、力が揺れる。どうしよう。

『もしかして、神と繋がっていますか？』

リーダーから聞いたのかな？　一度、神との繋がりを切ったほうがいいかな？

『どうしよう返事がない。主の体調のことで、確かめたいことがあったんだけど。やっぱりギフトが影響しているのかな？」

ギフト？　おっと、力が揺れそうになった。落ち着け。

『あっ、リーダーが神と繋がっている時に声を掛けると、力が揺れるって……ごめんなさい』

魔幸石の力を九対一に分け、九割の力は神と繋がったままにして、残りの一割の力をサブリーダーに意識を繋げる。コピーする速度が少し落ちるけどしょうがない。

『サブリーダー。聞こえているよね。力の揺れを防ぐために一方的に話すね。主が持っている勇者召喚のギフトだけど、最近の主の調子の悪さとは無関係だから心配しないで。あれは神達のせいだから！』

あっ、ホッとした感情が伝わってきた。よかった。きっと最近の主の様子を見て、色々考えてしまったんだろうな。

『主はまた、神の問題に巻き込まれているんだ。本当に怒りを神にぶつけないのが、不思議なぐらい巻き込まれるよね。そうだ！　この世界に様子を見に来る神達は、勇者召喚のギフトのせいだと思っているけど、それは違うからね。だって召喚の時に贈られたギフトは、主が自分の意思でギフトの力を抑えつけた時から、少しずつに変化して今では完全に変容しているから。だから、植え付けられた神への尊敬や敬う気持ちなど綺麗さっぱりないんだ。なのに、神達に対して怒りをぶつけないのは、主が元々優しい人だったから』

もっと怒ってほしいんだけどね。

『そのことを神達はもっと感謝しないと駄目だけど、全く分かっていないよね。主が望めば、神力で生まれ、神のために存在しているといわれる龍達が、神達を襲うことだってあるのに。ちなみに、俺も思う存分暴れるつもりだから』

そう、望んでくれたらいいのに。

『でも、望んでくれないからできないんだよね。こっそりやろうかと思ったけど、やめた。バレたら、悲しむだろうから。怒ってくれるのはいいけど、悲しまれるのはつらいよね』

名前を呼ばれて、ため息とか吐かれたら悲しい。

『そうだ。主の中にあるギフトをこっそり調べたけど、勇者召喚のギフトは一年以上かけて「守る」に特化した力になっていたんだ。あれには驚いたんだけど、その力こそが本来の勇者召喚のギフトだったみたい。最初に勇者召喚のギフトを作った神は、ただ純粋に星を守る力を与えたかったようだね。きっと主の「守る」という強い意思が、歪んだ勇者召喚のギフトを目覚めさせたのかもしれない』

主の力は、不思議なんだよね。

『それにしても、勇者召喚のギフトが変わらなければ、世界がこれほど狂うこともなかったのに。勇者召喚のギフトが変わってしまったのは、いらない力や制限をつけた神至上主義達のせいなんだ。彼らは我ら魔幸石が生まれた時も色々と邪魔をしてくれたんだよ。最初に魔幸石を作ろうと言い出した神を殺したのも、神至上主義に狂った神だったし』

なんだか、愚痴になってしまったような気がする。それにしても、今覗いている記憶装置は無駄な情報しかないな。力の強い神だったから、もっと重要なことを記憶させていると思ったのに。あ～時間の無駄だったか？

『あっ、力が揺れてしまった。離れよう』

すぐに繋がっていた神の記憶装置から、意識を切り離す。

「セーフ」

ちょっとホッとしながら、記憶装置から奪ってきた記憶を確認する。

「何もないのかな？」

それにしても、呪いのことを記憶していない神が多すぎる。どうしてだろう？　あっ、何かある！

『ロープ、声を掛けても大丈夫ですか？』

『ん？　あぁ、もう大丈夫。えっと、なんだっけ？　そうそう、主の勇者召喚のギフトは本来の形になって主の力になっているから、問題ないよ。だったね』

意識で繋がっている一つ目のサブリーダーから、なぜか楽しそうな雰囲気が伝わってくる。

『どうしたの？』

『主がすごいことがまた分かって嬉しいからです。重要なことを教えてくれてありがとう』

途中、不要なこともいっぱい話してしまった気がするけど役に立ったならよかった。

『みんなに報告しに戻ります』

『分かった』

「ふぅ。さてと、今コピーした記憶をもう少し深く探ろうかな」

……あれ？　俺の本体に不穏な気配が近付いている気がする。誰だ？

魔幸石の意識を、人族の王城に飛ばし、本体がある場所に向かう。人が色々結界を張っているけど、相変わらず弱いな。もっと強い結界を張らないと、魔幸石の力は感じられないよ。

「ん？　俺がいる場所を守っている騎士達が倒れている。中にいるあの爺さんは大丈夫かな？」

それにしても毎回思うけど、この建物は不便だよな。意識を部屋から部屋に飛ばせないようになっているんだから。

「あっ、爺さんも倒れている」

ずっと俺を大切に研究してくれたんだよね。……助けてもいいよね。というか、この場所から移動させようとしているみたいだけど、拒否するから。

よし。

「『死ね』は、駄目だから『眠れ！』」

おっ、いい感じに不快な奴らが倒れたな。あとは、この状況を外に伝えないと駄目か。ん？　いいところに、孫蜘蛛を発見！　あっ、向こうも気付いた。

『ごめん、意識を繋げたね』

『大丈夫です。何があったんですか？』

『俺を無断で運び出そうとしたみたい、その黒ずくめの奴ら。バッチュに報告をお願いしていい？』

『分かりました。既にこの国にいるのですぐに報告して対応します』

『ありがとう』

さてと、俺は記憶をじっくり探ろう。

415. 感化は駄目。

「ふぅ〜、今日は終了」

地面から手を離して、そのまま寝っ転がる。今日の浄化でも、全く手ごたえなし。アイオン神がくれた魔超石によって、浄化範囲は広がった。でも、一瞬でまた闇に覆われる。聞こえてくる呪詛も変化なし。疲れたな。

目を閉じると、一瞬で闇に覆われた空間を思い出す。まるで、俺の行いがすべて否定されたような気分になる。

「意味があると信じたいけど」

目を開けると、青空が広がっている。地下なのに、青空に草原。不思議な場所で、とても落ち着けるのに、ここは墓地。なんとも言えない気分にさせられるな。

「そういえば」

この頃、気になることがあるんだよな。起き上がって、さっきまで手で触れていた場所を見る。

「気のせいだと最初は思ったけど」

呪詛とは違う声が、聞こえるんだよな。何を言っているのかは一切分からないけど、呪いの言葉ではないと思う。俺の願望が、幻聴を聞こえさせているのか？……あの呪詛を聞いていると、ありえそうで怖い。でも、本当に聞こえる気がするんだ。

地面に手を伸ばす。あと少しで触れるのだが、躊躇してしまう。聞こえてきた声が呪詛ではないと確かめたい。でも、またあの呪詛を聞くのかと思うと憂鬱になる。……確かめたいが、呪詛を聞くのはつらい。

「明日にしよう。明日浄化をする前に、聞こえてくるか確かめよう」

少し慣れたとはいえ、きついからな。

「ごめんな。明日、頑張るよ」

『……』

えっ？　慌てて、扉となっている地面に視線を向ける。扉は、閉まっている。それはそうだろう、触れていないのだから。でも、今聞こえた。何を言っているのかは、聞こえなかったが。でも、確かに聞こえた。

「これがいい方向に向く兆候なのか、それともこの世界の終わりが近づいた兆候なのか。……いい兆候になってくれると嬉しいよ。明日もよろしくな」

魔力が戻っていることを確かめ、地下神殿に戻る。地下神殿にある建物を目にした瞬間、安堵のため息が漏れた。

「あ～……逃げてしまった」

この世界が崩壊し、仲間達が死んでいく姿を想像してしまった。絶対に、回避したいと思っている未来。でも、あの呪いを見ていると、自分がすごくちっぽけな存在だと気付かされる。助けたいのに、助けられない。思いだけでは助けられない。もっと俺に力があれば助けられるのに、いっそ滅んだ……ん？　今、何を考えた？

「あぁ～、しっかりしろ。呪詛にガッツリ感化されてどうする！」

時々、すごく暗い思考に陥ってしまう。呪詛の影響だと思う。気持ちをしっかり持たなければ。

バチン。

「よしっ」

勢いよく頬を叩いて気合を入れる。……ちょっと勢いよく叩きすぎたな。

「痛い……ヒール」

俺の変化に敏感に反応する岩人形達に、先ほどの表情も腫(は)れた頬も見せられない。頬を触って、痛くないか確かめる。うん、大丈夫だな。

「帰ろう」

目を閉じて家を思い出すと、体がふわっと浮いたような感覚に襲われる。それが収まり目を開けると、家の玄関前に到着。

「ただいま」

「お帰りなさい！」

ん？　バッチュ？　なぜ、今日はハチマキ姿なんだ？　これは、訊いたほうがいいのか？　あっ、訊いてほしそうだな。

「どうして今日はハチマキなんだ」

「気分だから」

……それだけ？　まぁ、気分は大事だな。

「そうか。似合う……な」

いや、本当によく似合うな。

「可愛いよ」

うん、とっても。

「へへっ。そうだ。主に相談があって、今時間は大丈夫？」

相談？　バッチュが俺に相談を持ち掛けるのは珍しいな。いつも、事後報告なのに。

「いいぞ。どうした？」

「ロープを移動させる気はないの？」

ロープ？　人の国に置いてあるんだけど、何かあったのか？

「どうして？」

「ロープを狙っている奴らが現れたんだ。ロープがすぐに気付いて、対処したから大丈夫だったけど。今回、動いた奴ら以外にも狙っている奴らがいるから、安全じゃないんだ」

「そうか。とうとう問題が起こったか。狙った奴らは何をしようとしたんだ？」

「ロープをどこかへ持っていこうとしたみたい」

いつかなんらかの問題は起こると思ったけど、ロープを持っていこうとする者が現れたか。俺の予想では、壊しに来ると思ったんだけどな。

「国も安定してきたし、そろそろ移動しても大丈夫かな？」

以前にロープを移動させようと思った時に、森の中にいた獣人達の会話がたまたま聞こえたんだよな。それが「人の王は、森の神に認められている。それは、あの魔石が今も人の国にあることから理解できる」と。最初は、何を言っているのか分からなかった。あの魔石が、どの魔石なのかもわからなかったし。でも、それがロープのことだと気付き、ロープの存在が不安定な人の国を支えているると分かったら、移動はさせられなかった。それにロープの移動は、人の国が安定してからでも遅くないと思ったし。だから、そのまま預けていたんだよな。

「国は大丈夫。ロープの移動の前に、少し掃除をする予定だから」

掃除か。それなら安心だな。

「分かった。ロープを移動させようか」

でも、どこに移動させようかな？　家の中でもいいけど、この世界全体に影響を及ぼせる存在だからな。

「バッチュ。ロープは、どこへ置くのがいいと思う？」

俺の質問にバッチュが俺を見る。

「地下神殿はどう？　あそこは、主の許可がない者は入れないから、とっても安全な場所だ」

地下神殿か。

「それにあそこには、この世界を動かしている魔石が置いてある。この世界を守っているロープを置くのに、ふさわしい場所だと思うよ」

確かにロープを置くのに、いい場所かもしれないな。妖精に、見守ってもらえるし。

「そうだな。あっでも、ロープに許可をもらってからだな」

移動することと、移動先が地下神殿で大丈夫か、訊かないとな。

「それは、大丈夫だよ」

「えっ？」

バッチュを見ると、腰に手を当てて胸を張っている。

「既に確認済み！　あとは主の許可をもらうだけなんだぁ～」

マジか！　バッチュは本当に有能だな。

「そうか。あっでも、ロープがいきなり消えたら、間違ったほうへ考える者が出てきそうだな」

森の神に見捨てられたと騒ぐ者が出てくるかもしれない。どうしたら、防げるかな？

「それなんだけど、主からの言葉があれば防げるのかなって思うんだ」

「俺からの言葉？」

「そう、例えば『これからもいい関係を築いていきましょうね』ということを伝えることで、見捨てたとか、怒りを買ったと誤解されることはないと思う」

あぁ、それはいいな。

「そうだな。そうしよう」

「じゃあ、まずはロープと連絡とって、人の王に会ってくるね。あとは、ロープに悪さをしようとした奴らを吊るし上げて」

それは精神的に？　それとも物理的に？　それとも両方？

「頑張って」

ロープに手を出そうとしたんだから、それくらいは覚悟の上だろう。だって、「森の神」の仲間に手を出そうとしたんだから。

「任せて！」

元気に玄関から出ていくバッチュ。

「みんな～、行くよ～。親蜘蛛さん、隠れ家から奴らを引っ張り出すから、確保はよろしくね！」

「「任せてくれ」」

「あとは、証拠を持って～。ふふふふふっ」

……不気味な笑い声が聞こえたんだけど、抑えるように言ったほうがいいかな？　でも、バッチュは、これまでにむちゃなことをしたことがない。それなら大丈夫か。

「信じよう」

さてと、バッチュがあの状態なら、ロープの本体がここに来るのは今日の夕方か遅くても明日中。

「まずは置いておく場所を、きちんと準備しようかな」

「私がお作りします！」

「うわっ」

声に視線を向けると、一つ目のリーダーがいた。どこから出てきたんだ？

「ロープの本体を置いておく台座ですよね」

「あぁ、そうだ」

「すぐに作りますので、地下神殿に行くのは少しお待ちください。では」

「あぁ、ありがとう」

嬉しそうに去るリーダーを見送る。いったい、どこに隠れて話を聞いていたんだ？　まぁ、いつものことか。

416. エンペラス国　宰相ガジー。

―エンペラス国　宰相ガジー視点―

手に持っている書類を机に叩きつけたい衝動に駆られる。だが、この書類は王に持っていく必要がある。だから、我慢だ。……我慢。あ～くそっ。怒りを抑えるなど、無理だ！

バシン。

「あの馬鹿どもが！」

二日前に起こった騒動の報告書。愚かにも、魔石に手を出そうとするなんて。あれは、森の神からの預かりものなのに。

今は、エントール国のアマガール魔術師が守ってくれている。正確には、研究をしているようだが、森の神がそれについて罰を与えたことはない。まぁ、研究は全く進んでいないようだが。

「また問題を起こしてしまった」

力なく椅子に座り込む。森の神は、まだ我々を許してくれるだろうか？

二日前、いや、日付が変わっていたから昨日の夜中か？　魔石がある建物から、急に光が溢れた。第一騎士団が慌てて駆けつけると、建物を守っていたはずの騎士達が倒れているのを発見。すぐさま、魔石の状態が確認された。

「魔石は無事だった。だが……まさか持ち出そうと考える者達がいるとは」

再度ため息が零れる。森を襲った魔眼を、発動させていた魔石。今は、その当時の面影はなく。澄んだ綺麗な魔石になり、美しい輝きを放っている。そしてあの魔石には、計り知れない力があるとアマガール魔術師が言っていた。我が国の魔導師達も、さまざまな道具を使い調べた結果、内包する力に慄（おのの）いていた。

「魔石を利用するためか」

確かに、あの魔石に内包されている力を利用できれば、どんなことでもできるだろう。だが、あの魔石は森の神が恩情でこの国に置いてくれているにすぎない。利用するなど、許されるわけがない。

盗もうとしたのは、元奴隷達だった。彼らのバックには、貴族の姿がちらついているが黙秘されてしまったとある。魔石のことだから、取り調べを強化してもいいかもしれない。証言さえ取れてしまえば、最悪死んだとしても誰も何も言わないだろう。

「うわっ」

「えっ！」

「ひっ！」

なんだ？　執務室を守っている騎士達の慌てた声や怯えた声に、視線を扉に向ける。

「何があったんだ？」

騎士達の戸惑いや恐怖が、扉を隔てているのに伝わってくる。いったい、何が起こっているんだ？

小型のナイフを手に持ち、窓へ視線を向ける。ここは三階。私であれば、最悪窓から逃げられる。

「入ってもいいかな？」

誰の声だ？　騎士達の声ではない。

「はい。あっいえ……えっと」

騎士の焦った声が聞こえてくる。いったい誰が来たんだ？

「ごめんね。ガジーに、先触れ出すのをすっかり忘れちゃった」

私を呼び捨て？　知り合いか？　声からは、全く誰なのか予測がつかないんだが。

「いえ、大丈夫セス」

いや、騎士。先触れは大事だろう。ていうか今、噛んだぞ。騎士なのに、緊張しすぎだろう。

コンコン。

「失礼いたします。ゴーレムのバッチュ殿と……ひっ、アルメアレニエ殿がいらっしゃるです」

……………はっ？　今、騎士は何と言った？

「ゴーレムのバッチュ殿？　アルメアレニエ……えっ？」

冗談だよな？　冗談だと言ってくれ。

コンコン。

「あの～、宰相……お願いします。返事をください」

「あぁ。大丈夫だ。どうぞ」

泣きそうな騎士の声に、慌てて答える。全く大丈夫ではないが、とりあえず執務室に入ってもらって話をしなくては。そう、話……魔石のことだよな。何か罰でも言いにきたのか？　だが、今までは容赦なく力が行使されていた。使者が来たということは、そこまでの罰ではないのでは？

ガチャ。

ゴクッ。

扉が開いた瞬間、全身が震えるのが分かった。とりあえず、深呼吸をして落ち着かなければ。

「お邪魔します。初めまして、バッチュです。これから、よろしくね」

「エンペラス国の宰相を務めるガジーです。どうぞよろしくお願いいたします」

扉が開くと、アルメアレニエとその上に乗ったゴーレムが片手を上げて入ってきた。自己紹介をされたので返したが、大丈夫だろうか？

バキッ。

ん？　バキッ？

「あっ、やっちゃった。扉をちょっと壊しちゃった、ごめんね」

えっ、扉？　あぁ、扉がアルメアレニエより小さかったのか。別にそんなことは目の前の存在に比べれば些細なことだから、問題ない。

「大丈夫です」

「仲間に来てもらって、修理してもらうね」

「えっ？」

仲間？　それはつまり、バッチュ殿のような存在が他にもいらっしゃるということか？　無理！

「いえ、こちらで修理するので、問題ありません」

「そう？」

「はい」

あっ、勢いよく返事をしすぎたかもしれない。だが、本当にこれ以上の衝撃は遠慮したい。

「そうか、それならお願いしようかな。あっ、これを修理費用に充ててね」

バッチュ殿が、アルメアレニエから降りて私の傍に歩いてくる。そして、何かを渡そうと手を伸ばした。

「ありがとう、ございます」

とっさに受け取ってしまったが、何を頂けたんだろう？　バッチュ殿の存在に、緊張しながら手の中のものに視線を向ける。

「それは主が魔力を詰め込んだ魔石だよ」

「えっ……」

バッチュ殿の説明に、手の中のものを落としそうになる。慌てて握り込んだが、今度は手を開けるのを躊躇(ためら)う。

主とは、森の神のことだよな。つまり、この手の中にあるのは森の神が力を詰め込んだ……魔石？

「ガジー。話があるんだけど、いいかな？」

「はい。えっと、こちらに……」

執務室にあるソファを勧めようと思ったが、やめる。バッチュ殿の大きさからみて、ソファが大きすぎる。どうしよう。

「あっ、気にしなくて大丈夫だよ。それより、この国に預けていたロー、魔石を引き取るね。今まで守ってくれてありがとう」

やはり魔石のことか。あれ？　そういえば、まだ謝っていないんだった！

「あの、このたびのことは本当に申し訳ありませんでした。どんな罰でも受ける覚悟です」

「ん？　罰って何の？」

私の言葉に首を傾げるバッチュ殿。えっ？　もしかして怒ってないのか？

「あぁ、魔石を盗もうとした者達がいたこと？」

「はい、そうです。私は、彼らのことを把握できていませんでした。すみません」

「謝る必要はないよ。だって、今回のことは監視していたのに防げなかった俺達のせいだし」

「監視？」

「そう。大きな問題を起こしそうな者達は、全員監視しているんだ。あっ、今回動いた奴らは、上からの指示ではなく暴走したみたい。命令もないのに勝手に動いたら駄目だよね」

色々、聞きたいような、聞きたくないような。まずは……彼らは指示を受けていなかったのか。

それだと、彼らを支援していた貴族を潰すのは難しいかもしれないな。

「あっそうだ。彼らに武器や資金を提供していた貴族は、他にも色々やらかしているから。今回のことは罪に問えないけど、潰すだけの材料はあるから安心してね。それと、彼らはいてもいなくても問題なさそうだから、潰したほうがいいと思うよ」

潰したほうがいいような罪があるんだな。私が把握しているより、色々知っていそうだ。しかし、どれだけの情報を掴んでいるんだ？　恐ろしいな。

「エルフ国や獣人国みたいに人手が豊富じゃないから、罪を犯した者達を一掃してしまうと、色々なところで問題が起きそうなんだよね。だから、ガジーから見てまだ『使えそう』と判断した貴族は飼い殺し……じゃなくて。今回は大目に見て罰金ぐらいで許してあげてもいいかなって思うんだ。人材が育ったら、入れ替えていけばいいしね」

そう言いながら、大量の書類が執務机の上に載る。この書類はどこから出てきたんだろう？　アルメアレニエが、出してきたように見えたけど。あっ、前脚が上がった。……もしかして挨拶かな？　頭を下げておこう。

「この書類は、すべて証拠になるから厳重に管理してね。それとこっちの書類は、今はまだそれほど目立つことはしてないけど油断しないほうがいい者達の資料。あと、こっちは早急に切り捨てたほうがよい者達で、これは見せしめにお薦めの者達だよ」

バッチュ殿の言葉に、頷き書類を手に取る。数枚読んで、ため息を吐いた。目についた貴族達には私の手の者を送り込んで監視しているが、まだまだ甘かったようだ。

「お手を煩わせて申し訳ありません」

「楽しいから問題ないよ。それより魔石を移動させる前に、一芝居打つから手伝いよろしくね」

「えっ？」

一芝居？

417. エンペラス国　タルタ伯爵。

――エンペラス国　タルタ伯爵視点――

謁見の間に入ると、多くの貴族達が集まっていた。そのことに、安堵のため息を吐く。急な呼び出しだったので、何かあったのかと勘ぐってしまったがそうではないようだ。

「タルタ伯爵様、お久しぶりですね」

「本当に久しぶりですね、テルース伯爵様。三カ月前の夜会以来でしょうか？　お元気でしたか？」

仕事仲間であるテルース伯爵が、笑顔で私に挨拶をしてくる。それに笑顔で答えながら、小声でこの集まりの意図を知っているか聞くが、彼は首を小さく横に振った。

「えぇ、元気ですよ」

テルース伯爵は、この集まりに少し不満そうだ。まぁ、それも仕方ないだろう。本当に、急に集められたのだから。

「テルース伯爵様は、この頃どうですか？」

仕事仲間だが、それを知っている者はほんの一握り。なぜなら私とテルース伯爵が始めた仕事は、表では売れないものを扱うからだ。既に、獣人国のある貴族とは話が纏まり、商品はいつでも手に入れられる状態になっている。残りは販売経路。

「順調です。そちらはどうですか？」

「こちらも順調ですよ」

我々の会話に、注目している者達がいることに気付く。実はこのテルース伯爵とは、表の商売ではライバル同士なのだ。実際に、私も彼も相手を蹴落とそうと躍起になっていた時期もある。それを知っている者達は、我々がこの場で罵（ののし）り合いでもするのかもしれないな。王に呼ばれたこの場で、そんな馬鹿なことをするはずがないのに。

「それはよかった。お互い、負けられませんからね」

テルース伯爵の表情を見ると、満足そうな笑みが浮かんでいることに気付く。彼はどうやら、無事に販売経路が確保できたようだ。さすがだ。

「そうですね」

では、獣人国から商品を仕入れますか。こちらに引き込んだ門番達が、いつ当番なのかしっかりと把握しておかないとな。

「では、失礼します」

テルース伯爵と別れ、隣の領地を治めている友人を捜す。謁見の間は少し広さがあるが、この国の貴族はまだそれほど多くない。だから、すぐに見つけることができるはず。

「おかしいな、いない。すべての貴族が集まっていると聞いたんだが」

もしかしたら、まだ来ていないのかもしれない。もう少し待ってみるか？

「お久しぶりですね」

ん？　後ろを振り向くと、今まさに捜していた人物がいた。

「お久しぶりです。ゆっくりと話がしたいと思っていたんです」

これからのことを思うと、心が浮き立つ。

「そうだったんですか？　どんな話でしょう」

ナルアン侯爵が、私の言葉にスッと目を細める。少し警戒している様子に、そうではないと首を横に振る。彼は、ある事業を成功させている。私は、その事業でしか手に入らないものがほしいだけなのだ。

「どうしてもほしい花があるのです。それを手に入れるために、協力いただけないかと思いまして」

彼は私をじっと見て、意図を探っているようだ。

「花ですか？」

「ええ、とても綺麗なんですが、なかなか手に入らなくて。ナルアン侯爵であれば、手に入れることができると確信しております。私の商売では、まだそれを手に入れることができないのですよ、残念なことですが」

ナルアン侯爵は、私が始めようとしている商売を知っている。少し助言をもらったためだが、こう言えば何を欲しがっているのか分かってくれるだろう。

昔、本で見たエルフに私は恋をした。大人になってから、エルフと話す機会があった時は心が躍った。だが、なぜか話をしても笑顔を見ても、心は満たされなかった。そして私は、気付いた。私は、エルフのすべてを支配したいのだと。つまり、エルフの奴隷がほしいのだ。

「なるほど。それはとても綺麗な花なんでしょうね」

気付いてくれたようだ。

「ええ、そうなんです。手に入りますか？」

私の質問に、ナルアン侯爵が自信ありげな笑みを見せる。あぁ、長年の夢が叶う。興奮を悟られないように、小さく微笑むと頭を軽く下げる。

「んっ？　宰相の姿がありますね。ということは、そろそろ王がいらっしゃるようですね」

言葉は丁寧だが、ナルアン侯爵がガンミルゼ王やガジー宰相を見下していることを知っている。

彼は、前王時代から続く貴族家の一つだ。そのため、発言力もあり多くの貴族の当主達が彼の言葉に従う。たとえ王だとしても、彼を疎かにすることはできない。それだけ特別な存在なのだ。

謁見の間に姿を見せたガンミルゼ王に、胸に手を添え、目を伏せた。ガンミルゼ王が、数段上にある王座に座ったのを音から判断する。

「楽にしてくれ。急であったが、よく集まってくれた。感謝する。今日はみんなに、ある御方の使者を紹介する」

ある御方？　エンペラス国の王である者が、そのような言い方をするとは。賢いと思っていたが、そうでも——

「えっ？　あれは……ゴーレム？」

ざわついていた謁見の間に、静寂が訪れる。誰もが口を閉じ、その存在をじっと見つめる。

「ガンミルゼ王、お久しぶりですね」

ゴーレムの言葉に、多くの貴族が息を飲む。私もその一人だ。「お久しぶり」と声を掛けるほどの関係なのか？

「バッチュ殿も、お久しぶりです。森の神は、お元気でしょうか？」

「はい。我が主はとても元気ですよ。忙しいガンミルゼ王のことを心配していました。『彼は無理をするから心配だ』と」

バッチュ殿とガンミルゼ王の会話に、歓喜を見せる者、戸惑いを見せる者、顔色を悪くする者がいる中、私はなぜか寒気に襲われた。

「今日は今まで預けていたものを、引き取りに来ました。そして、今まで守ってくれていたことに感謝し、少し掃除を行う予定ですが、いいでしょうか？」

「なるほど、それはありがたいですね。ご自由にどうぞ」

「では」

バッチュ殿がパンと手を叩く。何が起こるのか、嫌な予感がする。今すぐに、この場から逃げだしたい。

「ひっ」

隣にいるナルアン侯爵の小さな悲鳴に視線を向け、固まった。視線の先には、ナルアン侯爵の傍を飛ぶアルメアレニエの姿があった。動くことも声をあげることもできず見ていると、アルメアレニエの前脚がスッと上がる。すると音もなく、天井から数匹のアルメアレニエが下りてきて、ナルアン侯爵の体の周りをくるくると回りだす。しばらくすると、糸でぐるぐる巻きにされたナルアン侯爵が床に転がった。

「…………」

その間、数秒だったと思う。私は何が起こっているのか全く理解できず、呆然と佇んでいた。

「夢は夢のまま、終わらせたほうがいいよ」

えっ？　夢？

「まだ、エルフがほしいの？」

……なぜ、それを知っている？　誰にも言ったことなどない。いや、探した過去はあるがそれはかなり前のことだ。だから、知られているはずがない。

「ほしいの？」

低くなる声に、慌てて首を横に振る。怖い、恐ろしい。

「そう、よかった。商売がうまくいけばいいね。でもね、あなたの取引相手は既にいないよ。ふふっ」

肩に微かな重みを感じてそっと視線を向けると、拳大のアルメアレニエがいた。叫びそうになった俺の口を、アルメアレニエの前脚が押さえる。その行為に、全身から血の気が引く。

「見ているよ、全部ね。これからは、この国と王のために尽くそうね」

何度も頷く俺に満足したのか、肩から天井に向かう糸をするすると登っていったアルメアレニエ。倒れ込みそうになるのを、なんとか踏み留まる。少し離れた場所で、ドサリと人が倒れるような音が聞こえた。だが、それを確かめる余裕は一切ない。

「わっ」と謁見の間に声が響いた。それに体がビクリと震える。だが、何が起こったのか確かめるため視線を向けた。謁見の間に不釣り合いな魔石があった。あれが、森の神から預かったといわれる魔石なんだろう。

「我が主がガンミルゼ王に『今までありがとう。これからも仲良くしていこうな』と言っておりました」

「こちらこそ今まで大切な魔石を預けてくださり、ありがとうございました。これからも仲良くしていただけるということで、嬉しい限りです。また、色々な面での協力には本当に感謝しております」

森の神とガンミルゼ王の関係が、ここまでよかったなんて。全く予想していなかった。しかも色々な面での協力？

「ガンミルゼ王を甘く見すぎていたのか」

床に倒されたナルアン侯爵に視線を向ける。が、そこには誰もいなかった。周りを見回すが、その姿がどこにもない。ははっ、何が特別な存在だ。

418. エンペラス国　ガンミルゼ王。

―エンペラス国　ガンミルゼ王視点―


謁見の間に多くのアルメアレニエが現れた瞬間、悲鳴をあげそうになった。意地と根性で耐え、なんとか王としての威厳を守れたが、心臓に悪い。

まったく、ガジーの奴。確かにアルメアレニエが後から参加するとは聞いた。聞いたが、天井から一斉に参加するとは聞いていない。頼むから、驚くような登場の仕方をするなら言っておいてくれ！

周りに気付かれないように深呼吸を繰り返し、気持ちを落ち着かせる。しばらくすると、謁見の間を見回す余裕が生まれた。

なんというか、すごい光景だな。えっと、アルメアレニエが出した糸……あっ、あれが糸か。昔の文献や書物には、糸を出すアルメアレニエは登場しない。だから、森の神が新たに作り出した新種のアルメアレニエだといわれている。その新種のアルメアレニエが、少し離れたところにぶら下がっている。まさか、こんな近くで見ることができるとは思わなかったな。こんな時だが、少し嬉しい。

今朝、執務室でナルアン侯爵についての報告書を読んでいると、いつもより少し遅れてガジーが入ってきた。その瞬間、執務室にいた俺と補佐三人の動きが止まった。なぜなら、ガジーが笑顔で「おはよう」と言ったからだ。正直、ビビった。なぜならガジーは、ここ一月ほどナルアン侯爵のことで苛立っていて笑顔など見せなかったからだ。

ナルアン侯爵家は、エンペラス国を支えてきた古参の貴族だ。そのため支持する貴族が多く、問題があると分かっていてもなかなか調べることすらできなかった。だが部下の頑張りで、奴が違法薬物を取引しているという証拠を掴むことができた。しかし、その証拠だけでは奴には手が出せなかった。ナルアン侯爵を潰すには、支持している貴族達を黙らせるだけの力のある証拠が必要だったからだ。

すぐにガジーをリーダーにチームが組まれ、ナルアン侯爵を徹底的に調べることになった。だが、その調査は思うように進まなかった。理由は、人手が足りないからだ。元奴隷だった獣人達が騎士になってくれたおかげで、村や町の警護は問題なかった。だが、調査となると別だ。調べている人物に気付かれないように調査をするには、それなりの技術が必要となる。今、急いで人材を育てているが、すぐに育つわけではない。そのため、今この国は慢性的な人手不足だった。

ナルアン侯爵は、人手不足のことも自分に貴族からの支持が集まっていることも理解していた。そのため、犯罪が少しぐらい露見しても、捕まることはないと思ったのだろう。慎重さが欠けてきた。それにもかかわらず、奴を潰すだけの証拠は集まらなかった。悔しいことに、奴の側近達はとても優秀だった。こちらが証拠を掴もうとすると、彼らが先回りして処理してしまう。何度もそういうことが続き、ここ最近のガジーの表情は恐ろしかった。それなのに、ガジーが笑顔で執務室に現れたのだ。正直、ストレスを溜めすぎて壊れたのかと焦った。まぁ、ガジーの後ろから入ってきたバッチュ殿の存在で、ガジーが見せた笑顔の衝撃は吹き飛んだが。

呆然としているナルアン侯爵が糸でぐるぐる巻きにされ、羽をもつアルメアレニエに抱えられて、謁見の間から出ていった。彼はこれから、地下牢に入れられる。側近達の証拠も揃っていたので、今頃彼らも捕まって地下牢に運ばれている頃だろう。そしてそこで、第一騎士団とバッチュ殿の仲間から尋問される予定だ。尋問か。バッチュ殿が連れてきた、森の神の部下達を思い出す。そう時間を掛けなくても、すぐに話しだすだろう。

それにしても、バッチュ殿の調査能力には脱帽だな。重要な証拠を一切掴ませなかったナルアン侯爵の証拠が、見事に揃っていたのだから。それを見た時のガジーの表情は、当分の間忘れることができないだろうな。今思い出しても、恐ろしい。本当に、彼が味方でよかったよ。

「私は何もしていない！　証拠があるのか！」

ん？　あれは、ホルースミ男爵か。

「禁止されている薬草を育てているよね。畑を、第二騎士団が確認したよ」

バッチュ殿が、バタバタ暴れているホルースミ男爵の前に立った。馬鹿だな、大人しく捕まっておけばいいのに。

「えっ？」

「しかもその薬草をクスリにして、売っているよね。売買記録は没収したし、取引した者達は既に第三騎士団が捕縛したから、言い逃れは無理だと思うけど……ホルースミ男爵はどう思う？」

「あっいや」

「しかもホルースミ男爵は、このクスリを使って最低なことをしていたよね。ちなみに、被害者達は既に保護しているからね。みんな、証人になってくれるって。あっ、被害者の一人から『絶対に許さない』と伝言を預かっていたんだった。ねぇ、これ以上の証拠が必要かな？　どう思う？　ホルースミ男爵？」

楽しそうなバッチュ殿に、ホルースミ男爵が顔色を悪くしていく。本当に愚かだな。引き際をしっかりと見極めないと、無様な姿をさらすだけだ。

しかしホルースミ男爵がこうなったのは、俺のせいでもある。領地を治める貴族も数が足りなかったため、小さなことに目をつむってしまった。それが一部の貴族達に、何をしても許される存在なのだと思わせてしまった。ホルースミ男爵はそのうちの一人だ。

「ガジー、本当に大丈夫か？」

ガジーとバッチュ殿は、人材が育つまで軽犯罪の場合は現状維持だといっていた。捕まらなかったことを、ホルースミ男爵のように「自分が特別だから」だと、誤解するかもしれない。

「大丈夫です。バッチュ殿が監視をつけてくれますし、この場で脅しもかけると言っていたので」

脅しか。それなら、大丈夫かもしれないな。

「離せ。私が何をした！」

ん？　あれは、救護院を作って国民から支持を受けていたイーバス子爵か。まさかその救護院が、家族を失った者達を集めるために用意された罠だったとはな。奴がオークションを開催する前に、捕まえることができてよかった。

「じゃーん」

「えっ。なぜそれがここに？　ちゃんと隠して……」

　バッチュ殿が手にしているのは、オークションへの招待状。

「残念だったね。この招待状は、永遠に出すことはないね」

　バッチュ殿の言葉に、項垂(うなだ)れるイーバス子爵。アルメアレニエが、そんなイーバス子爵を連れていった。

　残ったのは、イーバスの協力者だったアンリュス男爵とサタシス子爵。なぜ自分達は助かったのかと、困惑している様子だ。許されたわけではない。そのことを理解し、大人しく過ごしてくれればいいが。ん？　小型のアルメアレニエが、彼らの肩に――。

「「ひっ！」」

　あっ、失神した。

「そろそろ、掃除が終わりそうですね」

「そうだな」

　ガジーの言葉通り、謁見の間を見回す。ここから連れ出されたのは全員で一四名。残っている貴族達の中で、期限付きが一八名。まぁ、自分達が期限付きでここに残されたとは思っていないだろうが。問題の一八人の顔を確認したいが、半分が床に倒れているので顔が見えない。あとで、彼らが何をしたのか確認しておこう。

「ガンミルゼ王」

　名を呼ばれ視線を向けると、アルメアレニエに乗ったバッチュ殿と視線が合う。

「掃除もあらかた終わりましたので、魔石を持って帰ります」

さっき見せた、楽しげな雰囲気ではなく落ち着いた雰囲気のバッチュ殿。板についているが、こっちは演技なんだよな。

「はい。これまでありがとうございました」

バッチュ殿の後ろに、アルメアレニエに載せた魔石がある。この存在のおかげで、他国からこの国を守ることができた。その魔石が、本来の持ち主の下へ帰る。いつかはそうなると分かっていたが、少し寂しいな。

バッチュ殿は一礼すると、魔石を載せたアルメアレニエと共に謁見の間を出ていった。彼らの姿が見えなくなると、謁見の間のあちこちから安堵の声が広がった。まぁ、気持ちは分かるな。

パンパン。

ガジーが手を叩き、全員の視線を集める。

「犯罪に手を染めながら、ここに残された者達がいます。そんな者達は誤解しないように。あなた達は『許された』わけではない。ほんの少しだけ、やり直す時間をもらっただけです。誤解しないように自らの行いをしっかり正してください。では、本日はこれで解散です」

ガジーが俺に視線を向けるので、頷く。終わった。まぁ、執務室に戻れば大量の書類が待っているが、今は最高の気分だ。あの憎々しいナルアン侯爵と、彼を支持する奴らを潰すことができたのだから。

419. 聞こえた音。

子供達を見送り、地下神殿に向かう。いつものように、魔石に力を送るため地下一階に向かうと、一つ目達に出迎えられた。

「おはよう。あまり無理はしないようにな」

今、地下神殿の地下一階は、一つ目達の手によって大きく変貌しようとしている。魔幸石であるロープと、この世界に力を与える魔石を置くのにふさわしい場所にするために。その原因となったのはバッチュだ。ロープを持って帰ってきたバッチュを地下一階に連れてきたら、「こんな殺風景な場所に、この世界を左右する存在を置くのは可哀想だ」と、嘆かれた。そして怒涛の勢いでリフォームの許可を求められ、あまりの勢いに頷いてしまった。正直、目の前まで迫るバッチュは怖かった。

「「「おはようございます。問題ありません」」」

三体の一つ目達は挨拶が終わると、すぐに地上へと戻っていく。なぜなら、俺が魔石に力を送る時は出ていってほしいとお願いしたからだ。

魔石に力を送る時は、自分の中にある力を根こそぎ送る。そうすると、どうしてもふらついてしまったり顔色が悪くなってしまったりする。俺としては、力はすぐに回復するので問題ないのだが、そんな状態の俺を見た一つ目達は、焦った。そして、魔石を壊そうとしてしまったのだ。もちろんすぐに止めて、「大丈夫だ」と説得した。だが、一つ目達は心配して、なかなか納得してくれなった。それでも説得を続け、なんとか納得してもらった。その経験から、俺が魔石に力を送る時は、お互いのために一つ目達には出ていってもらうことになったのだ。

「おはよう。今日も力を送るな」

魔石に手を翳し、俺の中から力を送る。最近気付いたのだが、俺の中の力が変化したようだ。今までバラバラに感じていた力が、一つになったような気がする。オアジュ魔神に相談したが、世界にも森にも問題が起きていないから大丈夫だろうということになった。コアや飛びトカゲも同じ意見だったので、特に気にしないことにした。この世界で生活するようになって、このぐらいの変化を気にしていたら疲れてしまう。それに一つになった力を、別々に分けることができると知ったことも大きいと思う。

「ふぅ～、今日は此処までだな」

魔石をぽんぽんと軽く叩く。まだまだ空っぽに近い魔石だが、少しずつ力を蓄えてくれている。これからもずっと力を送り続ければ、この魔石ももっと綺麗に輝くだろう。

「ロープみたいに意思があったら、便利なのにな。何がほしいのか、どうやったら力を効率的に集められるとか、分かるのに」

一度「魔石にも意思があれば」とオアジュ魔神に話したら「無理だろう」と言われた。でも、魔石とは違うがロープという前例がある。だから、絶対に無理だとは思えないんだよな。

「さて、次へ行こうか」

地下神殿の一階にいる、一つ目に念話で言葉を届ける。「終わったから、どうぞ。忙しいのにごめんね」と。すぐに「大丈夫です」と頭に声が届く。念話とはとっても便利な機能だ。

「見守りを頼むな」

妖精を見ると、にっと笑みを見せる。相変わらず、すごい牙（きば）が並んでいるよ。

「任せて！」

何かを任されることが嬉しいのか、ふわふわと飛び回る妖精はなんとも楽しそうだ。目を閉じ墓場を思い出すと、ふっと体が移動する。目を開けると、草原が広がっている。ここは、何も変わらない。

「さてと、頑張るか」

草原の中心に跪（ひざまず）き、手を地面に当てる。スッと地面が消え、足元に暗闇が広がる。そして聞こえだす、大量の呪詛。ただこの呪詛の中に、何か音が聞こえだした。まだその音が何を言っているのか分からない。だが、呪詛とは違うということは何となく理解できた。そして、その音が日々大きくなっている気がするのだ。まぁ、これに関しては俺の希望も影響しているかもしれないが。

「今日は聞こえないな」

少し残念に思いながら、魔超石を手に呪詛が響く暗闇に力を流していく。体の限界を感じると、息を吸い込み最後の力を振り絞る。

「浄化！」

いつものように空間に光が一瞬広がる。そして、次の瞬間には元の暗闇が広がっていた。まだまだだな。

「疲れた」

体をその場に横たえる。目を閉じて、力が戻ってくるのをゆっくりと待つ。手はまだ地面に触れた状態だ。少しでも、呪詛と異なるあの音を確かめたくて。ほんの少しでも変化しているのだと、信じたい。

「…………」

今日は聞こえないのかな。

『…………』

あっ！　地面から手が離れないように気を付けながら、体を起こす。まだ少し頭がふらふらするが、無理をしなければ大丈夫だろう。

「こんにちは、今日もあまり役には立てなかったみたいだ。ごめんな」

音の正体は、分からない。ただ元々呪いは、人など意思のある存在だったはず。それが人なのか獣人なのか、エルフやもっと別の存在だったかもしれないが、元は俺と同じように意思があり生きていた存在だ。だから、この音の正体は「意思を持つ存在」ではないかと考えた。たぶんそれは、俺の願望だ。そうあってほしいと。意思があり話もできるなら、お願いができる。少しでいい、時間がほしいと。その間に、できるだけ浄化をしてみんなを助けたいと。あの呪詛を叫ぶ存在の苦しみを減らすには、時間が必要だから。

『……』

やはり、音が聞こえるだけで言葉とは認識できないか。そういえば、この世界で言葉が通じない時と似ているな。あの時も音としては聞こえていたのに、それが言葉だと認識できなかった。もしかして、制約みたいなものが俺と呪いの間にあるのか？

『…………』

「ごめんな。今は、何を言っているのか分からないや。せっかく何かを言ってくれているのに」

あっ、聞こえなくなった。今日はここまでかな。

「また、明日」

地面から手を離すと、暗闇に閉ざされる。完全に土に戻ると、大きく息を吐き出す。

「戻るか」

力も、話している間にある程度は戻ってきた。途中でふらついて、周りに心配をかけることもないだろう。

立ち上がって、ゆっくり背伸びをする。緊張して体が硬くなっていたのか、気持ちがいい。

「さて、戻ろう」

あまり長くこの場所にいると、リーダーや飛びトカゲ達に心配をかけてしまう。目を閉じて地下神殿を思い出すと、この場所に来た時と同じように体が移動する感覚がした。

「お帰りなさい」

えっ？　目を開けると、地下神殿にバッチュがいた。地下一階のリフォームに伴い、一つ目達の出入りを自由にしているから問題ないが、ちょっと驚いた。

「どうしたんだ？」

今日は確か、各国に用事があると朝早くから出掛けたと聞いていたけど、何かあったのか？

「今日の三時に、各国の王が主に会いに来ますのでお知らせしに来ました」

「そうなんだ。各国の……えっ？」

待て！　えっ、本当に待って。各国の王？　つまり人と獣人とエルフの国の王達ということだよな。

「えっと、なんでそういう話になったんだ？」

「『鉄は熱いうちに打て』と言いますから」

ごめん、何を言いたいのかさっぱり分からない。というか、ロープが関わったことについては事前に相談があったのに、今日は事後報告？　いや、まだ王達は来ていないからって、そうではなくて。

「用意は？」

「リーダーが、完璧に終えています」

リーダーが動いているなら大丈夫だろう。王か。……逃げていいかな？

「さぁ主、準備があるので行きましょう」

なんでだろう？　ものすごく嫌な予感がするんだけど。

420. 無理、無理！

準備をしましょうと連れてこられた衣装部屋。並べられた服というか、「舞台衣装か？」と聞きたくなるほどキラッキラした衣装に顔が引きつった。そうキラキラじゃない、キラッキラした衣装だ。

「「「これで！」」」

当たり前のように迫る三つ目達。

「却下！」

「「「なぜ！」」」

三つ目の一体が、衣装を手にして近づいてくる。いや、怖い。本当に怖いから！

「この日のために、頑張ったのに〜！」

「それはありがたいと思うけど、無理なものは無理！」

なんで、こんなキラッキラした衣装を用意した？　いつも言っているよね？　普通でお願いしますって。

「ん？　これは羽根か？」

赤くないからカレンとは別の鳥かな？　でも、カレン以外に鳥を見かけたことはないんだけど。

「魔物の羽根です」

羽根をもつ魔物なんているんだ。今度探してみよう。

「綺麗な羽根だな。あれっ、これってマントだよな？　羽根がついたマント？」

俺の言葉に、三つ目が胸を張って頷く。

「主にぴったりの魔法を付与しました！　風が吹くたびに、主の周りを羽根が舞います」

「魔法？　風が吹いたらマントにかけた魔法が発動するという仕掛けか。……俺の周りを羽根？」

「はい、幻影ですが」

「つまり、俺の周りを幻影の羽根がひらひら……舞うのか？」

三つ目が嬉しそうに頷く。

「ははは っ、無理。着ないよ」

「では、光の玉――」

「却下」

「火を――」

「絶対に着ないからな」

火は恐ろしくないか？

「そんな～」

嫌だよ。そんな恥ずかしいマントを着るの。

「えっと、この世界でちょっと『煌びやかな』程度の衣装で頼むよ」

あまりに地味だと、来てくれる人達に悪い。でも、俺の顔で華々しいのはきっと痛々しく見えるはず。なので、ちょっと豪華ぐらいがいいはずだ。

「「「え～」」」

不満だと声を上げる三つ目達を見る。絶対に譲らないからな！

「だから言ったでしょう？　主は慎ましい性格だから、豪華に着飾るのは無理だと」

そう、そう……ん？　慎ましい？　えっと、慎ましいかな？　確か、遠慮深く控えめで……しとやか？　待って、誰のことを言っているんだ？　一つ目のリーダーを見る。俺の視線に気付いたのか、俺を見上げると「任せて」というように頷いた。否定したい。でも、ここで否定したら……キラッキラな衣装が頭をよぎる。うん、聞かなかったことにしよう。

「仕方がない。諦めよう」

三つ目達には悪いが、ぐっと拳を作る。勝ったぁ。

「この衣装は次の機会にしよう」

えっ？　三つ目達を見ると、頷きあっている。マジ？

「そうだ。各国に招かれた時には、この中から選ぼう」

全然諦める気配がない。え～っ、……次は次の時に考えよう。

「あっ、今日の服を決めないと駄目だよね。ちょっと豪華な感じだと……これかな？」

三つ目達が持ってきたのは、黒をベースにした衣装で袖や裾に金糸と銀糸で刺繍が施されていた。

落ち着いた雰囲気のデザインでかっこいいな。うん、これにしよう。

「で、これ！」

また、マントか。どうしてもマントを取り入れたいのか？

「マントはいいよ。今日は気楽に話をするつもりだから」

仰々しいのは気後れしてしまう。あっ、でも各国の王はどんな格好で来るんだろう？　もしかして……。奥に移動させたキラッキラな衣装を見る。あんな感じで来られたらどうしよう。

「リーダー。各国の王は、どんな格好で来ると思う？」

「そうですね。主より目立たないような格好で来ると思いますよ」

えっ、そうなの？

「どうして？」

「上の者より目立つ格好など、するはずがありません」

えっ、そういう決まりでもあるのか？　ということは、少しぐらい着飾っておかないと駄目じゃないか？

「マントぐらいならいいかな」

俺の言葉に、ガッツポーズをする三つ目達。まぁ、すべて駄目は申し訳ないしね。うん、マントぐらい……マントか。扱い方とかあるのかな？　座る時は、マントを避けて座るのか？　それとも、気にせずそのまま座るのか？

「ははっ。もうなるようになれって感じだな」

「ではこちらの羽根をふんだんに使った帽子も！」

「却下！」

そこまでは許可しないから！　というか、羽根が好きだね。

なんとか衣装も決まり、着てみたが驚いた。うん、すっごく驚いた。

「最高です！」

三つ目の言葉に、鏡に映った自分が頷く。まさか絶対に似合わないと思っていた衣装が、似合うとは。三つ目達のセンスに脱帽するな。

衣装部屋から出ると、着飾った子供達がいた。

「おぉ、かっこいいし、可愛いな。みんな、似合っているよ」

俺の言葉に嬉しそうな表情を見せる子供達。なんというか、本当に可愛いらしいな。

「ウサとクウヒも、似合っているよ」

着飾ったクウヒとウサを見ると、恥ずかしそうな表情をしている二人がいた。それがなんとも微笑ましい。

「変じゃないかな？」

ウサが恥ずかしそうに俺を見る。

「すごく綺麗だよ」

俺の言葉に嬉しそうに笑うウサ。本当に、綺麗になったよな。よかった。……あれ？　二人と目線が……マジか。少し前までは俺のほうが高かったのに、いつの間にか同じぐらいの……ん？　待った、クウヒの方がちょっと高くないか？　獣人って、本当に成長が早いんだな。だってまだこの子達は、一三歳か一四歳ぐらいのはずだろ？　それなのに、追い抜かれるとは。まぁ、この世界で見た獣人はみんな大きかったもんな。いつかウサにも、背を抜かされるのか。……別にいいけどさ。

カチャ。

俺の衣装部屋の隣にある、子供達の衣装部屋の扉が開く。

「あっ、ヒカル。用意は済んだのか？」

「はい、終わりました。主は何を着ても似合いますね」

ヒカルはお世辞がうまいよな。というか、

「ありがとう。ヒカルもかっこいいな」

驚いた。ヒカルも今日は着飾っているのだが、ものすごく似合っている。元々色白で痩せていたヒカル。ここでの生活で、色白のままだが体格がよくなった。だからなのか、今日のヒカルはどこかの王子のようだ。いや、王子なんていう者に会ったことはないから想像だけど。妹に見せられた漫画の中の王子様みたいだ。

「ふふっ。主に褒められると嬉しいです」

ヒカルの言葉に、周りの子供達も頷く。ん～、勉強が進むにつれ子供達の視線がなんというか、崇(あが)める感じに変わってしまったんだよな。俺を崇めるような教育はしないように言ってあるのに、なんでだろう？　もう一度、バッチュと話し合わないとな。

「そろそろ着くみたいです」

リーダーの言葉に、出迎えるために庭に向かう。リビングとウッドデッキを見ると、一つ目達の手によって完璧に整えられていた。さすがだ。

ん？　この気配は、水龍のふわふわだな。あれっ、ふわふわの気配に交じって人の気配を感じる。

「リーダー。各国の王はどうやってここに来るんだ？」

「それぞれ龍達に、迎えに行ってもらいました」

なるほど。だから、ふわふわの気配に交じって人の気配を感じるのか。龍達に乗った者達は、ここに来るまでに気を失っている者も多いけど、大丈夫かな？

あっ、見えた。……ふわふわ、速いって。もう少し乗っている人達の気持ちを考えてあげてほしいかな。

「ただいま」

「うん。お帰り」

ふわふわと挨拶を交わしながら、ちらりと乗っている者達の様子を見る。おっ、すごいな。半分以上は意識があるみたいだ。

意識がある人達の中で、一番豪華な服を着た男性がふわふわから降りて、俺に視線を向けた。その姿を見て、ホッとする。よかった、彼もマントを着ている。マントは、場違いではなかったようだ。

「本日は、お招きいただきましてありがとうございます。エンペラス国ガンミルゼと申します。これからも、どうぞよろしくお願いいたします」

ガンミルゼ王が頭を下げるのを、なんとも言えない気持ちで見る。ボロが出る前に言っておいた方がいいよな。

「丁寧な挨拶ありがとうございます。ですが、もっと気軽な関係を築きませんか？」

敬語も丁寧語も苦手なんだよ。だから、普通に話す関係を目指そう。

「えっ？」

「これからいい関係を築くためにも、気軽に話せる関係になりましょう」

ガンミルゼは驚いた表情をしていたが、ふっと笑みを見せると頷いてくれた。

「ありがとうござ……ありがとう。これから、よろしく」

「こちらこそ」

ガンミルゼはいい人だな。

421. いらっしゃい。

「大変、申し訳ありませんでした」

これからの関係のためにも、前王のことを謝りたいと言ったガンミルゼ。宰相を務めるガジーと騎士達がガンミルゼと共に頭を下げるのを見て、真面目だなと苦笑してしまう。

「謝罪を受け入れます。なので、これ以上はいりません」

この言い方でいいのか？　こんな真面目に謝罪を受けたことがないから、どう返したらいいのかさっぱり分からない。でもたぶん、こんな感じでいいはず……たぶん。

それに俺としては、前王のことは全く気にしていない。というか、知らない間に色々終わっていたので、特に思い入れがないというのが正直なところだ。まぁ、ウサとクウヒのことがあるから、倒してくれてありがとうとは思っている。その倒すのに、俺の力が色々と役立ったらしいけど、すべてあとから知ったことなので実感がない。なので「そうなんだ。よかったね」という感想だ。

実は各国の歴史を、地下神殿から受け取った映像で確認した。だからガンミルゼが、何を成し遂げたのかちゃんと理解することができた。彼は本当にすごい人物だと思う。仲間を少しずつ増やし、前王から人や獣人を守った。言うのは簡単だが、その過程は本当に過酷だった。仲間を集める中、裏切られたことは一度や二度ではなかったし、何度も命を狙われていた。そのせいですべてに疑心暗鬼となり、本当にこれでいいのかと苦しんでいた。それでも決して諦めなかった精神力は、すごいと思う。

「俺は、ガンミルゼのことを尊敬しているよ」

「えっ？」

俺の言葉に驚いた表情を見せるガンミルゼ。隣のガジー宰相も驚いたのか、目を見開いている。そんなに驚くことだろうか？

「あっ、次の客が来たみたいだな。ガンミルゼ、今日は楽しんでくれ。またあとで」

ガンミルゼに声を掛けると、こちらに向かって飛んでくる龍に視線を向ける。真っ白な龍か。あれは氷龍のマシュマロだな。太陽の光を浴びると、真っ白な鱗が綺麗だな。なんというか、神秘的な光景だ。

「お帰り」

「ただいま、連れてきたよ」

「ありがとう」

えっと、あっ！　エルフだ。えっと王は……デルオウスだったよな。うん、バッチュに聞いたから間違いないはず。彼には、俺から声を掛けよう。

「初めましてデルオウス。これからのことを考えて、気軽に付き合っていこうな。話し方も含めて」

言ったもん勝ちというからね。この世界で、これが通用するのかは知らないけど。

「えっと。はい、分かりました。オルサガスを治めているデルオウスです。これからよろしくお願いします」

簡単な挨拶にホッとする。デルオウスは、かなり驚いたみたいだけど。そういえば、

「体は、大丈夫なのか？」

デルオウスの体は、長い間毒に侵されていたのを映像から知った。毒に侵された原因は、彼の兄弟達の頭が悪かったせいだ。優秀すぎる幼い弟に脅威を感じて毒殺をしようとするなんて、イカレてる。しかも、毒を盛ったのが一人や二人じゃなかったからな。さまざまな毒を一気に盛られたせいで、エルフの知識をしても解毒が難しかった。まぁ最大の原因は、彼を見ていた専属医師が金で買収されていたからなんだけど。それを知った時のデルオウスは、ちょっと怖かったな。あのあと専属医師は……うん、まぁ、あれは自業自得だからしょうがない。

「大丈夫です。テン殿にヒールを掛けていただいたおかげで、元気になりました」

映像で見た過去の彼は、周りに気付かれないように我慢している表情が多かった。最近の映像で

は、部屋で苦しそうに呻(うめ)く姿が増えていたな。オップル一族がデルオウスの排除に動いていたせいなんだが、バッチュが間に合って本当によかったよ。それにしても、過去の表情を見たからなのか、今の優しそうな笑顔を見るとホッとするな。

「そうか、よかったよ。もし体に違和感を覚えたらすぐに言ってくれ。今度は俺が治癒魔法を掛けるから」

テンでも問題ないと思うが、ずっと毒に侵されていた体だ。一回のヒールで完全に治療ができたのか分からない。もしものことがあるからな。

「森の神が自らですか？　いえ、本当に大丈夫です。医師にも確認しましたが、動かなくなっていた臓器も問題なく動いているそうです。本当に完全に治ったと言われていますので」

「そうなんだ。まぁ、それならいいけど」

少し焦った様子のデルオウスに、笑ってしまう。隣にいる宰相のグルアが、何度も頭を下げるのも面白いな。というか、そんなに何度も頭を下げる必要はないんだけどな。

「今日はゆっくり楽しんでくれ。またあとで」

遠くから、こちらに向かって来る龍の姿を捉えた。最後は獣人の王、エスマルイートだな。彼は火龍の毛糸玉に乗ってきたようだ。

「大丈夫か？　毛糸玉はちょっとスピード狂なところがあるんだけど」

ここから見た限りでは、それほどスピードは出ていない。これぐらいなら問題ないか。

「エスマルイート、いらっしゃい」

「お久しぶりです」

話し方が堅いな。それに、毛糸玉から降りたエスマルイートはちょっと顔色が悪いように見える。チラリと毛糸玉を見ると、スッと視線が逸らされた。ん？　もしかして、来る途中でスピードを上げたな。

「悪かったな。ちょっと移動が乱暴だったかもしれない」

俺の言葉に、エスマルイートは慌てて首を横に振る。

「え？　あっ、違うんだ。空の移動が楽しくて、ちょっとスピードを上げてもらったのは、俺なんだ」

あっ、話し方を変えてくれた。やっぱりこのほうが楽だな。

「えっ。そうなのか？」

「あぁ。まぁ結果は……まさか、騎士達が気絶するとは思わなかった」

毛糸玉から降ろされた意識のない、騎士達。この結果が、彼らの王が原因だったとは、可哀想に。

「何をしているんだよ」

呆れた表情でエスマルイートを見ると、彼は楽しそうに笑った。

「ははっ。空の移動なんて今まで経験したことがなかったから、楽しくて。まぁ、どんどん上がる速度に最後はちょっと怖かったけど、それでも楽しかった」

あぁ、彼もスピード狂か。

「そうだ。片付けは終わったのか？」

俺の言葉に笑顔で頷くエスマルイート。その笑顔に何か不穏なものを感じるのだが、触れないほうがいいだろうな。

「本当にありがとう。森の神のおかげで長きにわたり暗躍していた者達を一網打尽にできた。それに俺が把握していない者達まで捕まえてくれて。本当に助かったよ」

「そうか」

「そうだ。アンフェールフールミのシュリ殿にお礼を言いたいのだが、いいだろうか？」

「シュリに？」

不思議そうな俺に、笑顔で頷くエスマルイート。

「捕まえた者達が多すぎて、収容する場所がなくて困っていたら、シュリ殿が助けてくれたんだ」

「そうなんだ。シュリは何をしたんだ？」

収容場所でも作ったのか？

「地下に収容所を作ってくれたんだ」

地下？　前にシュリの巣穴を見たことがあるが、どこか恐ろしいものを感じた。特に出入り口を見ていると、飲み込まれそうな印象を受けた。あれの収容所バージョン？……何故だろう？　とてつもなく恐ろしい収容所がイメージできてしまったんだが。

「えっとシュリは……あっ、ガンミルゼと一緒にいるみたいだ」

エスマルイートもシュリの姿を確認したのか、頷いた。

「失礼いたします」

ん？

「リーダーか、どうした？」

「各国の王が全員揃いましたので、話し合いを始めたいと思います」

「分かった」

俺の返事を聞くと、リーダーがエスマルイートをウッドデッキに誘導する。ガンミルゼとデルオウスも一つ目達が、応対してくれているみたいだ。

「それにしても、どんな話し合いになるんだろうな。俺って必要なんだろうか？」

各国のこれからの関係について話をする予定らしい。正直、俺はいらないと思うんだよな。

422. 呪文と道具。

やっぱり俺は、全く必要ないな。というか、さすが国を導いてきた人達だよ。どんどん話が進んでいく。

まぁ、主に交流をどうするかという話し合いみたいだけど。それにしても、魔術師と魔導師がいるんだな。初めて知った。魔術師は高い知識と技能で魔法を使用する者達で、魔導師は呪文を唱えたり道具を必要としたりする者達らしい。魔法を使うのに呪文や道具か。……俺も魔法を使う時に「浄化」と口に出しているよな。あれも、呪文になるのか？

「何か悩み事ですか？」

えっ？　不思議そうに俺を見るリーダー。そんなに分かりやすい表情をしていたのだろうか？

まぁ、いいや聞いてみよう。

「魔法を発動させる呪文が気になったんだ」

「呪文ですか？　確か『風よ、我にその力を授けたまえ。我は命ずる。風よ、嵐となって吹け』というのを聞いたことがあります。そのあと、そこそこの風が吹いていました」

本当に呪文だ。しかも、ちょっと恥ずかしい感じだ。

「そこそこの風ってどれくらいなんだ？」

嵐の魔法でそこそこの風？

「木々が大きく揺れる程度です」

なるほど、そこそこの風か。

「僕も知っているよ」

ん？　頭上に視線を向けると、糸にぶら下がっている子蜘蛛の姿があった。

「どんな呪文だったんだ？」

「『大地よ。我に今こそ、力を。我を襲うすべての者に死を！』って、叫んでいたよ」

えっ、「死を」と叫んでた？　誰かを殺そうとする呪文だよな。

「結果は？」

誰かが殺されたのか？

「そんな魔法は捻り潰したよ。弱っちいもん」

捻り潰した？……つまりこの子蜘蛛に向かって魔法を使ったのか。今の会話から、そういうことだよな。

「どうして攻撃なんてされたんだ？」

何か悪いことでもしたのか？

「捕まっている奴隷達を、保護するために動いている時だよ」

あぁ、なるほど。悪いことではなく、いいことをしている最中に犯罪者に攻撃されたということか。

「大変だったな。お疲れさま」

手を伸ばして、少し離れた場所で揺れていた子蜘蛛の頭を撫(な)でる。

「大丈夫だったよ。驚くほど弱かったから」

「そんなに、弱いんだ」

子蜘蛛の言い方に、笑ってしまう。魔法を使うのだから、それほど弱くはないと思うのだけど。

「魔導師は魔力の少ない者が多く、魔法の威力はそれほどありません。だから、道具を使って威力をプラスするんです。まぁ、道具を使って威力を足しても、我々からすればあまり変わりませんが」

道具で魔力を足す？　道具を使えば、浄化の威力を強められるのかな？

「そうなんだ。俺が道具を使ったらどうなるか分かるか？」

リーダーを見ると、不思議そうに首を傾げられた。

「主の魔力量だと道具は必要ないと思いますが」

「もし使ったとしてだよ」

俺の魔力量は多い。でも、墓場にいるあの者達の呪いを浄化するには、全然足りない。

「主が道具を使用したら、道具のほうが耐えきれず壊れるでしょう」

えっ、壊れるの？

「道具は、魔力が足りない者が使用する前提で作られています。過分に魔力がある者に、合わせて作られていませんから」

あっ、そうか。でも俺に合わせて作られた道具だったら、壊れることなく魔力を増やせるのだろうか？　試してみる価値はあるだろうか？

「俺に合わせた道具を作れるかな？」

「主、魔力が足りないのですか？　あ、墓場……」

リーダーは、俺が魔力を増やしたい理由に気付いたのか、頷いた。

「いい考えかもしれません。作れるかは分かりませんが、他の者達と相談してみます」

「ありがとう」

もしかしたら、すごく厄介なお願いをしてしまったかもしれない。でも、もし作ることができたら、浄化がもう少し広範囲でできるようになるはずだ。あの苦しみから、一日でも早く解放したいからな。

「森の神。申し訳ないが、何か知らないだろうか？」

デルオウスの言葉に、三人の王に視線を向ける。えっと彼らは何を話していたかな？　確か、魔力を持った子供が生まれにくくなっているが、他国はどうかとエスマルイートが聞いたよな。で、ガンミルゼが人も同じだって言って、魔力量が少ないせいで治療などに支障が出てきているという話だったはずだ。

「魔力のことだよな？」

俺の言葉に頷く三人。

「魔力はこのまま、この世界からなくなっていくのですか？　俺の魔力も年々弱まっています。いずれ魔法が使えなくなるのではないかと、心配する声が上がっているんです」

ガンミルゼの言葉に、首を傾げる。

「悪いが、そうなっている原因は分からない。エコの状態はかなりいい。だから魔力を持つ子が増えたり、魔力量が増えたりするはずなんだけど」

魔力の循環を行っているのはユグドラシルのエコ。たった一年で巨木へと成長し、傍に寄るだけでその強い魔力を感じることができるほどだ。そのエコが、毎日順調に魔力を循環してくれている。だから、魔力が弱まるなんてありえないんだけど。

「あっ、それは時間が解決してくれます」

リーダーは何か知っているのか？

「時間が？」

デルオウスの言葉にリーダーが頷く。

「はい。森が攻撃されていたため、ユグドラシルの力が弱まり魔力の循環が滞っていました。ですが、主が力を与えたことで、ユグドラシルは生まれ変わり、今では問題なく魔力は循環されています。ただ、まずは森の修復から入りましたので、森の外の者達が変わったと実感するには、少し時間を要します。ですが、そろそろ生まれてくる子供達に魔力持ちが多くなってくる頃だと思います。あなた達の魔力にも少しずつ変化が訪れるでしょう。ただ、急に魔力が倍に増えたりはしません。徐々に増えていくでしょう」

弱っていた時の影響がまだ残っているのか。長い間、森はその役目を負えてなかったからな。

「魔力のことは、少し待っていてくれ」

三人に視線を向けると、かなり驚いた表情をしていた。なぜ、そんな表情をしているんだ？

「さすが森の神ですね。ユグドラシルを生まれ変わらせるなんて」

エスマルイートが感心した様子を見せる。そんなにすごいことなのかな？

まぁ、あの時はビビったよな。触っただけで、目の前の木が一気に枯れてしまうんだから。ナナフシ達の様子で、やばいことになったことは分かったし。生まれ変わるために必要だったことなんだろうけど、あれは心臓に悪かった。二度と経験はしたくない。もしくは、結果を教えてから実行してもらいたい。

「力は戻るのか」

ん？　デルオウスを見ると、嬉しそうに微笑んでいる姿があった。そういえば、エルフは人や獣人より魔法に長けていたんだっけ？

「あとは、森を害した時の罰だが、三カ国で揃えないか？」

「そうだな」

へぇ、同じ罰則を作るんだ。すごい挑戦だな。

三人がそれぞれ今の罰則を口にする。森から持ち出してはいけないものを持ち出した場合は、死罪。ん？　森の中に、不要なものを捨てた場合は死罪。待て、ゴミを捨てただけで死罪なのか？　ちょっと重くないか？　あれ？　どの王も、当然という表情だ。

あぁ、そうか。森は、この世界の中心だ。そのせいで、罰も重くなるのか。死罪は重いから、軽い罪にしてもらおうと思ったけど、やっぱり口を挟むのはやめよう。この世界のルールは、彼らが作ればいい。

三人の王を見る。随分と楽しそうだな。

「彼らも、俺が守る者達なんだよな」

彼らだけではない。三人の王を守る、それぞれの護衛騎士達。少し離れたところで待機している騎士達を見る。彼らも、俺が守る存在。

「神か。守るものが多すぎるよな」

423. 第一位の神。

―監視者　第一位の神視点―


創造神から送られてきた報告石に神力を流し、内容を読み取る。それには、私のために動いていた神が創造神によって消されたことが記録されていた。

「くそっ」

手に持っていた報告石が、私の力に負けて粉々になる。あまりに力を入れすぎたのか、粉々になるだけでなく一瞬で灰になった。だが、そんなことではこの怒りは抑えられない。どうして、私の邪魔をするんだ！

「あの世界さえ、ちゃんと処分できていたらこんなことにはならなかったのに！」

魂力を使った実験が失敗だと気付いた時、あの世界も見習い達も処分しようとした。だが、見習い達が本物の魔幸石を使っていることに気付いて、唖然とした。魔幸石の力は未知数だ。もしものことを考えれば、簡単に処分はできなかった。でも、あの世界をあのままにしておくわけにはいかない。だから、魔幸石を移動させようと考えた。魔幸石さえなければ、あの世界をすぐに処分できる。だが、取り戻す前にあちら側の神にあの星の存在を知られてしまった。もっと早く行動を起こしていれば、後悔せずにすんだのに。

「やはり見習いなど使わずに、神の一柱か二柱を使っておけばよかった」

「言葉には、ご注意を！　今は創造神の目がどこにあるか分かりません。あちら側は、この機会に色々変化をさせたいと動いております。今は、冷静になり時を待つときです」

部下の言葉に、ドンと机を叩く。

「そんなことは、分かっている」

そんなことは、誰よりもこの私が分かっているのだ！　今、ミスを犯せばすべてを失うことぐらい。前の創造神の時は楽だった。私が何をしても、盲目的に私を信じていた創造神は、疑うことすらしなかった。だから発覚した問題の解決に、邪魔な神の仕業に見せかけるのも簡単だった。しかも私が解決したことにしたので、創造神からの評価が上がり続けた。本当に面白いぐらい、すべてが順調だった。

だから油断してしまったのだ。まさか創造神が変わってしまうなんて、予想もしていなかった。しかも変わった原因が、私が使ってやった見習いどものせいだなんて。

「あいつらのせいだ」

すべてが狂いだしたのは、見習い達が私の指示に逆らい勇者召喚を行ってからだ。召喚できた者は、全員が狂っていくと説明してやったのに。

「まさか、あれほど馬鹿だったなんて」

力がある程度あって扱いやすい者を選んだが、もう少し賢い奴を選ぶべきだったな。

「ですが、なぜあの召喚した者は狂わなかったのでしょうか？」

部下の言葉に、あの世界に落ちた者を思い出す。顔は知らない。どんなに探っても、奴の情報は出てこなかった。ただ、「普通」に生活をしているということだけは掴んだ。召喚した者が「普通」に生きていることに驚いた。なぜなら、ある実験以降は召喚する力に関係なく、召喚した者はすぐに狂ってしまうからだ。

「分からない。何が奴を『正常』にさせたのか」

私は、魔神を殺す道具として勇者が使えると思った。召喚すればいくらでも勇者は作り出せるし、失敗しても神に実害は出ない。だが今の勇者達の強さでは、魔神にかすり傷すら負わせられない。だから、ひたすら勇者の力を上げる方法を探した。そして見つけたのが、世界を利用する方法だ。世界には無数の魂がある。それだけ魂力があるということだ。その力を勇者がすべて受け止められれば、どれだけの力となるか。そして、長い研究を経てその実験は成功した。実際に世界を利用したのは、その実験だけだ。さすがに世界がどんどん消えれば、創造神に不信感を持たれるからな。成功した勇者には、驚くほどの力が宿っていた。これで魔神を一掃できると、歓喜に震えた。だが、利用した世界があった場所に「何か」が生まれた。それが何だったのか、いまだに分かっていない。ただ、その「何か」にすべてが飲み込まれてしまった。成功体の勇者さえも。

そして、その時から召喚はすべて失敗するようになった。召喚する力を変えて行っても、召喚した者は数日、場合によっては数分後には狂ってしまうのだ。まさか召喚自体に影響を及ぼしてしまうなんて、思いもしなかった。しかもそのせいで、私の実験は諦めるしかなかったのだから。あれが成功していたら、魔神が消えた「綺麗な世界」が作れたのに。

「奴の情報は、やはり掴めないのか？」

「はい。おそらく創造神が拒否しているのだと思います」

部下の言葉にため息が出る。

創造神の力は厄介だ。創造神が開示を拒否した情報を、神が掴むことはできない。つまり、奴の情報を見せないと創造神が判断したため、どんな手を使っても情報が出てこないのだ。

「しかしフィオ神が動くとはな」

創造神が情報の開示を拒否したのは、フィオ神の働きかけだろう。

「はい。全くノーマークでした。アイオン神は、かなり注意していたのですが」

フィオ神は面倒事を嫌い、いつも数歩離れたところから見ているだけだった。だから今まで奴を気にしたことはなかった。実力はあるが、ただそれだけ。敵でもないし、味方でもない。気にするだけ、時間の無駄になる神。私の中で、そう判断していた。なのに、今回のことでは率先して動いている。

「予想外のことが多すぎるな」

こちら側の神が少しずつ、削られている。証拠を上手く処理できなかった神達だから、いずれ切り捨てたと思う。でも、それは今ではない。まだ、奴らは使い道があったのだから。

何か手を打たないと。これ以上、アイオン神達に好き勝手されるわけにはいかない。

「失礼します」

慌てた様子で部屋に入ってくる部下に、眉間に皺が寄る。こいつは、入室の許可を取らずに入ってきたのか？　部屋にいた部下が慌てているのが分かる。だが、そんなことはどうでもいい。私を疎かに扱う者を許すつもりはない！

「貴様──」

「申し訳ありません。オルティアス神達の記録装置に覗かれた痕跡が見つかったとの報告が届いたため、気が動転してしまいました。本当に申し訳ありません」

土下座をする部下の言葉に、息を飲む。今、こいつはなんと言った？　記録装置に覗かれた痕跡だと？

「オルティアス神以外は、誰の記録装置に痕跡が残っていたんだ？」

声が、少し震えているのが自分でも分かった。

「ディスカル神、ワピキュア神の記録装置からも痕跡を確認できたそうです。三柱とも、痕跡を詳しく調べていますが、かなり慎重に消されているようで、痕跡から追うことはできないそうです」

上がった神達の名前に、視界がぐらりと揺れた気がした。オルティアス神、ディスカル神、ワピキュア神は、私が支える神達だ。そんな彼らが狙われた。彼らの記録装置には、見られてはまずいものが多数ある。誰が、覗いたのだ？

「覗いた者が誰か分かっているのか？」

「いえ、痕跡からは相手の情報が一切見つからなかったようです」

おかしい。創造神でも、記録装置に触れれば必ず痕跡が残るし持ち主に知らせが来る。これは絶対だ。創造神ですら自由にできないのが、神達が管理する記録装置だ。

「ディスカル神をすぐに呼べ」

まずは詳しい話を聞かなければ。

「あっ、バシュリ神に連絡を取り、記録装置を確認するように言え」

彼は裏の協力者。私のことをすべて知っていると言っていい。オルティアス神、ディスカル神、ワピキュア神も私の大切な仲間だが、替えはいる。だが、バシュリ神は違う。彼の代わりはいない。

「分かりました」

部下が部屋から出ていくのを見送る。

「どこまで覗かれたかが、問題だな」

三柱の記録装置には、私が関わった実験の情報もあるはずだ。それらの情報が、見つかっていないといいが。もし、見つかっていた場合は、誰であろうと始末しなければ。

424. 離れません！

三国の交流は成功に終わったといっていいのだろう。最後はいつも通り、大量の酒が振る舞われどんちゃん騒ぎだったが。

途中、神や魔神の姿があったような気がするが、まぁいつものことなので気にしないことにした。彼らを初めて見た獣人達が叫ぼうが、数人の人が驚きすぎて意識を失おうが、エルフ達が祈りだそうが……いや、これはビックリした。まさか彼らが祈りの対象だとは。

「あっ、神と魔神だった」

と思い出したことを言ってしまったら、俺に向かっても祈りだした。なので、そこからは退避した。いや、祈りの対象とか無理。守る存在なんだと認識したけど、そこまでは無理。

翌日は、ヒールの魔法が使える一つ目や農業隊が走り回っていた。彼らのおかげで、各国の王と側近、そして護衛の騎士達は元気に自分達の国に帰っていった。本当、無事に終わってよかった。

そういえば、離れで生活している獣人達はオアジュ魔神とかなり仲良くなったようだ。教師のノミスと騎士のキミールが、オアジュ魔神と肩を組んで飲んでいた。仲良くなることはいいことだ。

すべてが終わって、ゆっくりお茶を飲んでいた。はずなんだけど、目の前で泣いている獣人はなんなんだろう？

「お願いじまずぅ」

正座をして涙を流し、お願いされている状態に首を傾げる。彼を連れてきた、親蜘蛛さんを見る。視線が合うと、親蜘蛛さんも困った様子を見せた。もしかしたら、この調子でここに来たいと迫られたのかもしれない。たぶん、いやきっとそうだろう。想像がついてしまった。

「えっと、あなたは？」

俺の言葉にパッと嬉しそうな表情を見せる獣人。いや、まだお願いを聞くとは言ってないからな。

「ずびっ。私はエントール国の上位魔術師アマガールといいます」

エントール国の上位魔術師なんだ。ところで、俺を見てないで一つ目のリーダーから紙を受け取って鼻水を拭いてほしいんだが。えっ、リーダーも鼻水は無視ですか？　あっ、リーダーが拭いてあげた。アマガール、それでいいのか？

「あっ、失礼しました。あの、森の神にお願いがあります。私をここに置いてください。そして魔石の研究を続けさせてください」

魔石？　エントール国に渡した魔石は、俺が力を込めた魔石だよな。国から許可をもらって、好きなように研究をしたらいいのでは？　なぜ、俺に許可を求めるんだ？

「魔石が森の神のものだということは知っています。ですが、ずっと見守ってきました。最近では、私の声に反応を返してくれたんです。なので、お願いします」

俺のもの？　それに、声に反応？

「アマガール。どの魔石の話をしているんだ？」

「エンペラス国より移動された魔石のことです！」

エンペラス国？　あれ？　彼は、エントール国の魔術師だと言ったよな？

「だめでじょうか？　あれが、わたじの生きがいでして」

あぁ、また泣きだした。

「アマガール魔術師、ここで何をしているんですか！」

叫び声に視線を向けると。ダダビスが慌てた表情でこちらに走ってきた。俺の傍に来ると、俺に向かって深々と頭を下げる。

「申し訳ありません。彼は我々の国の上位魔術師です。彼はその魔石に目がないといいますか。魔石を目の前にすると理性を失うといいますか。えっと、とにかく魔石を見ると我を忘れるんです！」

なるほど。酷い言われようだけど、納得できるような気がする。で、ダダビスの様子から、アマガールはエントール国の魔術師で間違いないな。

「エントール国のアマガールが、なぜエンペラス国に置いてあった魔石と関わっているんだ？」

「研究を続けさせてくれ」と彼は言ったよな。つまり、ロープのことを研究していたということになる。アマガールは、魔幸石について何か知ったのだろうか？

「それは、エンペラス国の王からの依頼でした。魔石の変化を調査してほしいと」

変化？　まぁ、それよりロープがアマガールを知っているのか確かめないと駄目だな。

『ロープ。周りにばれないように答えてくれ』

すぐに反応してくれるかな？

『主？　どうしたの？』

あれ？　ロープの声に、いつもの元気がないな。

『疲れているのか？　大丈夫か？』

『大丈夫だよ。ちょっと色々やっていて、忙しかっただけ』

色々？　何をしているんだろう？

『そうなんだ。急に呼んで悪かった。今は大丈夫か？』

気になるけど、まずはここに呼んだ原因を確かめよう。

『大丈夫だよ。それでどうしたの？』

『ロープを研究したいと、エントール国の上位魔術師アマガールが来ているけど、知っているか？』

『あぁ、彼か。彼は面白い獣人だよ。俺の反応一つ一つに過剰に反応して踊っていた』

踊っていた？

『他にも泣いたり、叫んだり。かなり変な人だったけど、悪意はなかったし傷つけるようなこともしてこなかったよ』

なるほど。本当に魔石が異常なほど好きなだけなのか。アマガールを見ると、期待を込めた目で見られていることに気付く。すごく、居心地が悪いな。

『彼がロープの研究を続けたいらしいけど、問題はあるかな？』

『ないよ。研究しても何も分からないだろうから』

『そうなんだ』

何も分からないのか。それなら研究を続けてもらっても……。結果が分かっているのに、「どうぞ」というのもどうなんだ？　ものすごく性格が悪くなった気がする。

「あ〜、あの魔石を研究しても、きっと何も分からないと思うぞ」

「駄目ですか？」

あぁ、落ち込んでいる。アマガールって、俺が見てきた獣人の中で一番年齢が高いんだよな。お爺ちゃんに落ち込まれると、ちょっと罪悪感が。でも、無駄だと知って許可するのも、違う気がするし。

「何も分からなくてもいいんです。ただ、魔石に関われるのなら」

「そうなのか？」

「はい」

魔石と関われればいいのか。それなら、いいか。

「分かった。あっ、ロープを置いてある場所にはもう一つ魔石があるんだった」

「ロープ？」

「魔石の名前だよ」

「な、名前がついていたのですか！　それは素晴らしい。それにもう一つの魔石？」

すごいな、一気にテンションが上がった。しかも、前のめりになっていて、ちょっと怖いな。

『主。アマガールに話ができることを言ってもいいかな？』

『ロープがいいと判断したならいいぞ』

俺より正しい判断ができるだろうからな。

『ありがとう。それじゃあ、声を掛けてみますね』

『驚かないように、俺から説明しておくよ』

『お願いします』

「アマガール」

「はい」

うわっ、すごい笑顔だな。ん？　ダダビスがアマガールの肩を押さえ込んでいるように見えるんだけど、見間違いか？

「アマガール魔術師、落ち着いてください。興奮して走り回ったりしないでくださいね」

ダダビスの言葉に、アマガールを見つめてしまう。大丈夫なのか？

「えっと、落ち着いて聞いてくれ」

これを言ったら、もっとテンションが上がるのでは？　でも、急に声が掛けられたら驚くよな？

「落ち着け」

「分かりました」

心配しかないな。

「ロープには、意思があって話ができるんだ。それでロープから、アマガールに話しかけるから驚かないように……」

あ～、天に向かって祈りだしてしまった。昨日から、祈るポーズをよく見るな。ん？　俺に向かって祈るな！

425.　変化。

朝の日課になった魔石に力を注ぐために、地下神殿の地下一階の部屋に入る。

「おぉ、すごいな」

部屋全体のリフォームはまだだが、魔石と魔幸石の置く場所はでき上がったと聞いた。なので、ちょっとワクワクしてきたのだが、想像以上のものができ上がっている。

「木で台座を作ったのか。彫刻も細かいな。これは……花？　もしかして、蓮の花かな？」

あれ？　この台座、どこかで見たような気がするけど……どこで、だったかな？　ん～、すぐに思い出せないということは、この世界じゃないのかも。前の世界で……あっ、お釈迦様が載っている八角台座に似ているんだ。見たことあるはずだよ。

「本当に見事だな」

彫刻で彫られた蓮の花が、どこか懐かしいな。……って、思いを馳せている場合ではないな。今日の魔力を補充しないと。

「ロープ。おはよう」

……あれ？　いないのかな？　そういえば、用事があると言っていたな。残念。台座の感想を聞きたかったんだけど、また今度か。

よしっ。魔力の補充を始めるか。

「あっ、台座に載せたから少し魔石の位置が高くなったのか。こっちのほうが魔力を送りやすいな」

これも、計算して作ってくれたのかな？　たぶん、そうなんだろうな。

魔石に手を翳し魔力を送る。昨日から、魔力が移動すると魔石から温かな風を感じるようになった。変化があるっていいよな。浄化のほうは全く手ごたえがないから、ちょっとホッとするな。

いや、あの気になる音が少しずつ大きくなっているから、何かが起こっているのは確かだ。ただし、それがいいことなのか、悪いことなのかが分からないんだよな。もし悪いほうだったら……やめ、やめ。悪いほうに考えるのは駄目。落ち込んだり悩んだりする気持ちを引きずっていくと、呪詛が大きくなるからな。あれは、つらい。

「よしっ、魔力も元に戻ったし、墓場に行くか」

気持ちを切り替えて、元気な声を出す。声を出して自分を奮い立たせるのは、結構いい方法だ。

「独り言になるから、周りに誰かがいたら恥ずかしいけどな」

というか、独り言が直らなかった。一年ちょっと、ずっと一人で話していたから仕方ないんだろうな。ただ、周りに誰がいてもつい独り言を言ってしまうんだよな。あれだけは、治したい。ときどき、恥ずかしいことを言ってしまうから。

墓場に着くと、いつものように草原の中心に跪き手を地面に当てる。呪詛が聞こえてくると、小さく深呼吸をして気持ちを整える。

「よしっ」

今日もやるだけのことはやる！　魔超石を手に持って、魔力を闇の中にゆっくりと流していく。何度も、体内の魔力を空っぽにする。

「あれ？」

昨日と同じ回数、魔力を空っぽにしたけどいつものように体が重くない。あと一回、追加で魔力を流せるような気がする。ん～、試してみるか？　限界を超えるなんてことは……まぁ、大丈夫だろう。無理だと思ったら、止めたらいい。

「あと一回」

慎重に魔力を流していく。魔力が空っぽになった感覚がすると、体の限界を感じた。いつもの感覚だ。

「浄化！」

目の前の闇が広がっている空間に光が一瞬広がる。そして、ゆっくりゆっくり闇へと戻っていく。

「……マジ？　えっ。今、ゆっくりだった」

昨日まで、光が一瞬広がるけど、闇に戻るのも一瞬だった。なのに、今はゆっくり闇に戻った。

「うわっ、嬉しい」

ずっと不安だった。闇から聞こえてくる呪詛に、変化があまりなかったから。だから、自分のやっている浄化は意味がないのではないかと。

「ありがとう。変化してくれて。少しは役に立っているってことだよな。頑張って、その苦しみを少しでも減らしていくからな」

地面から手を離し、限界を訴えている体を横たえる。体は正直つらいが、気分がいい。まだまだ、頑張れそうだ。

ぽかぽかとした暖かさと、気持ちのいい風。この場所が墓場だとは忘れてしまいそうになるな。

「眠いな」

おかしいな、いつもは眠くなることはないのに。

――闇の中――

ふわりと何かが触れ、そして消えていった。しばらくすると、またふわりと何かが触れ、そして一瞬で消えていった。何度も、何度も、繰り返されるそれに鬱陶(うっとう)しさを感じた。だから、少し移動する。この場所にいるから、あれが触れてくるんだ。移動したらいい。でも、移動したのにまたそれはふわりと触れてきた。掴もうとするけど、掴めない。それにイラッとした。またしばらくすると、ふわりと触れてくる。移動をしても、無視をしても、逃げられないそれに諦めた。もう好きにしたらいい。

少しずつそれを待つようになってきた。だって、気持ちがいいことを思い出したから。触れてくるそれを掴みたい。触れてくるたびに頑張るけど、掴めない。でも、諦めない。だって、ここには……なんだっけ？　あぁ、また来た。掴めないと知っているのに手を伸ばす。あっ、掴めた！　わぁ、気持ちがいいな。でも、すぐに消えてしまった。残念、ずっと掴んでおくことは無理なのか。

でも、次はもっと長く掴みたいな。

それからも毎回、毎回挑戦する。もっと長く掴みたいから。今回は、前回より少しだけ長く掴めた……ような気がする。掴んだ何かの正体は分からない。でも、気持ちのいいものだから、そんなことは気にしない。

ん？　何か聞こえる。なんだっけ？　もしかして聞いたらもっと気持ちがいいかな？　聞きたいな。あっ、これは声だ。そうそう、声。誰の声だろう？　あれ？　声だと分かるのに、何を言っているのか分からない。何を言っているのか、知りたいな。

今日は気持ちがいいのが、ほんの少しだけ強い気がする。それに……全身が気持ちいい。そうだ、全身で感じるともっと気持ちいいんだ。あっ、また声が聞こえる。

「……ごめん…………すべてを……も、……落ち着い……ら」

えっ、もしかして分かった？　まだまだ分からない部分が多いけど、分かる部分があった！　でも「ごめん」か。あれ？……どんな意味だったかな？　ん～？　何かとても大切な言葉だった気がする。ずっと求めていたような。

えっ、嫌な気配を感じる。いつもは気持ちがいい気配しかしないのに。なに、嫌だ！

きらいきらいきらいきらいきらいきらいきらいきらい。

くるしいくるしいくるしいくるしい。

こわすこわすこわすこわすこわすこわす。

そうだ！　全部壊しちゃう！

ふわりと流れる気持ちのいいものを、とっさに掴む。あっ、嫌なものが消えた。あれ、なんだっけ？　何かしようとした……かな？　まぁ、いいか。


あっ、昨日より今日のほうが気持ちいいのが増えている。それに、掴む時間がいつもより長い。

うん、気持ちがいい。やっぱりこっちがいい。

「……。……いや、…………。きっと……を苦しみから…………から」

また声だ。今回は「くるしみ」がよく聞こえた。くるしみ……くるしい？　大丈夫。だって、気持ちがいいのが来てくれるから。

「また、ちょうだい」

ん？　なんだか久々に話したような気がするな。前に話したのは？……ずっと、ずっと昔だったような気がする。あれはいつだったかな？　もう本当にずっと昔。あれは……なんだっけ？

あっ、きた。ん～、もっと近くでこの気持ちのいいのを感じたいな。移動は……できるのに、気持ちがいいほうには行けない。どうして？　行きたいな。近付きたいな。……邪魔をするな！

ん？　少し暗いものが増えたかな？　まぁ、どうでもいいや。

あっ、駄目だ。俺は、すぐ消えてしまうけど気持ちがいいほうがいい。あっちに近付きたい。行けない。どうして、気持ちがいいほうには近付けないんだろう？

あぁ、分かった。何かが体に絡みついているんだ。これ、いらない。いらない。いらない。あれ？　体が消えた？　いや、いたい！

おぁぁぁぁ。

くるしいくるしいくるしいくるしいこわれるこわれるこわれる。

あぁ、はやく。はやく、あの気持ちいいのを感じたいな。だって、あれは気持ちがいいの。

426.　繋がり。

ん？……あれ？

「もしかして、寝ていたのか？」

起き上がって首を傾げる。おかしいな。急に眠気に襲われたような気がする。

胸に手を当てる。力に何かあったのかな？　毎日限界まで使っているから、影響が出始めたのかもしれない。

「異変がないか、確かめるしかないよな」

深呼吸で息を整え、体内の力に意識を向ける。いつも通り、空っぽだった力は満タンになっているのを感じる。魔力や神力に似た力、それに魔神力、特に違和感はないな。

「問題はなさそうだけどな」

ん～。あれ？　なんだろう？　俺の力が何かに流れているような気がする。いや、いつも垂れ流しだけど、それとは別で。……間違いない、どこかに俺の力が流れているみたいだ。行き先はどこだろう？

流れている自分の力に意識を乗せる。流れに身を任せそのままゆっくりゆっくり移動していけば……。

「えっ？」

流れの先が、まさか呪いの空間だとは思わなかったな。

「もしかして、行き先はあの声の人かな」

いや、人なのか？……変な想像しそうだから、人だと思っておこう。うん、あの声は人だ。呪われた人？　あっ、真っ黒な人を想像してしまった。慌てて首を横に振る。

「今のは、なし！」

なんだろう。想像しただけなのに、すごく恐ろしい感じがした。黒い人は、駄目だな。一つ目の黒バージョンなら、可愛らしくなりそうだけど。

「いや、違うだろう。俺は何をイメージしているんだ。そうだ、俺の力の行き先だ」

地面を見る。今もゆっくりとだが、俺の力が流れ込んでいるのを感じる。昨日までは、こんなことはなかった。これは……どうしたら、いいんだろう？

俺の力を得て、あの空間に何か問題が起こるだろうか？　いや、起こらないか。だって、俺の力なんてあの空間の中では微々たるものだ。そう、ほんの些細な力だ。つまり、影響は少ないというかほとんどないだろう。

「なるほど、気にする必要はないか」

たぶん。それに、ほしいと言うならあげたいし。声の人が俺の力を求めている理由は分からないけど、少しでも癒やされてほしいな。

「俺の力。この先にいる者をしっかり癒やしてくれよ。俺の力だったらできるはずだ！」

……たぶん。地面を叩こうとして止まる。叩いたら、あの空間に繋がるよな。うん、叩くのは駄目だな。

「よしっ」

力に異変はないし、ほしいと言っている力もそれほど多くないし。問題なし。

眠たかった理由は……寝不足ということにしておこう。昨日の睡眠時間も一〇時間近かったことは、忘れておこう。人は忘れる生き物だから。

「あっ、俺は人じゃないんだった」

すっかり忘れていた。なんだ、人の時も今も忘れっぽいのは一緒か。

「どんな存在になっても、変わらないもんだな」

まぁ、元が俺だからな。変わりようがないか。神としての威厳とか求められたら、逃げ出しそう。でも、アイオン神を見ている限り、そういうのは必要ないと思うんだよな。

「戻ろう」

地下神殿を思い出すと体がふわっと浮く。

「お帰り！　聞いて～変なの～」

「ひっ」

足に地面の感触がした瞬間、妖精の大声が聞こえてきた。予想していなかったことに、体がビクリと震え小さな悲鳴を上げてしまった。

「あのね。箱の中の花がおかしいの！」

ちょっと待て。とりあえず落ち着かせてくれ。妖精の顔を手で押さえて、深呼吸を繰り返す。

「話を！」

お願い。もう少しだけ、待って。

「落ち着いてくれ」

興奮している妖精の頭を撫でると、少し落ち着いたようだ。

「よし、もう大丈夫。どうしたんだ？」

妖精を見ると、キョトンと不思議そうな表情で俺を見ていた。なんだ？

「どうしたんだ？」

「ん～、誰だろう？」

はっ？　誰？

「主様から、誰かの気配を感じる。しかも負の気配」

負の気配？　それは、核周辺の呪いに触れてきたからじゃないか？　いや、違うか。それは毎日のことなんだから今指摘するのはおかしいし、妖精は「誰か」と言ったな。

「おかしいな。負の気配なのに、嫌な感じを受けないなんて」

妖精の言葉に首を傾げる。

「嫌な感じはしないんだな」

「うん。だから主様に影響はないよ」

それはよかった。いや、よくないな。俺から誰かの負の気配を感じるんだよな。負の気配は妖精の言葉から、普通は嫌なものを感じると。でも、俺から感じる負の気配には嫌なものを感じないらしい。

「それって負の気配じゃ、ないんじゃないのか？」

俺の神力に似ている力のように、似ているだけとか。

「それはないよ。主様から確実に負の気配を感じる」

そうなんだ。でも昨日と今日で、違うことなんて。あっ、今日は、今もあの空間と繋がっているんだった。それが原因なんじゃ。

「原因だけど、なんとなく分かった。危険はないから大丈夫だ」

「そうなの？」

「あぁ」

「主様が言うならいいけど」

妖精は不思議そうにしながらも、分かってくれたようだ。

「あっ、おかしなことが起こったの！」

そういえば、そう言っていたな。

「何が起きたんだ？」

「地下四階にある黒い箱の中の花。あれが、おかしいの」

えっ？　それって死者の花が入っている棺桶みたいな箱のことだよな。花がおかしい？

「負の感情が溢れて、花に変化があったのか？」

「違うよ！　箱から負の感情は溢れてない。ただ、中にある花が変わったんだ！」

花が変わった……もしかして形が変わったということか？

地下四階に行くと、棺桶の一つが光っていることに気付いた。傍に寄って、中を確認する。

「えっ」

死者の花は、白く輝く石を細長く赤い花弁が守るように包み込んでいる姿だったはず。それなのに、箱の中の花は、白く輝く石を守るように細長い花弁が包み込んではいるが、花弁の色が違った。白に、青、黄色に、緑まである。

「前の赤い花弁の花もあるんだな」

変わったのは、花弁の形ではなく色のほうだったか。でも、どうして色がこんなに増えたんだ？

「主様、箱に触って大丈夫なの？」

えっ、箱に触って？　手元を見る。箱の中の花を見ようとして、両手が箱に触れていた。

「大丈夫。箱の中を調べようとした時は、体を乗っ取られそうになったけど、浄化をする時は問題なかっただろう？」

「そうだったね」

それにしても、呪いが溢れてなくてよかった。まぁ、何が起きているのか分からないから、完全には安心できないけど。箱から手を離そうとして、違和感に気付く。

「あれ？」

前に浄化をした時、箱に触れた指先は痛みを訴えた。浄化が終わって見た指先に傷はなかったけど、じんじんした痛みが残ったのだ。

「痛みがない」

箱に手をぐっと押し当てて見る。箱の冷たさを感じるが、それだけ。何が起きているんだろう？

427. 解放？

「あれ？」

箱に触れている手に、温かくて柔らかなものを感じる。んっ？　柔らかいは、おかしいよな？

箱から手を離して軽く叩いてみる。予想通りコンコンと音がする。

「柔らかく感じたのは気のせいだったのか？」

もう一度箱に手をそっと当てる。しばらくすると、さっきと同じように温かさと柔らかさを感じる。不思議だ。

「やっぱり柔らかさを感じるよな？」

自分の手を見る。特に気になる変化は起きていない。箱は硬いし、手もいつも通り。違いは、箱の中の花の色だけだ。

「開けてみようかな」

感じた温かさに嫌なものは一切なかった。逆に安心するような気持ちよさがあった。

「大丈夫なの？」

妖精が傍に飛んできて、心配そうに俺を見る。

「大丈夫だと思う」

それに肩を竦める。というか、飛び方がふらふらで不安を覚えるんだが。

「手から感じるものが、温かくて柔らかいから」

「温かくて柔らかい？」

妖精の言葉に、頷く。

「そうなんだよ。不思議だよな」

妖精が箱に近付く。

「中にある花の影響を、受けているのかもしれないね」

花の影響か。

「確かめるためには、やっぱり蓋を開けてみるしかないよな」

「うん。そう思うけど……ちょっと心配」

まぁ、そうだけど。でも、このまま放置するわけにはいかないからな。

「開けてみるよ。何かあったら困るから、離れていてくれ」

「分かった。問題が起きたら、すぐに助けを呼ぶね」

助け？　でも、問題が起きている場所に仲間を呼ぶなんて、被害を大きくするだけじゃないのか？　でも、本当に何かあったら助けは必要か。

「判断は、任せるよ」

俺の言葉に、ふらふら飛びながら頷く妖精。いつか落下しそうな飛び方だな。

「実はもう、箱の中の異変は知らせておいたんだ。あっ、一つ目のリーダーが待機しているって」

「えっ？　そうなんだ。というか、今連絡が届いたのか？」

「うん、そうだよ。ロープに言葉の伝達方法を教えてもらったんだ。これはすごく便利だね！」

知らない間に、妖精がレベルアップしている。まぁ、特に問題ないからいいか。

「他にもできることが増えたのか？」

「バッチュにね、侵入者を捕まえる方法を学んだよ。あのね、食べちゃったら話が聞けないから、生け捕りのほうがいいんだって」

生け捕り……なんか言い方が嫌だな。でも、食べちゃうよりマシか。とりあえず、話を戻そう。

妖精が俺から離れていることを確認すると、蓋に指を掛ける。

「よしっ、蓋を開けるぞ」

深呼吸して、棺桶に似た箱の蓋を持ち上げるとそれほど力を籠めることなく蓋は開いた。

「「えっ？」」

蓋が開いた瞬間、ふわりと優しい香りが空間に広がる。無意識にクンクンと香りを嗅いでしまう。

死者の花の香りといえば、花に誘導するための、あっ！

「しまった、忘れていた！」

死者の花は香りで、おびき寄せるためのエサだったんだ。思いっきり吸い込んじゃったよ。まずはこれ以上の香りを吸い込まないように、結界で、

「主様、この香りは大丈夫みたい！」

「えっ？」

結界を張ろうとしたが、妖精の言葉に止まる。大丈夫ということは、影響はないのか？

「この香りは落ち着くだけで、他に影響は出ないよ」

もう一度、箱から香ってくる死者の花の香りを吸い込む。確かに、嫌な感じは一切ないし、花に引き寄せられることもないな。それどころか、なんだろう……懐かしい感じがする。

「問題は、ないみたいだな」

無駄にドキドキしてしまった。それにしても、いい香りだな。

「すごくいい香り。ふわふわってなる」

嬉しそうにふわふわ飛ぶ妖精。まぁ、見た目はふらふら飛んでいるから、心配が募るけど。あっ！

「落ちるよ！」

「えっ？　わっ！」

バランスを崩していく妖精を、急いで腕に抱く。まさか本当に落下しそうになるとは思わなかった。

「あれ？　そういえば妖精はいつから前にも後ろにも飛べるようになったんだ？」

以前は上下にふわり、ふわりと飛んでいるだけだったのに。いつの間にか、前にふわ……ふらふら、後ろにふらふら飛んでいるな。

「えっ？　まさか今、気付いたの？　少し前から自由に飛んでいたでしょ？」

そうだっけ？　あぁ、そういえば飛んでいたような。

「でも、昨日は羽をもつ子蜘蛛に抱えられて飛んでいただろう？」

羽を持っている子蜘蛛達に、抱え込んでもらって飛んでいたのを見たぞ。

「その子達に、飛び方を教わっているんだ。昨日は、バランスを取る方法を実地で教えてもらっていたの」

なるほど。

「ただ、体を傾ける角度が難しいんだけどね」

だからあんなにふらふらしているように見えるのか。でも飛べているんだから、あとは慣れだろうな。

「いっぱい飛べば、コツを掴めるだろうから、焦らないようにゆっくり慣れていけばいいよ」

「うん。ありがとう」

パチン。

えっ？　音が鳴ったほうへと視線を向ける。

「箱の中から音が鳴ったよな？」

「そうだと思う」

妖精と一緒に箱の中を覗き込む。花の香りが少し強くなるが、あまり気にならないな。

「この香り、ホッとするね」

その言葉に、妖精の頭をぽんぽんと軽く叩く。

「そうだな。落ち着くな」

パチン。

「「あっ！」」

音と同時に、目の前にあった死者の花が一本消えた。まさか花が消えると思っていなかったので、呆然と死者の花が消えた部分を見つめる。しばらくすると、香りが少し強くなったことに気付いた。

「もしかして、死者の花が香りに変わっているのか？」

「主様、この箱に入っている死者の花なんだけど、少ないよね？」

妖精の言葉に、隣の箱の中を見る。

「そうだな。どれだけ死者の花が入っていたのか分からないけど、隣の箱と比べると約半分ぐらいしかないな」

隣にある箱には死者の花がギュッと詰まっているが、蓋を開けたほうは半分ほどだ。もし同じぐらい花が詰まっていたとしたら、半分が香りに変わったということになる。どうして花が香りに変わっているのか。その原因はなんだろう？

「主様。コアが死者の花の変化を見たいと、一つ目のリーダーに言っているみたい」

コアが？　そういえば、コアは死者の花に詳しかったな。何か知っているかもしれない。

「香りにも問題ないみたいだから、いいぞ」

「了解」

しばらくすると、コアが慌てた様子で地下四階に来た。

「主、死者の花が弾けたと聞いたのだが、本当なのか？」

弾けた？

「音と共に消えたんだけど、『弾けた』というのか？」

「そうだ」

コアが俺を見て頷く。

「そうか、それならその通りだ。コアは、なぜそうなるのか知っているのか？」

「解放だと思う」

かいほう？　介抱？

「花が必要ではなくなったから、弾けたんだ」

あぁ、解放か。つまり苦しみから解放されたのか。

「それって、いいことだよな？」

「あぁ、主の浄化が効いたのだろう？」

えっ？　俺の浄化？

箱の中の花は、死者から切り離されたと妖精は言っていた。つまり核の周りの呪いしか浄化していないので、箱の中に浄化が届くはずがない。

「違う。俺の浄化ではないと思う」

「えっ？　でも、箱の中から主の浄化の力を感じるけど」

えっ？　箱に向かって手を翳し、力を探る。香りに気を取られて気付かなかったけど、微かに俺の力を感じる。

「どうして箱の中に、浄化の力が届いたんだ？」

428. 花の力。

箱の中にある、微かに残った俺の力に意識を向ける。残っている力は本当に少しなので、あと数分もすれば完全に消えてしまうだろう。

「これじゃあ、辿れそうにないな」

もう少し力が残っていれば、どこから箱に入ったのか分かったかもしれないのに。

「他の箱はどうだろう？」

隣の箱にそっと手で触れる。すぐに指先に痛みを感じた。箱の中にある花を確認するが、花にも色の変化は起こっていないようだ。ただ、指先に感じた痛みは前の痛みに比べると、かなり和らいでいる。花の色は変わっていないが、浄化はしているということだろうか？ 確かめるためには、箱の中を探るか、蓋を開けるしかないんだけど……。

「箱の中を探ったら前の時のように、体を乗っ取られそうになるだろうな。蓋を開けたら……最悪なことになる可能性が高いか」

他に方法は……駄目だな。何も思いつかない。諦めるか。

「主、この花を弾ける前にこの地に埋めよう」

コアの言葉に、首を傾げる。この花というのは、色の変わった花のことだよな。

「何か理由でもあるのか？」

「オアジュ魔神が言っていたんだけど、花の色が変わった死者の花は周辺の呪いをゆっくりと浄化してくれるらしいんだ。浄化する力は、まだ研究中らしいけど」

浄化？　それに研究？　死者の花を、魔神が研究しているのか？

「埋めても悪いことは、絶対に起きないのか？　解放に影響はないのか？」

「どうだろう？　そこまでは聞いてないな」

コアが首を傾げて俺を見る。どうしようかな。

「とりあえず、オアジュ魔神に話を聞こうか」

「そうだな」

箱の蓋を閉めるか迷ったが、妖精が見ていてくれるらしいので任せることにした。

「何か変化が起こったら、すぐに連絡をくれ」

「分かった。任せて！　主からのお仕事～。へっへ～」

妖精は、相変わらずだな。嬉しそうにふらふら飛ぶ妖精を見ていると、コアが不安そうな表情をしていることに気付く。

「どうしたんだ？」

「あの飛び方は、どうにかならないのか？」

妖精の飛ぶ姿に、不安を覚えたのだろう。妖精が空中で体勢を崩すたびに、前脚がピクリと動いている。

「練習中らしいから、気長に見守ってあげて」

今までの仲間は、気付いたら上手に飛んでいた者ばかり。だからなのか、妖精を見ていると仲間を見つけた気持ちになるんだよな。

「分かった。あとで、飛び方のコツでも教えておこう」

「ありがとう、頼むな」

地下四階から地下神殿へ移動して、家に戻る。

「オアジュ魔神はどこだろうな？」

「あそこだ」

コアが指すほうを見ると、広場でコアの子供達に何かを教えているオアジュ魔神がいた。

「何をしているんだ？」

「魔神力に対応する戦い方と、闇の魔力の使い方を学んでいる」

相変わらず勉強熱心だね。

「そうか」

「新しい力を手に入れるのは楽しいな。だが、闇の魔力は扱うのが難しい」

コアの言葉に首を傾げる。光の魔力も闇の魔力も特に使い方に違いはない。思った通りに使えるのだが。

「そんなに難しいのか？」

「主は、難しいと感じたことはないのか？」

「ないな」

「そうか。我は光の魔力は自由に魔法を使えるが、闇の魔力で魔法を使おうとすると全く魔法が使えなくなる」

えっ？　全く使えなくなる？

「原因は分かっているのか？」

「あぁ。光の魔力が闇の魔力に反発して、魔法を発動できなくなるんだ」

反発？　というか、光と闇の魔力を別々に使おうとしているのか？　俺は、区別をしたことがないな。力は力だ。

「光と闇の魔力を区別しているから、反発するんじゃないか？」

「区別か。確かに光と闇を区別しているな」

そういえば、ヒカルが「どちらの力も守る力だ」と言ってくれたんだよな。あの言葉から、闇の魔力から受けていた負の影響が減ったんだった。

「区別しているんだったら、闇の魔力から負の影響を受けているんじゃないか？」

「それは大丈夫だ。ヒカルが『光も闇も、どちらも守りの力になる』と教えてくれたから」

ヒカルか。あの子は、周りをいい方向へ導く力があるよな。

「できた〜！　やった〜！」

嬉しそうに飛び跳ねているのは、コアの息子クロウのようだ。どうやら闇の魔力で魔法を使えるようになったみたいだ。周りからも歓声が上がっている。というか、そんなに闇の魔力は扱いにくいのか？

「主、すまない。ちょっと用事ができた」

「えっ？」

コアの言葉に視線を向けると、面白くなさそうな顔をしている。これは、クロウに先を越されて不貞腐れているな。本当に負けず嫌いなんだから。

「まぁ、頑張れ」

「今日中に、必ず闇の魔力を使いこなせるようになってみせる！」

鼻息荒く広場に向かうコアを、小さく笑いながら見送る。子供に、花を持たせるということを一切しないよな。まぁ、子供達もコアに負けないぐらい負けず嫌いだけど。うわぁ、コアとクロウが睨み合いだしちゃった。これは、広場が崩壊しないように結界を強化しておいたほうがよさそうだな。

「結界強化！」

広場を包む結界が、微かに光ったのを確認する。これで問題ないだろう。

自分の掌を見る。光の魔力と闇の魔力のことを話していたからだろうか。魔法を発動した時に、自分の中の力をはっきりと感じることができた。どうやら俺は、本当に二つの力を区別していないみたいだ。魔法を発動した時に感じた力は、光と闇が混ざり合ったような状態だった。

「あいつらは本当に疲れる！」

疲れた表情でこちらに来るオアジュ魔神に、手を上げる。

「お疲れさま。悪いな」

いろいろと面倒を掛けてしまって。

「別にいいけど、コアもクロウも、本当に大人げない」

「強さに関することだけだよ。それ以外だと頼りになるから」

俺の言葉に、不審な表情を見せるオアジュ魔神。信じられないようだ。でも、本当に頼りになるんだって。

「あのさ、少し聞きたいことがあるんだけど時間は大丈夫か？」

「あぁ、問題ない。そうだ、奥さん達がこっちに来たいと言っている。いいか？」

ん？　この世界の現状について話をしたのに、来たい？　疑問に思ってオアジュ魔神を見ていると、俺を見たオアジュ魔神が噴き出した。

「面白い顔をしているぞ」

面白い顔って……そんなに間抜けな表情をしていたのか？

「この世界のことを話していないのか？　いつ壊れてもおかしくないんだけど」

壊すつもりはない。でも、この世界は未来が不安定だ。

「話した。だが、来たいそうだ」

現状を知っているなら、別にいいけど。

「それならいいけど」

「ありがとう」

嬉しそうに笑うオアジュ魔神。その顔を見て、少し驚いた。

「どうした？　何か顔についているか？」

「いや、なんだか……オアジュ魔神の表情が明るくなった気がして」

俺の言葉に、少し驚いた表情をしたオアジュ魔神。

「それ、奥さんや子供達にも言われた。『最近、顔付きが明るくなった』って」

そうなのか。まぁ、元々が不愛想だったからな。ちょっと笑っただけでも、かなり印象が変わるだろう。

「それで話とは？」

「コアが、花の色が変わった死者の花を埋めると周辺の呪いを浄化すると聞いたそうだが、それは本当か？　どこに埋めても大丈夫なのか？　何か問題が起こったことはないのか？　解放に影響はないのか？」

「今のところ、問題は起きていない。ただ、埋める場所によって浄化する力が弱くなったりするみたいだ」

弱くても、浄化をしてくれる。

「あと解放だけど。今のところ影響はないと判断しているみたいだ」

これからの研究で、影響があったと分かる可能性もあるのか。

「分かった、ありがとう」

どうしよう。たとえ弱くても浄化をしてくれるなら、埋めたい。でも、そのせいで呪いからの解放に影響が出てしまったら。

「あっ、花の色が変わった時点で、呪いからは解放されているらしいから」

「埋めよう」

それなら問題なし。

429. 魔神オウ。

オアジュ魔神と地下四階に戻ると、彼は驚いた表情をした。広い空間に整然と並べられた黒い箱には、さすがに驚くよな。

「あれ？　妖精は、どこだろう？」

見張り役をお願いした妖精を捜すが、見当たらない。用事ができて、違う階に行ったんだろうか？

「あっ、いた。もしかして、寝ているのか？」

色が変わった花が入っている箱の上で、ピクリとも動かない妖精。近付いても起きる様子はない。

「頑張って飛んでいたから、疲れたんだな」

でもこれだと、見張り役にはなれないな。異常が起きた時に、巻き込まれたら危険だ。次は、アリ達か蜘蛛達に見張りをお願いしよう。

「すごいな。死者の花が閉じ込められた箱があるとは聞いていたが、こんなにあるなんて。いったい何個あるんだ？」

「数えてないから、分からない。墓場での浄化で手一杯だから、箱の数を知ったところで無意味だ」

箱の数を減らせるなら数えるが、手がつけられない状態で数を知ったところで意味がない。

「核の周辺の呪いに変化はないのか？」

オアジュ魔神が心配そうに俺を見る。それに小さく笑う。

「変化ならあった。ただ、それがよい変化なのかは分からないけど」

「そうなのか？　どんな変化があったんだ？」

興味深そうな表情をするオアジュ魔神に、首を傾げる。

「呪いに、興味があるのか？」

「呪いではなく、この世界のことが知りたいんだ。そうだ、呪いについて俺も調べてみたんだけど」

浄化に役立つ情報でもあったのかな？

「魔神の中に『神が作りだす呪い』について長年研究している者を見つけた」

神が作りだす呪い？

「神だった時に、呪いを研究していることがばれて殺されそうになったので、こっち側に逃げてきたらしい」

こっち側というのは魔神の世界だよな。そういえば、神の世界と魔神の世界は別々にあるのか？　それに神と魔神の違いは力だけか？……何も知らないな。

「オアジュ魔神。神と魔神の違いは何なんだ？　それと神の世界と魔神の世界はどういう位置関係になっているんだ？　逃げ込めるということは、隣りあわせなのか？」

矢継ぎ早に質問した俺に、苦笑するオアジュ魔神。ちょっと焦りすぎたかな。

「神と魔神の違いは、持っている力の違いだけだ。それと住んでいるところだけど……どういえばいいかな。一つの空間に、上半分が神の世界で、下半分が魔神の世界という感じだ。二つの世界には、それぞれの力で作った結界があるため、自由に出入りはできないようになっている」

なるほど、上下になっているのか。

「神は、どうやって魔神の世界に逃げ込むんだ？」

自由に出入りできないのに。

「神達の間で密かに伝わる、禁忌の魔法があるんだ」

禁忌の魔法？

「その魔法は、神力を魔神力に、光の魔力を闇の魔力に変化させることができるらしい。ただ、反対のことはできないから。一生で一回だけ使える魔法だな」

力を変質させるから、禁忌か。

「ありがとう。分かりやすかったよ」

「実は俺も最近知ったんだ。魔神の世界と神の世界がどうなっているのか」

えっ？

「住んでいた世界のことだろう？」

そんなことがありえるのか？

「そうだけど、興味がなかった。それに、魔神達が集まると面倒事が起きやすいから、近づきたくもなかったからな」

魔神の世界を動かす、魔神力と闇の魔力を攻撃的な力だと考えている者が多いんだよな。そのせいで、負の感情が起きやすい世界になっている。力に対する固定観念を変えられたら、住みやすい世界になると思うんだけど。

「でも、主やヒカルと出会ったおかげで、自分の持っている力でも守ることができるのだと知った。認識を改めてからは負の感情に振り回されることも減って、ものの見方が変わったよ。すごく感謝しているんだ。家族との関係も変わったしな」

ヒカルがいなかったら、俺も気付けなかっただろうな。闇の魔力が、温かい守りの力になるなんて。

「だから、この世界の問題を聞いて、何か力になれないかと呪いについて調べたんだ。調べていると、禁忌の魔法で魔神となったオウという者が『神が作りだす呪い』を研究していると知ったんだ。

会って驚いたよ、俺より魔神歴が長いんだから」

「それはすごいな」

自らの意志で魔神となったオウ魔神か。

「オウ魔神は、どんなことを知っているんだ？」

「魔神が生まれた原因や、魔神が住む世界が生まれた原因を知っていた」

魔神や、その魔神が住む世界のことを？

「ここからは、オウ魔神から聞いた話だ。神には元々『光の魔力』と『闇の魔力』、二つの力が宿っていたらしい」

えっ、神はどっちも持っていたのか？　でも今は、光の魔力しか持っていないよな？

「ある神達の元に双子が誕生した。その時父である神は思った。神という存在に闇はいらないと」

なんだか、この先が分かるような気がする。

「そして父である神は、双子の力を無理やり入れ替えた。光の魔力だけ持つ子供と、闇の魔力だけを持つ子供に。父はすぐに闇の魔力だけを持つ子供を殺そうとした。だが、光の魔力を持つ子供が父を殺し、闇の魔力だけを持つ弟を守った。双子は助け合い生きてきたが、成長するにしたがって、同じ時期に生まれた子供達より遥かに力が強いことが分かった。そして、そのことが神達を暴走させた」

暴走？

「双子が成長すれば、自分達を超える力を持つのではないかと心配になった神達がいた。そしてその神達は、双子を排除しようとした。だが、双子は強く、排除は不可能。排除を諦めた神達が次にしたことは、自分達の力を光の魔力だけにすることだった。その方法はかなり残酷だった可能性があると、オウ魔神は言っていたよ」

残酷か。目的のためなら、神達はなんでもやるだろうな。

「神達は、力を手に入れたことで闇の魔力だけを持つ弟を本気で排除しようとした。光の魔力だけを持つ姉は、弟を守るため自らの力を変化させ二人だけの空間を作りあげた。力を変える禁忌の魔法は、姉が作った可能性が高いそうだ。そして二人だけの空間は、魔神達が住む世界へと変化していくことになる」

神は昔から見たくない者を排除する傾向が強いんだな。というか、考えが変わっていない……成長していないんだな。

「神達は、自分達の世界にできた空間を何とか排除しようとした。だが、排除しようとするたびにその空間はどんどん大きくなって、いつしか空間を二つに分けるほどになった」

また排除か。諦めが悪すぎる。

「成長を続ける空間に神達は焦り、光の魔力をどんどん進化させていき、ついに神力が誕生した。だが同時に、闇の魔力が充満している世界で、魔神力も誕生したそうだ。オウの見解だが、世界はバランスを保つように働くのではないかと言っていた」

バランス。

「光が強くなれば、闇も強くなる。気付けば、神の光の魔力が満ちた世界と闇の魔力が満ちた世界は同じ大きさになっていたらしいから」

今の形ができたというわけか。それにしても、今の話を聞く限り、

「魔神が生まれたのも、魔神が住む世界が生まれたのも神が行ったことが原因なんだな」

「そうなるな。反する力を認めてさえいれば、魔神も魔神の世界も誕生しなかっただろうな」

神は愚かだな。

430. 異なる変化。

「あ～！」

「うわっ」

ビックリした。大声をあげた妖精を見ると、箱の上からこちらを見ていた。ジッとしているので、首を傾げていると。

「寝てしまったなんて」

あぁ、なんだ。大きな声を上げるから、もっと深刻なことがあるのかと思ったじゃないか。

「疲れていたんだろうから、気にしなくていいぞ」

ショックを受けた表情でぶるぶる震える妖精の姿がおかしくて、笑えてくる。いや、悲愴感を漂わせているのだから、笑ったら駄目だ。

「ぷふ～」

「ぷっくくくく。なんだよ、その音は」

妖精の口から零れた声に、我慢ができずに笑ってしまう。寝てしまったぐらいで、そこまで打ちひしがれなくてもいいのに。

「あれって、妖精だよな？」

オアジュ魔神が、困惑した表情で妖精を見つめる。

「あぁ、妖精だけど。どうしたんだ？」

そういえば、この妖精は普通の妖精っぽくないんだったな。普通の妖精を知らないので、この妖精がどれほどずれているのか分からないけど。

「まぁ、小さいことは気にするな」

「えっ、小さいことなのか？　俺が知っている妖精とは全く違うんだが。というか、襲ってこないのか？」

「来ないから大丈夫だ」

妖精を見たら、最初にそれを心配するのか。普通の妖精には、絶対に会いたくないよな。

そういえば妖精も、今の自分の状態に首を傾げていたっけ。妖精を見る。寝起きだからなのか、先ほどよりふらふらと空中を彷徨(さまよ)っている。その様子からは、襲ってくる姿は想像できない。というか、あんなふらついた状態で襲えるのか？　無理だろう。

「まぁ、妖精にも色々いるんだよ。きっと」

「まぁ、俺もすべての妖精を知っているわけではないからな」

オアジュ魔神の言葉に頷く。

「寝るつもりはなかったんです。ただ、箱の中の花を見ていたらふわふわっとしてきて、ぽかぽかになって、気付いたら寝ていました！」

ふわふわ？　ぽかぽか？　気持ちよく寝られたということか？

「気にしなくていいから」

ふわふわの原因は、もしかして香りか？　箱は、しっかりと蓋は閉まっているようだな。ということは、香りが原因ではないか。

「蓋を開けても、問題はないか？」

「あぁ、大丈夫だ。開けるよ」

オアジュ魔神の言葉に頷くと、箱の蓋に手を伸ばす。スッと蓋を開けると、ふわりと香ってくる優しい香り。本当にいい香りだよな。

「これが、変化した死者の花？」

オアジュ魔神の言葉に首を傾げる。どうしたんだろう？

「何か問題でもあるのか？」

「色の変化が、俺の知っている変化とは違うみたいだ」

マジか。

「どう違うんだ？」

「色が変わるといっても、色が薄くなっていく変化なんだ」

薄くなっていく？　箱の中の死者の花を見る。薄くなっているというより、完全に色が変わっている。これって、大丈夫だよな？

「それと、癒やしの香りは近づかないと分からないはずなんだけど……近づかなくても香っているよな」

少し離れたところからでも、気付くぐらいの香りだな。というか、この優しい香りは「癒やしの香り」と呼ばれているのか。確かに、香りを嗅いでいると気持ちが落ち着くもんな。

「もしかしたら、妖精が寝てしまったのは花の香りのせいかもな」

香りに包まれていると、すごい安心だもんな。って、のんびりしていちゃいけないな。

「オアジュ魔神の知っている変化後の死者の花と、箱の中にある死者の花は少し違うようだけど、取り出して外に埋めても大丈夫かな？」

問題があるなら無理だよな。浄化の力に期待したんだけど。オアジュ魔神が、箱の中から花を一輪摘み取る。

「いや、花に流れているのは浄化の力みたいだ。だから埋めても問題ないだろう」

浄化の力？　花に触ったら分かるのか？　箱の中に手を入れ、花に触れる。触れた瞬間からふわりとした温かなものが手から流れ込むのが分かった。

「これか……香りもいいけど、花から伝わる浄化の力もいいな」

柔らかいものに包み込まれるみたいだ。

「本当に気持ちがいいな」

オアジュ魔神の手の中の花を見る。

パチン。

「「あっ」」

彼の手の中にあった花が、音と共に消える。それは本当に一瞬の出来事で、暫く唖然としてしまった。

「あっ、痛みは？　怪我は？」

あの音は、花が弾けた時に鳴る。花を手に持っていたから、怪我を負っているかもしれない。

「大丈夫。ほらっ。赤くもなっていないし、傷もないから」

オアジュ魔神の手をじっと見るが、彼が言うように見た目も変わらないし傷もない。よかった。

ホッとしたら、消えた花のことを思い出す。早く埋めないと、すべて消えてしまうかも。

「オアジュ魔神。花を埋める時の注意点は？」

どこに埋めようかな？　見渡した地下四階は、箱が並んでいてあまり場所がないな。箱と箱の間にならどうかな？

「特にないけど。あっ、花は一つ一つ別の場所に埋めるほうがいいから」

花を一カ所に集めて埋めるのは駄目ということだな。

「分かった」

まずは穴を掘るか。あっ、道具もないのにどうやって？

「魔法で掘れるかな？」

花の入っている箱と箱の間を見る。

「花を埋められるぐらいの穴なら、問題ないかな」

とりあえず、土の状態は……ん～あまりよくないな。

「硬いな」

柔らかい土だったら、手で小さな穴ぐらいは掘れるのに、この土では無理だな。

「どうイメージしたら、土に穴を掘れるかな？」

大きな穴をイメージしないように注意しないと。まずは手の下にある土が柔らかくなるイメージ。畑の土を思い出せばいいから、楽だな。そして、小さな穴を掘って。うまくイメージできたな。

「穴！」

いや……なんというか、もっと言いようがあったような。まぁ、理想的なサイズの穴が掘れたからいいか。

箱から、花を一輪だけ摘み取り穴の中に入れ、土をかぶせる。よし、一輪目完了。この調子でドンドン埋めていくか。

ふわっ。

「ん？」

花を埋めた場所の両サイドにある箱が、微かに光ったように見えた。

「今、光ったよな？」

あまりに微かな光だったので、傍にいるオアジュ魔神に聞く。

「あぁ、光ったみたいだな」

彼も見たので、間違いないだろう。光ったということは、何かが箱に起こったということ。花から感じた浄化の力を信じよう。

「よしっ、全部埋めよう」

431. 弱くても浄化。

「「終わった～」」

すべての花を埋めた達成感に、オアジュ魔神と叫んでしまう。花を埋めるだけなのに、疲れた。

「結構な数だったな」

そう、原因は花の数。

「そうだな」

箱の中にあった花は、見た目よりも多かった。おそらく三〇〇輪以上はあったような気がする。

「あの小さい花にやられたな」

力なく笑うオアジュ魔神の言葉に頷く。

「あれは予想外だったな」

箱の中で咲いている花は、パッと見た感じ一〇〇輪ぐらいに見えた。が、花を埋めていくと、その下から葉っぱに隠れるように咲く小さな花が見つかった。その花は、死者の花と同じ形をしていたが、大きさが違った。上の花と同じように浄化の力を持っていたので、土に埋めることにしたのだが……葉っぱの下には思った以上の花が咲いていた。

「そういえば、死者の花には色々な大きさがあるんだな」

地下三階で咲いている死者の花は、同じ大きさに見えたけどな。

最弱テイマーはゴミ拾いの旅を始めました。

原作☆ほのぼのる500
原作イラスト☆なま

アイビー CV 鈴木愛奈

ドラマCDに引き続き、アイビーの声をつとめさせて頂けることになりました。とても感激です…！ また一緒に、田村さん演じるソラと一緒に旅が出来る事が本当に嬉しいです。この物語の序盤でアイビーは親や村から要らない子として殺されそうになり、まだ幼い彼女にとってあまりに残酷な現実がつきつけられます。そんな彼女は生きる事を望み、小さな身体で1人で旅に出ます。人の優しさに触れながら、彼女がアニメの中でどのように成長を遂げていくのか見守りつつ、愛して頂ける作品になるよう精一杯頑張ります！

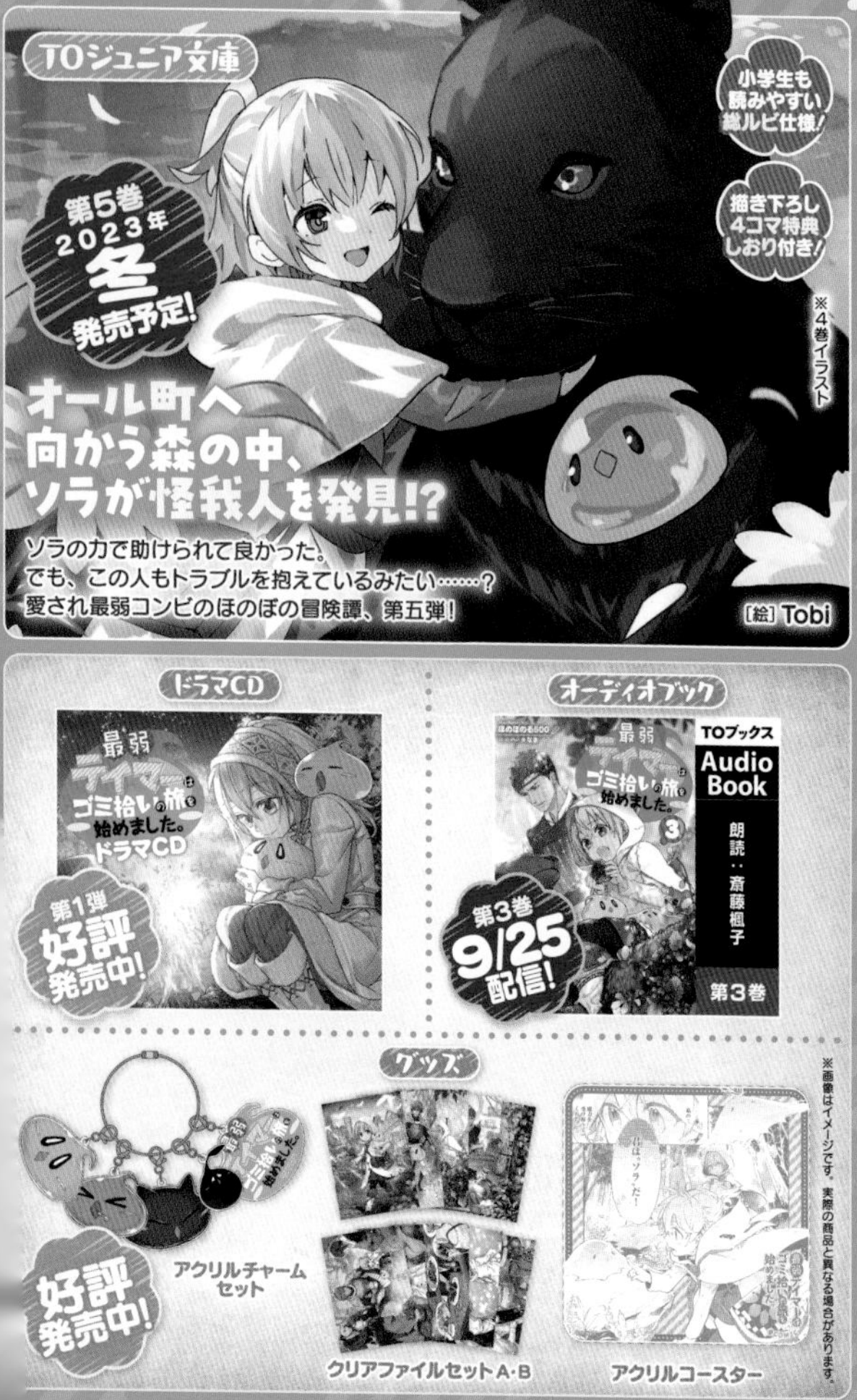

STAFF

原作：ほのぼのる500『最弱テイマーはゴミ拾いの旅を始めました。』（TOブックス刊）
原作イラスト：なま
総監督：山内重保
監督：堀内直樹
シリーズ構成：高山カツヒコ
キャラクターデザイン：胡峰誠、池田結姫
音楽：夢見クジラ
音楽制作：Lantis
アニメーション制作：STUDIO MASSKET

第1弾PV公開中！

詳しくはこちら！
https://saijakutamer-anime.com/

ソラ CV 田村睦心

アイビーと意思の疎通が出来るようになるのがとても嬉しいですし、声だけではなくそれが映像になってみられるのが今からとても楽しみです！ 鳴き声でいろんな感情を皆さんに伝えられるように頑張りたいと思います！

「最初に埋めた花の大きさが普通の大きさだ。それ以外は、初めて見た」

んっ？　ということは、大きさの違う死者の花は珍しいのか？

「この世界だけの、特異性かもしれないな」

特異性？　それって、この世界だけに見られる特殊なものってことだよな。花の色の変わり方に続き、大きさも特殊か。

最初に埋めたのが普通の大きさということは、俺が掌を広げたぐらいなのが普通なんだな。で、小さいのは、一回り小さいぐらいから半分ほどの大きさだったよな。まぁ、大きさが違ったぐらいでは死者の花の優美さは失われてなかったけど。落ち着いて考えても、死者の花は綺麗だよな。真ん中にある白く光っている石も綺麗だし。その石を守るように咲く花弁も、変化の後だから赤くはないけど、どんな色でも綺麗だった。苦しみや憎しみから生まれる花だとは、やっぱり思えないよな。

「お疲れさま～」

妖精の気の抜けた声に、つい笑みが浮かぶ。疲れていても妖精が周りを飛ぶと、ふっと体が軽くなるんだよな。妖精が、周りの空気を浄化するからなのかな？

「おい、主！　あれ！」

オアジュ魔神の焦った声に、視線を向ける。彼の視線の先には、花が詰まった箱が並んでいる。特に、箱に変化が起きた様子もないため、首を傾げる。

「どうしたんだ？」

「あれ？　見間違いだったのかな？　今、光ったように見えたんだけど」

光った？　花を埋めた場所か？　それとも他の……箱の中の花とか？

「『あっ！』」

確かに光った。ただ、光った時間が短かったので、箱が光ったのか中にある花が光ったのか分からなかったが。

「さっき言っていたのは、この光のことか？」

「そうだ。見間違いではなかったんだな」

オアジュ魔神と光っていた場所に行く。

「この箱だよな？」

「あぁ。その箱と、たぶん隣の箱も一緒に光っていたと思う」

箱に変化はない。中にある花を確認するが、色に変化などは見られなかった。まぁ、そんな簡単に浄化できるわけがないよな。

「あの光が、浄化の光なんだよな？」

オアジュ魔神の言葉に頷く。

「間違いなく、浄化の光だ」

光は淡く一瞬だったのだが、確かに浄化の光だった。あの光り方を見る限りは、浄化の力は弱いだろう。でも、弱くても浄化だ。

もう一度、箱の中の花を見る。少しでも苦しみがなくなるように、負の感情が薄まればいいな。

「頑張ってくれよ」

目の前にある箱を、ゆっくりと撫でる。

「やっぱり撫でるぐらいだと、攻撃はされないんだな」

箱から手を離して、箱に触れた指先を見る。箱の中を調べようとすると体が乗っ取られそうになって、浄化をすると指先にじんじんとした痛みが残る。最初に箱の中を浄化した時は、乗っ取られそうになった時のしびれがあって気付かなかったけど、結構しつこく痛みが残っていたよな。まぁ、ヒールで治ったけど。

「どうした？」

「いや、なんでもない」

オアジュ魔神が不思議そうに俺を見るが、首を横に振る。

「さてと、家に戻ろうか」

花を埋め終わったから、ここにいてもできることはない。

「あぁ」

妖精に無理をしない程度で見回りをお願いする。

「蜘蛛達やアリ達にもお願いするから、無理をする必要はないからな」

「分かった～」

妖精を撫でると、地下神殿に飛びそのまま家に戻る。

そういえば、何かを忘れているような気がするな。なんだろう？　オアジュ魔神を見る。彼と話している時に、詳しく聞きたいと思ったような……。

「あっ！　『神が作りだす呪い』について聞きたかったんだ」

俺の言葉に、神妙な表情をするオアジュ魔神。さっきは、魔界ができた経緯を聞いて、呪いについては聞いてないんだった。こちらのほうが、俺にとっては重要なのに。

「話すのはいいが、『呪い』についてはオウも確実ではなく『おそらく』というレベルなんだ」

つまり本当かどうか分からないということか。でも、調べたうえで出た結果だろうから、それなりに信用できるはず。

「それでも話してほしい。呪いに関する情報が少なすぎるんだ」

「分かった」

どんな情報でもいいから、とにかく集めないとな。墓地の下、核の周辺を覆う呪いのことなんだから。

リビングに入ると、飛びトカゲが寝そべっていた。他の仲間はすべて出払っているようだ。珍しいな。

「飛びトカゲだけなのか?」

「あぁ。今は、森で壮大な追いかけっこをしている」

壮大な追いかけっこってなんだ? 規模が大きい追いかけっこという意味になるけど……森の中だからか? まぁ、広いほうが楽しく遊べるだろう。でも気になるのは、安全性だ。

「森の中で遊ぶのは、危険じゃないか?」

ある程度の危険ならいいが、森には魔物がいるからな。

「森の中だから少しは危険だろうけど……あいつ等だからなぁ」

飛びトカゲの言葉に、まぁ確かにと頷く。危険なのは、森に住む魔物達のほうかもしれない。

……巻き込まれないように、逃げ切ってくれ。

「それにしても、なぜ追いかけっこなんだ?」

庭に視線を向ける。あれ？　獣人の騎士達もいない。仲間や子供達のスリル溢れる特訓には、今まで参加はしていなかったのに。

「二チームに分かれて競っているんだ。勝ったほうが、負けたほうの今日のお菓子を半分もらえるそうだ」

勝利品はお菓子なんだ。賭けるものは可愛らしいんだよな。方法は……まぁ、楽しければいいか。

「あぁ、今日の壮大な追いかけっこの勝利品がお菓子だから、獣人の騎士達も参加しているのか」

俺の言葉に、飛びトカゲが頷く。参加は自由だからいいけど、大丈夫かな？

「彼らは、フェンリルとペアで参加している」

フェンリル達がフォローしているのか。それなら、大丈夫か。

「それより主達は、どうしたんだ？」

飛びトカゲが俺とオアジュ魔神を交互に見る。そういえば、二人きりというのは珍しいかもしれないな。

「少し話があって」

オアジュ魔神に椅子を勧めると、すぐに一つ目達がお茶とお菓子を用意してくれた。それにお礼を言って、お茶を飲む。少し休憩をしてから、オアジュ魔神を見る。

「話してもらえるか？」

「あぁ、飛びトカゲはいいのか？」

「あぁ、問題ない」

俺とオアジュ魔神のやり取りに首を傾げる飛びトカゲ。

「オウ魔神という者が、『神が作りだす呪い』について研究をしているそうなんだ」

「神が作りだす呪い？」

不思議そうな飛びトカゲに頷く。正直、俺もどんな呪いなのか分からないので、頷く以外に答えようがない。俺と飛びトカゲの視線がオアジュ魔神に向く。

432. 光の民。

「はぁ……」

オアジュ魔神に、オウから聞いたことをすべて話してもらったのだが、呆れた。オウの予想や仮定も含まれているらしいが、それでも呆れるには十分な内容だった。

呪いの始まり。というか、「呪いに変化する力」をオウが確認したのは、神達が闇の魔力と光の魔力の入れ替えを行った数年後らしい。そして「その力」が生まれてしまった原因は、間違いなく神だそうだ。

双子に触発されて、光の魔力を求めた神達。どうやって闇の魔力を自らの体から追い出し、光の魔力で満たしたのか。まぁ、双子の話があったので、もしかしたら同じ神を生贄にしたのではないかと考えた。そして、まさにその通りだった。生贄に選んだ神から、光の魔力を奪い、闇の魔力を押し付けていた。

最初の頃は多くの神達が、生贄を使う方法に反感を持ち「力の入れ替え」は危険だと禁止にした。

だが、力を求めた一部の神達を止めることはできなかった。密かに行われた「力の入れ替え」は成功し、光の魔力、闇の魔力だけを持つ神達が生まれた。だがここで、予想外のことが起こった。闇の魔力だけになった神達が、力を暴走させ次々と死んでいったのだ。

双子はどちらも生きていた。だから、光の魔力を手に入れた神達にとってそれは大きな誤算だった。オウは、「赤子だったから、入れ替えられた力が弱く対応できたのだろう」と予想したそうだ。

この時、亡くなった神達をしっかり弔えば「呪い」に変化する力は、生まれなかったのかもしれない。だが、神達はそれをしなかった。理由は、「力の入れ替えは禁止行為だから、弔えば外部に漏れる」だったそうだ。正直、全く意味が分からない。なぜなら、密かに弔うことはできたはずだから。

おそらく力さえ手に入れば、生贄にした神達がどうなろうと興味がなかったのだろう。だから神達は、生贄にした神達をある世界に捨てた。その世界は、力加減が上手くできずにバランスが崩れた「失敗した世界」。失敗した世界は、いずれ形を崩し消滅してしまう。神達は、生贄にした神達を完全に消し去りたかったようだ。

だが消滅までには時間が掛かる。神達は失敗した世界に何重にも結界を張り、その世界を周りから完全に隠した。そして、「力の入れ替え」が行われるたびに、不必要となった神を捨てていった。オウは、生きていた神達も捨てられた可能性があると言っていたらしい。そして二年ほどで、その世界は多くの神の亡骸と共に消滅した。

だがその後、神の住む世界に、正体不明の力が突然現れては消えるという現象が起き始めた。突然現れる力はとても弱く害はなかったそうだが、神や神族の子供達はその力を異常なほど怖がったらしい。そのため、神達は自分達の住む世界に力が侵入しないように、結界を張った。力の出現はなくなり、次第に力のことは忘れられていった。

だが、約五年後。オウが見つけた記録では、正体不明の力は再度出現している。そして新しく出現した力は、以前より力が強くなっていたと書かれていたそうだ。

オウは、この力が呪いの始まりだと思っているらしい。そして力が強くなった原因は、「力の入れ替え」によって増え続けた生贄ではないかと、オアジュ魔神に話したそうだ。

この辺りの記録は見つけることができず、想像の域を出ないらしい。でも、「力の入れ替え」をした神達の力が急激に上がったという記録は見つけたそうだ。それを知った、他の神がどういう行動をとるか。「考えるまでもないだろう」と、オアジュ魔神は嫌そうな顔をした。

オウは、生贄になった神達はいずれ死ぬのだからと、早々に処分された可能性があるとも言ったそうだ。その話を聞きながら、「ありえるな」と思った。神という存在は、聞けば聞くほど自分勝手で横暴だ。自分のために誰かが被害に遭うことに、一切迷いがないように感じる。だから、邪魔だと思った神達は間違いなく処分されただろう。

他にもオウは、「呪いの世界」があるのではないかと仮定しているそうだ。そして多くの魂が被害に遭い負の感情が高まると、その場所に飲み込まれるのではないかと。

「多くの魂か」

墓場の下にある、暗い世界を思い出す。この世界のために、いったいどれくらいの者達が被害にあったのか。この世界も、急に「呪いの世界」に飲み込まれたりするんだろうか？

「あっそうだ。俺もオウから聞いて驚いたんだけど、『力の入れ替え』が行われた頃は、神達は

『光の民』と、呼ばれていて神ではなかったらしい。びっくりだよな」

えっ、光の民？

「まぁ、光の民といわれていた時もかなり特殊な存在だったらしいけど。周りから畏怖の念を抱かれていたそうだから。まぁ、そのせいで自分達を特別な存在だと思い込んだんだろうな。力を求めたのも、自分達をもっと特別な存在にしたかったからじゃないかって、オウが言っていたよ」

オアジュ魔神の言葉に、飛びトカゲと黙り込む。神が神ではなかったなんて。……まさか、今のような力を得たのは……それはないと思いたいが。

「神が今のような力を得るのに、どれだけ被害を出したのかオウでも推測できないって」

やっぱり。周りを犠牲にしてきたのか。

「そうそう、神と名付けたのは双子の父親らしい。奴は光の民の中でもかなり力が強く、特別な存在として仲間からも崇められていたそうだ。双子が誕生する前には『神』を作ったと言っていたそうだ。まぁ、父親は子に殺されているから、実際に『神』と言い出したのは別の光の民だろうけど。きっかけは双子の父親だ」

バキバキバキ。

「「えっ？」」

森から響く、木々の折れる音に視線を向ける。

「追いかけっこって、すごいんだな」

いや、オアジュ魔神。追いかけっこがすごいのではない。それをやっている仲間達や子供達が、異常に強すぎるんだ。というか、今……木の折れる音がしたよな。

「森の大木が折れたのか?」

あの大木は、俺にはなんの問題もなかったが、かなり強度のある木らしい。それこそ、コアが攻撃しても飛びトカゲが攻撃しても折れないぐらいには。それほど強度のある大木の、折れた音が聞こえた。何があったんだ?

ボコン。

「何かあるな。行こう」

ふわり。

不穏な音に立ち上がると、すぐにリビングから庭に出る。

「えっ?」

目の前を過(よぎ)ったものに、立ち止まり視線を向ける。飛びトカゲもオアジュ魔神も、不思議そうな表情で目の前に浮かんでいるものを見る。

ふわり、ふわり。

「飛びトカゲ、これが何か分かるか?」

「いや、分からない。ただ……呪いだと思う」

飛びトカゲの言う通り、目の前でふわりと浮いているものから呪いの気配を濃く感じる。ただ、なんというか……拳ほどの、ふわふわした毛をもつ塊。どことなく、昔見たあるアニメに登場するものを彷彿(ほうふつ)させる姿だ。呪いの気配を纏っているが。

ふわり、ふわり、ふわり。

これは、どうしたらいいんだろう? もしかして、この世界を呪いの世界に飲み込むための偵察とか？　それなら……どうするべきなんだ？

「えっと、どうしたんだ？　ここに用事があるのか？」

俺は馬鹿か？　何を聞いているんだ！

ギョロ。

「うわっ」

ふわふわの塊から目が……小さい目がいっぱい出てきた。可愛いのが一気に不気味になった気分だ。それに、呪いの気配が一層濃くなったな。怒らせたとか？……どうしよう。

「主、どうする？」

オアジュ魔神の言葉に、肩を竦める。

「ごめん、全く分からない。でも……」

そういえば、呪いの気配はするけど攻撃的な気配はないな。しかも、小さい目がちらちらと俺を見ていないか？

433.　エントール国　第三騎士団団長　五。

―エントール国　第三騎士団　団長視点―

口から無様に出そうになる悲鳴を、なんとか抑え込む。いや、悲鳴を上げたほうがチャイの走るスピードは落ちるだろうか？　まさか、ビビっている者を無視して走ることはないはずだ。たぶん。

「紅組が見つからない。上から探そう」

上？　上って、大木を直角に走るってことだよな。ははっ……失神していいかな？　いや、団長たるもの――。

「行くぞ」

「ぎゃぁぁぁ」

叫んだ俺は悪くない！

追いかけっこだから魔法の使用は禁止。それにホッとした、少し前の俺に言いたい。魔法で守られないということは、重力や風に襲いかかられるということだ。せめて最低限の魔法の使用をお願いするんだった！

「朝方は、普通の特訓だったのに……」

みんなと特訓に参加して、何がよかったか。それは、ありとあらゆる魔法攻撃を浴びせられることだ。昔より逃げ足ではなく、回避することがうまくなった。そう回避だ。けして逃げているわけではない。たとえ尻尾が内側に入っていたとしても、逃げではない！

それに回避だけでなく、攻撃方法も色々と学んだ。なぜなら、フェンリル達は回避しようとすると攻撃を乱発してくるし、アルメアレニエやアビルフールミに至っては、集団で攻撃してくるから回避は不可能だった。集団攻撃は卑怯（ひきょう）だと思ったが、森にいる魔物の動きを再現してくれていたらしい。ただ一つだけ言わせてもらいたい。森の魔物とアルメアレニエやアビルフールミでは、強さが全然違うから！

何よりみんなとの特訓で、攻撃にルールなどないということを学んだ。ただ今、多種多様な罠を張り巡らせ、攻撃する方法を勉強中だ。

まぁつまりは、俺は強くなった。王と一緒に来た騎士と少し手合わせをしたが、圧勝したからな。手合わせした騎士達が驚いていた。あれは気持ちよかった。ここでは、子供達にも翻弄されるけど。

「大丈夫か？」

気が付くと大木の一番上にいた。ちょっと意識が飛んでいたようだ。よかった、チャイから手を離さなくて。

「大丈夫だ」

俺の返答にホッとした様子のチャイ。意識を飛ばすつもりはなかったけど、悪いことをした。

「紅組の姿は見えるか？」

チャイと一緒に、木の上から周辺を見渡す。

「木々が邪魔で見えにくいな」

朝の特訓が終わり昼を食べた後、親玉さんとシュリが話しているのが見えた。その二匹を見た瞬間、そっとその場を離れようと思った。あの二匹は、何かにつけて競っている。しかも、それを周りが煽っているから手に負えない。

で、逃げようとして……今は大木の上。つまりは逃げ切れなかった。いつもなら自由参加なのに、今日は拒否が通じなかった。話を聞けば、今日のお菓子がかかっているそうだ。

ははっ、お菓子かぁ。それなら負けられない！

「いた、あそこだ！　下りるぞ！」

チャイの言葉に、ぐっと歯を食いしばりチャイにしがみ付く。チャイの体がふわっと浮き、そのまま落下する。その速さに、声にならない悲鳴を上げる。地面が見えてきてホッとしたが、来る衝撃に目をつぶる。だが、チャイが上手く着地してくれたのか、覚悟したほど衝撃に襲われることはなかった。ただ、体勢を整える前に走り出してしまったので、ちょっと斜めにしがみ付いている状態から抜け出せない。なんとか体勢を整えようとするが、走るスピードが速すぎて無理。

「見つけた！」

チャイの嬉しそうな声に、なんとか視線を前に向ける。こちらに気付き、逃げ出した翼を発見。チャイが一気に距離を詰めるので、翼の頭に巻かれている赤いハチマキを取った！

「うわ～、取られた！」

悔しがる翼の姿に、ちょっとガッツポーズ。これで、取った赤いハチマキの数は四本。俺的には、頑張っているほうだ。

「ダダビス兄ちゃん、速いよ～」

翼の言葉に苦笑する。

「チャイに乗っているからな」

そうでなければ、開始早々で終わっているだろう。

ふわっ。

「あれ？　今の風、変だったよね？」

急に周りを見回しだした翼に、首を傾げる。風が変とはどういうことだろう？　魔物が近くにいるのか？　それはないか、アルメアレニエやアビルフールミがたくさんいるところに来る魔物はいないだろう。森の王も、この追いかけっこに参加しているし。

「あっちだ。あっちから変なものを感じる」

翼が指したほうを見るが、俺では何も感じ取ることができない。

「行くか？」

「うん」

チャイと翼が、走りだす。慌ててチャイにしがみ付く。あれ？　あっ、魔法で体を支えてくれたみたいだ。……追いかけっこは終わりなのかな？

「うわ～、木が真っ黒だ！」

えっ？　翼の言葉に前を見ると、少し先にある大木が真っ黒に染まっているのが見えた。こんなことは初めてだ。あれは、なんなんだ？

「なぜか不安になるな」

チャイの言葉に頷く。黒く染まった大木を見た時に感じた不安。それがどんどん増しているような気がする。本能が近づくなと言っているみたいだ。

「大丈夫か？」

「あぁ、ありがとう。大丈夫だ」

チャイの言葉に礼を言う。まだ大丈夫、耐えられるはずだ。

「結界」

翼の声と共に、重たくなっていた体が軽くなり不安感がふっと消えた。

「翼、ありがとう」

「どういたしまして。異変はちゃんと話さないと駄目だよ」

「分かった」

隠したわけじゃなく、まだ大丈夫と思ったんだが……いや、隠そうとしたかもしれないな。これぐらいのことでと。

「前に、主に言われたんだ。『早く言ってくれたほうが、対処が簡単なことが多い。だから、異変を感じたらすぐに誰かに言うこと』って」

言われてみればそうだな。第三騎士団でも、森での小さな異変を見逃さないように教えていた。

バキバキバキ。

「えっ！」

目の前にあった黒く染まった大木が、大きな音と共に右に倒れていく。まさかの光景に、チャイの上で思わず固まってしまった。

「うわ～、うわ～、主以外に、あの木を切ることができるなんて、すごい！　すごい！」

翼の興奮した声に、ちょっと感心してしまう。俺は恐怖を感じたのに、翼はすごいと感じるんだな。

「なんか出てきた～！　真っ黒！　真っ黒な……玉？」

「毛が生えてないか？」

翼とチャイが興味津々で、倒れた大木の下あたりから出てきた黒い塊に近付いていく。近付くたびに、体に寒気を感じる。

「近付いて、大丈夫なのか？」

心配になってチャイに声を掛ける。それに、立ち止まってくれたチャイ。翼も、チャイの様子を見て立ち止まった。

「うわ～、あの木が倒れているよ。それになんか生まれた！」

あちこちから子供達の声が聞こえだす。みんな、追いかけっこをやめて様子を見に来たようだ。というか、子供達はあの黒い玉が怖くないんだな。

「この黒いのから、呪いの気配を感じるな」

呪い！　チャイの言葉に、体がちょっと引く。これが呪いなら、近付いたら駄目だよな。

「チャイ、少し離れよう。呪いに近付くと、呪われると聞いたことがある」

危険なものだ。

「大丈夫だよ。だって、こっちに向かってくる様子もないし。それに、可愛い」

へっ？　可愛い？　俺の頭ぐらいの大きさでふわふわした毛を持っている塊だから、可愛いと言えば可愛い……か？

ギョロ。

「ひっ！」

可愛くない、可愛くない！　なんだ、その目の数は！　どう見ても、気持ち悪いだろう。

「やだ～、可愛い。見て、見て。目がいっぱい出てきた」

えぇ～！　桜の声に、唖然と彼女を見る。桜の隣にいる親玉さんが、彼女を不思議そうに見ているようだ。きっとあの黒いのを可愛いと言ったからだろう。だって、どう見ても可愛くない。どちらかといえば、不気味だ。あ～、目が動いている！

「見て、見て。ウサ、目がいっぱいあるよ！　変化できるってすごいよね。他にはどんな変化ができるの？　見せて！」

桜が興奮した状態で黒い玉に近付く。なぜか黒い玉が、ちょっと桜に引いているように見える。

「あれ？　怖い？　大丈夫よ。食べないし、襲わないから！」

それは黒い玉が言うべきことじゃないか？　あれっ、子供達が頷いている。えっ、俺がおかしいのか？

434. 森にもいた！

目がいっぱいの黒い塊？　毛玉？　なんと言えばいいのかちょっと迷う存在が、俺の周りをくるくる回っている。これはどうしたらいいんだ？

それに森も気になる。さっきから、目の前の存在から感じる呪いと似た気配を感じる。もしかして、この子には仲間がいるのか？

「なぁ、君みたいな子が森にもいるのか？」

くるくる飛んでいた黒い毛玉が、俺を見る。小さい目がすべて俺に向く。やっぱりちょっと気持ち悪いかな。目の数は、一つがいいと思う。

「目は一つのほうがいいぞ」

まぁ、こんなことを言っても……一つになった。マジで？

「お前、目の数を自由に変えられるのか？」

『……うん』

ん？　どこからか声が聞こえたよな？

「話せるのか？」

『…………』

えっ、無視？　いや、戸惑っている感じか？

「俺の言っている言葉が理解できる？」

『……んっ……』

微妙だな。理解しているような、していないような？

「主、さっきから一人で何を言っているんだ？」

オアジュ魔神の、不思議そうな表情に首を傾げる。

「一人？　この子と話していたんだけど。もしかして聞こえてないのか？」

そうなのか？　黒い毛玉に視線を向けると、目の数が元に戻っていた。なんで？

「俺には全く聞こえてないぞ。本当にこの……なんだ？　呪いの塊の声だったのか？」

呪いの塊？　そうか。確かに、呪いの濃い気配がするから「呪いの塊」と言われてもしょうがないか。

「あぁ、たぶん間違いないと思う。それにしても俺にしか聞こえてなかったのか」

あっ！　今、森から強い呪いを感じた。

「主、森で何かあったみたいだ」

飛びトカゲが、警戒した様子で森を見る。

「あぁ、飛びトカゲは上から様子を見てくれ。俺は森へ行くけど、オアジュ魔神はどうする？」

飛びトカゲが空へ飛び立つのを見たあと、オアジュ魔神を見る。

「俺も一緒に行こう」

「分かった。あ～……君は自由に」

いや、ここに置いておくのは問題があるかもしれないな。迷っていると、目の前をスッと黒い毛玉が通り過ぎ、森のほうへ向かった。どうやら一緒に行くらしい。

森に向かって走ると、どんどん呪いの気配が強くなる。仲間や子供達は大丈夫だろうか？

「呪いの気配がこの先にあるな。それに、子供達や仲間もいるみたいだ」

オアジュ魔神の言葉に頷き、走る速度を速める。それにしても、呪いはかなり濃いのに心は穏やかだ。墓場の下にある呪いに触れると、心が乱されるのに。

「主、問題ないようだ」

「えっ？」

先に様子を見に行ってもらった飛びトカゲが戻ってくる。

「でもすごい呪いの気配だけど」

「そうだが、見る限り、楽しそうだった」

楽しそう？　もしかして、呪いの塊と遊んでいるなんてことはないよな？

「子供達の前に、この目の前にいる者より巨大なサイズの呪いの塊がいた」

大きいサイズ？

「その子も目がいっぱい？」

「あぁ、この子より多いように見えた」

それは、見たいような見たくないような。

「あれだ！」

えっ？　ちょっと待て、本当に巨大じゃないか。五〇センチぐらいありそうだな。しかも目が多い！　あっ、こっちを見た。

「あれは、怖い」

しかも目がこっちを見るたびに、呪いの波動？　風？　よく分からないが、濃い呪いの何かが俺に纏わりつく。これ、本当に大丈夫なのか？

「主だ～！　見て、見て膨れた」

ん？　膨れた？　桜の言葉に首を傾げる。

「膨れたということは、大きくなったということか？」

桜の傍に立ち止まり、仲間達に問題がないか見回す。呪いの影響を受けている者はいないようだな。よかった。それに目の前に来て分かったが、呪いなのにどこか優しい気配を感じる。

「私が変化を見せてって言ったら、大きくなってくれたの」

桜の興奮した声に、首を傾げる。桜は、どうしてこんなに興奮をしているんだ？

「可愛いでしょ？」

えっ？　桜から驚きの単語が出た。これが可愛い？　まさか、見た目が気に入ったのか？

「えっと、どこが？」

「え～、だって真っ黒！　それにふわふわの毛！　そしてなんといっても目がいっぱい！」

……黒が好きなんだな。そして目？

「桜は、ゴシック系が好きだからな」

風太の言葉に、ちょっと思考が止まる。……ゴシック系？　あの黒を基調とした、個性的な？

というか、ゴシック系なんてどこで見たんだ？

「うん、大好き！　三つ目達が色々なファッションを見せてくれたんだけど、一番可愛かった」

三つ目か～！　そういえばちょっと前に、「子供達にはそれぞれに個性がある。これからは、子供達の個性に合わせて服を作るべきだ」と、なぜか俺に言ってきたんだよな。そうだあの時、「子供達の希望に沿った服を作ってもいいか」と聞かれて、「もちろん問題ない」と、許可を出したよな。

「つまり、これから桜はゴシック系ファッションになるのか？」

「そうだよ！　三つ目達に希望を言って、作ってもらっている最中なんだ」

そうか。なるほど。桜はゴシック系ファッションか。まぁ、個性は大事だ。それに、桜なら着こなせるだろう。

「服にね、いろいろ仕込んでもらうつもりなんだ！」

服に仕込み？　ポケットとかか？

「見て！」

桜の手の中にあるのは、銀色の細い棒。長さは一〇センチぐらいだろうか？　これがどうしたんだろう？

「でっ、こう」

桜は見せてくれた棒を、素早く前に突き出す。シュッという音が聞こえたと思ったら、棒の先から何かが飛び出した。

「針?」

きらりと光る先に、嫌な予感がする。

「暗器っていうんだって」

桜の言葉に、やっぱりと頭を抱えたくなった。暗器は、隠し持つことができる小さな武器だ。桜は服に仕込むと言った。つまり、服に暗器を仕込むということだよな。この子達はいったいどこへ向かっているんだろう?

「えっと、それは必要か?」

止めたほうがいいよな?

「えっ、駄目?」

ここで駄目と言うべきだろう。でも、待てよ。どうして暗器を持とうと考えたんだ?

「暗器はどういう時に使う予定だ?」

「もちろん、襲われた時だよ。身を守るための道具なんだって」

それなら大丈夫か。身を守るものは必要だ。

「申し訳ありません」

ん? 慌てた様子で走って来たのはギルス。獣人の国から来た騎士の一人だ。

「本当に申し訳ありません」

深く頭を下げて謝るギルスに少し戸惑う。

「いや、えっとなんの謝罪なんだ?」

「その、暗器のことを話したのは私なんです」

あぁ、そうなんだ。

「まさか、ここまで気に入ってしまうとは思わず」

チラリと子供達を見る。子供達は、俺の視線にちょっと困った表情を見せる。ギルスを見ると、耳が寝てしまっている。

「謝罪は不要だ。別に悪いものでもないし。使い方をしっかり学べば問題ない。みんな、暗器での攻撃は身の危険が迫った時だけだぞ。むやみやたらに使ったら駄目だからな」

ギルスに言ったあとに、子供達にとりあえず釘を刺しておく。

「大丈夫だよ。『身の危険を感じたら、これで足を攻撃ですよ』って、教えてもらったから」

翼の言葉に、子供達が頷く。

「そうか。それなら問題ないだろう」

暗器の使い方を教えてもらったのか？　いったい誰に？　それに攻撃は足だけなのか？

「これを使えば、力を籠めすぎて相手を瞬殺（しゅんさつ）することはないだろうって。攻撃された場合は、どうして攻撃したのか聞き出す必要があるから、殺しちゃったら駄目らしいよ」

太陽が真剣な表情で暗器を見る。

えっ？　今、なんて言った？

「力の制御はかなりできるようになりましたが、とっさの場合はまだ強すぎる場合が多いです。話を聞き出すためにも、暗器での攻撃をお薦めいたしました」

いつの間にか、一つ目のリーダーが隣にいた。気配も音もさせず近付くのはやめてほしいな。ビビるから。それにしても、生け捕りするために暗器を使うのか。

「力の制御って大変なんだな」

でも、瞬殺って。…………忘れよう。覚えていてもいいことはない。

ふわふわ。

あっ、桜のゴシック系ファッションのことで黒い毛玉のことをすっかり忘れていた。まずは、意思疎通ができるか挑戦してみるか。

435. そのままで。

—闇の中—

気持ちいいな。これにずっと包まれていたい。

でも、消えちゃう。

悲しい、悲しい。

でも大丈夫。また来てくれるから。それに、気持ちのいいものが増えた。

すこし、すこし増えている。気持ちのいいものを運んでくる声。

あの声が……。なんだろう？

むかし……むかし？

そう、ずっとずっとむかし。……がいっぱいだった。
あれ……？　なに？
今は、くるしいが、いっぱい、たくさん。でも、少しずつ変わってる。
ずっと、どこかへ出たかった。
たぶん、そう。でも、もうここでもいいや。
うん、ここにも気持ちのいいものが届くようになったから。
それだね。
そうだよ。
でも、本当はあの声の傍に行きたい。
行けたらいいのに。行こうとしたら、何かが邪魔をする。
壊そうとすると……まっくろになる。
真っ黒は駄目！
なにが？……分からない。でも、まっくろは駄目。
会いたい、会えないかな？
会えるようになればいいのに……。
ふふっ。ん？
誰かが笑っているの？
えっ誰かって誰？
あれ？　なんだろう、みえる？

みんなが、みえる。一緒だったのに、バラバラだ。
あっ、ゆっくり消えていく子がいる。
でも、嬉しそう。
そうか、もう苦しくないんだ。
みんな、消えたほうがいいの？
望んでる？
あぁ、それはやだぁ。
また黒くなってくよ。
会いたいな。
何か知っているかな？　会いに行けないかな？
みんなで行ったらこわいこわい。
でも、もしかしたら。
いや、変わらない。
ふふふっ、会いたいね。
会いたいね。
あれ？　ここ、どこ？
真っ暗なあそことは違う。
なんだろう、これは……ひかりだ！
「……これ、何か……るか？」

この声、知っている。
会えた？
もしかして会えた？
あっ、こわい、こわいこわいこわいこわい、また拒否される！
いやだ、いやだ。会えたのに。
「……どうしたんだ？　こ、用事が……？」
目の前にいるのに聞こえない。でも、拒否してない。
拒否してない？
してないね。
うん。みんな、拒否されていないみたい。
「うわっ」
あぁ〜、やっぱりだめ？
だめだめだめ。怖いけど、この声の人をちゃんと見たい。
そう、見たいんだ。
ずっと、ずっと見たかった。だって、気持ちのいいものを運んでくれたから。
あっ…………おれが、わたしが、みんながちゃんと見えている。
見てくれている。
だれも、見てくれなかったのに。
ん？

あれ？

他のみんなはどこ？

一緒にいたみんながいない。離れちゃった？

「……森に、いるのか？」

あっち。

みんな、きた、おこる？

どうしよう。

「目、一つ」

一つ……一つ。

届いた！

目、一つにしたほうがいいの？

お礼に少しだけ。

「お前、目の数を自由に変えられるのか？」

『……うん』

僕は分かるよ。でも、もう時間がないけど。

気持ちのいいものをありがとう。ようやく、ここから離れられるんだ。あの苦しみから解放してくれてありがとう。残った子達をお願いします。

『…………』

ごめんね、もう逝(ゆ)くね。本当に、ありがとう。

あっ、消えた。
消えちゃったね。でも、ぽかぽかしてる。そうだ、消えてもいいんだ。
「俺の言っている言葉が理解できる？」
『……んっ……』
私はちょっとだけ。
「……なんだ？　呪い……」
のろい。
その言葉、いや。なんだか、すごくいや！
「……森で…………」
みんな！
なになに、なにかあったの？
離れた子、みんな……ちがう、あたたかいね。
みんなの近く、あたたかい風がある。
会ってみたいよ。
それなら、みんなで行く。
いた、みんな……おおきい。
あの風はどこ？
どこ？
いた？

いない……いたよ。

「主だ～！　見て……れた」

怒っている！　拒否、きょ……ちがう？

あの子からあたたかい風、気持ちのいいものに似ているね。

みんな、うれしそう。

この子。

他の子もあたたかい風。

ふわふわする。ふわふわ、ふわふわ、うれしい。

そう、うれしい。

これ、うれしい。

「あそぼう！」

みんな、わたし、おれ、拒否されない。

みえている。

ちゃんと、見てくれている。

そう、見てくれて認めてくれた！

呪いでもいい。呪いでも認めてくれた。

見てくれた。

「あそぼう」

あそぶ。

ん、あそぶ、なに。

「桜、追いかけっこに黒い呪い……なんていえばいいんだろうな」

くろいのろい、俺、私？

「のろくろちゃん」

きこえる？

よく分からないけど、聞こえる。

「のろくろちゃん？　桜、それはもしかして名前なのか？」

「そうだよ。だってこんなに可愛くてカッコいいんだから、名前も可愛くてカッコよくしなくちゃ」

「桜が、俺並みにネーミングセンスがないなんて」

「ん？　主、何か言った？」

「いや、でも呪いだしな」

のろい、わかる。

だめなこと。

きらう。

やっぱりだめ。

「別にそんなことはどうでもいいと思う」

「えっ？」

「だって、触って呪われても浄化したらいいだけだし。それに、この黒くて可愛い目がいっぱいの子を拒否するなんて、ありえない！」

なんだろう、すごく、すごくうれしい、いいきもちになる。

この子の傍に来ると、温かいふわふわがいっぱい。

ふわふわ、ふわふわ、これ好き！

ぼくも～すきぃ。

「桜は、そうとう気に入ったんだな」

「そういう翼も、この子達のことは結構好きだろ？」

「太陽、当たり前じゃないか。俺は不思議な存在が大好きだ！」

あっ、温かい風が増えた。

増えた！

「主は、呪われた時の心配をしているの？」

「まぁな。桜は全く気にしてないみたいだけど、ウサも気にならないのか？」

「ん～、特に気にしないかな。だって浄化の訓練になるし。それにね。この子達から攻撃的な気配をまったく感じないの。ただちょっと興奮した時かな？　呪いの気配が濃くなるけど、それぐらいだし。触られて呪っちゃうのは、個性ということでいいかなって」

「こ、個性か」

あたたかいな。

あたたかくて気持ちいい。

「まぁ、みんなが気にしないならいいか。確かに、この子からは苦しみが伝わってこないんだよな」

「苦しみ？」

「そう。この世界のために犠牲になった者達が、この世界の中心に閉じ込められて今も苦しんでいるんだ。呪いは苦しみを生むものだと思っていたけど。でも、この子達は、苦しんでいないよな。それなら、このままでも大丈夫か」

あっ、そろそろもどるみたい。

もっと、みんなと温かい風を感じたいのに。

もっと、もっと、もっと。

「あっ、消えそう！」

「そんな！　帰っちゃうの？　まだ見ていたかったのに！　また来てね！　絶対だよ！　そのままでいいからね」

「桜。必死すぎるだろう」

「煩い、雷。絶対だよ」

だめだめ。なんだろう、この子、俺に私にみんなに手を伸ばしてくる。

だめだよ。触れたら、きっと、きっと。

えっ、だめだめ。ふれちゃう！

あぁ、触れちゃった。

あぁ、黒くなっていく。

「大丈夫。浄化！　ほら！」

あれ？

あれ？

あれ？
あれ？
「またね。ぜったいまた会ってね。と言うか、すぐに会いに来てね！」
あれ？
あれ？
あれ？
あれ？
あれっ、ここは真っ暗。
戻ったんだ。ここに、気持ちのいいものはない。
でも、ふわふわぽかぽかが、残っている。
ふふっ。不思議なところ。
あたたかい、あぁ温かい。
あれ、ねむい。
どうしてだろう。眠たいの。
これはずっと、ずっと、ずっと昔に忘れたはずなのに。
だって、いらないから。これをしたら、見ちゃうよ。
なにを？
何を見るからやめたんだろう。
また見るかな？

嫌だな。でも、眠い。

『このままでいいって。違う、このままがいいって。優しい場所。不思議な存在。みんなでまた行こうか』

436. 色々な変化。

日課になっている浄化を行うため墓場へ行くと、ふわりと風が吹いた。その風に、優しい花の香りを感じた。視線の先には、死者の花。ただし、その花の色は赤ではなく白。真っ白な花弁をつけた死者の花。しかも、真ん中の石がキラキラと柔らかな光を出して輝いている。その光が白い花弁に当たって、とても綺麗だ。

「今日も綺麗に咲いているな」

隣を飛ぶ妖精に声を掛ける。

「本当に、今日も綺麗だね。あっ、あそこの花は昨日までなかったよ！」

妖精の視線を追うと、新しい死者の花が咲いていた。

あの、桜命名「のろくろちゃん」が出現してから色々なことが変化した。墓場には、たくさんの白い死者の花が咲いた。ただ、この花は不思議なことに触れない。触ろうとすると、きらきらと光になって消えてしまうのだ。なぜこうなってしまうのか、不明。オアジュ魔神を通してオウに聞いたが、「分からない」と言われた。

そして、一番変わったのは呪詛だ。呪詛の声は、今までの半分？　いや、半分以下に減った。しかも時々、問いかけられるような言葉が混ざりだした。初めて「苦しいの？　苦しいの？」と聞かれた時は、驚いてしまった。焦って、「ごめん、俺には分からない」と答えてしまったが、正解だったのか不正解だったのか、いまだに答えは出ない。そしてその日以降、「呪ってみる？」とか「こんにちは？」とか。いや、「こんにちは」は呪詛ではなかったな。とにかく、これまでの呪詛とは明らかに変わってきた。呪詛の声がしても、空気が重くならなくなったしな。そのおかげで、妖精を連れてくることができたのも、変化の一つだろう。

よく分からない変化も一つある。それは、核の周辺の呪いなのだが、なんといえばいいのか一つの気配がバラバラになったというか。別々の存在を感じるようになったというか。とにかく、不思議な感覚を覚えるようになった。まるで、たくさんの存在がそこにいるような感じだ。

それは、のろくろちゃんにもいえる。見るたびに、纏っている気配が違うような気がするのだ。まるで一日で何度ものろくろちゃんの何かが変わっているような、そんな印象。まぁ、今のところ害はないので、様子見となっている。

あの初めての遭遇の次の日。庭から桜の歓喜の声が聞こえた。慌てて庭に出ると、のろくろちゃんが五匹、桜の周りを飛んでいた。あの時の桜の喜びようは、すごかった。

最近は、桜と一緒に朝は特訓、昼から勉強に励んでいる。特訓では武器の一つとなり、勉強の時は机に綺麗に並んでいた。夕方になるといなくなるので、きっと元の場所に戻っているのだろう。

のろくろちゃんに触れたら、やはり呪いで黒くなるが誰も気にしなくなった。子供達だけでなく、最初はちょっと戸惑っていたシュリ達や飛びトカゲ達も。獣人達は、まだちょっと引いているけど、いずれ慣れるだろう。いや、慣らされるだろう。

「特に花が増えたくらいで変化はないいな」

まぁ増えていく死者の花が、少し気になるけど。これはすごく役に立ってくれているので、目をつぶる。

いつものように草原の中心に跪き、手を地面に当てる。すっと地面が消え、闇が広がる。

「みんな、おはよう」

いろいろな存在を感じてからは、姿は見えないが誰かがいると思って挨拶をしている。目に見える闇に変化はない。だけど、感じるんだよな。さまざまな気配を。

それにこの挨拶をすると、気配がざわざわ動いて聞こえてくる呪詛が変わるんだよな。「おはよう」「きょうもあさ」「くるしい」「つらい」「はがいたい」「しにたい」「ころしたい？」

うん。今日もまた、意味の分からない言葉が交ざっているな。というか「はがいたい」とは？

もしかして「歯」？　まさかな。

まだ八割強は、人を呪う言葉とつらいという訴えだけど。それでも少しずつ変わっていく呪詛に、苦しさから解放されているのではないかと、ちょっと期待している。

「みんな、今日も色々な言葉をありがとう。それと、俺は殺したくないよ。みんなと仲良くしたい。そうだ、桜が朝から喜んでいたよ。今日は六匹になったって。ありがとう」

昨日まではのろくろちゃんは五匹だったけど、今日は六匹だった。桜のテンションが高かったな。ただ、ちょっと不安になった。まさか、このままのろくろちゃんが増え続けることはないよな？　もしそうだと、困ったことになりそうだ。

『ふふっ』

あっ、あの声だ。呪詛とは明らかに違う声。今日は機嫌がいいのか、笑い声みたいだな。

「さてと、浄化をするか」

ゆっくりと、地面に触れている手から力を流す。ゆっくりと確実に闇の中に広く。体の中から、どんどん力が抜けていくのが分かる。ふわりと風が流れ、花の香りが強くなる。死者の花を見ると、花全体が淡い光に包まれていた。

「ありがとう」

死者の花は三日か四日に一回、浄化の手伝いをしてくれる。今日のように、花全体が淡い光に包まれると俺の力が増すのだ。

「今日はこのぐらいかな。浄化」

目の前の闇が淡い光に包まれていく。死者の花が協力してくれた日の浄化の光は、いつもより柔らかい。

『ふふふっ。きれ……』

きれ？　切れとか？

『綺麗、綺麗』

なんだ、綺麗か。確かに綺麗だよな。残念なことに、すぐに闇に戻ってしまうけど。

光が消えた空間を見る。まだまだ呪いは濃く闇は深い。それでも、変化が起きている。その変化が、あの場所に囚われている者達から苦しみを取り除いてくれればいいのだが。

「みんな、また明日」

地面から手を離すと、スーッと闇が閉ざされていく。

「相変わらず、魔力が空っぽだ」

死者の花に協力してもらえるようになり、浄化の範囲はかなり広がった。でも、まだまだ。

ため息を吐きながら、寝っ転がって空を見る。ゆっくりゆっくり魔力が溜まっていくのを感じる。

最近、力の戻りが少しゆっくりのような気がする。まぁ、それでも他の人よりかはかなり早いのだろうけど。

「限界か」

力を、かなり無茶苦茶に使っている。だから、いつか何かが起こるかもしれないと思っていたけど。力の戻りが悪くなるとは。

「まぁ、でもまだ少しだけだし」

まだ大丈夫だろう。あれ？　そういえば妖精はどこへ行ったんだ？　寝ている状態で、周りを見回す。

「……何をしているんだ？」

見つけた妖精は、花の前でずっとふわふわと飛んでいる。何か意味があるのか？

「そろそろ座れそうだな」

ゆっくりと体を起こす。ん？　待てよ。

「魔力の戻りは遅くなっているけど、動けるようになるまでの時間が短くなっているような気がする」

前までは、体に力が入るまでに時間が掛かっていた。こんなに短時間で座れなかったはずだ。

「体は……動くな」

立ち上がれてしまった。やっぱり、動けるまでの時間が短くなっている。

「効率よく力を使えるようになったのか？」

だから力が溜まってなくても、体が重く感じなくなったということか。……悪いことじゃないかららいいか。うん。体は重いより、軽く動くほうがいいもんな。よしっ、問題なし！　早く動けるようになるのは、いいことだ。……たぶん。

「妖精、帰ろう」

「うん」

「死者の花の前で、何をしていたんだ？」

妖精がいた場所の死者の花を見る。周りの死者の花と特に変わったところは見られない。

「光が一番綺麗だったんだ」

出ている光が一番よかったということか？　もう一度、振り返って死者の花を見る。

「問題がありそうだった？」

「それは大丈夫」

「そうか」

明日、確かめられたらいいいな。

437. なんで？

あの日、妖精が見ていた死者の花は翌日には消えていた。もしかしたら最後の力を振り絞って、綺麗に輝いていたのかもしれない。今度、周りより輝いている死者の花を見つけたら、じっくり観察してみよう。

「行くよ～！」

今日の浄化を終わらせて家に戻ってきたんだけど……今日もみんなは元気だな。にしても、のろくろちゃんが異様に飛び回っているのは気のせいか？　数は六匹から増えることなく、今の数をキープしてくれている。増え続けなくてよかった。

「こっち」

「よしっ」

何をしているんだ？　さっきから子供達の指示を受けて、のろくろちゃん達が飛び回っているように見える。

「お帰りなさいませ」

ひっ！……お願いだから、気配を消して後ろに立つな！

「リーダー」

まぁ、言っても無駄だよね。俺のお願いを聞いてくれるなら、既に実行されているはずだから。

「ただいま。ところで、子供達とのろくろちゃん達は何をしているんだ？」

「これは、のろくろちゃん達と子供達による鬼ごっこ、庭限定バージョンです」

庭限定バージョン？　よく見ると、子供達は庭から一切出ていない。つまり、庭だけで行う鬼ごっこか。

「すごい動きだな」

庭には隠れる場所がない。だから、動き回るしかないんだろうけど……動きが速い。目で追っていると疲れるな。

「鬼ごっこなんだよな？」

「そうです」

リーダーの返事に首を傾げる。鬼ごっこって、こんなに攻撃を繰り出す遊びだったかな？

「よっしゃ！　大将の首をゲット！」

鬼ごっこなんだよね？　大将？　ゲームのルールを知りたいけど、聞いたら強制的にゲームに参加させられそうだよな。それは嫌だ。うん、何も聞かないほうがいいだろう。

「悔しい、半分以上は呪いで動けなくしたのに」

うわぁ。のろくろちゃん達を使った作戦だ。月を見ると、悔しそうな表情で黒くなった右手を浄化している。本当に、呪われても全く気にしないんだな。

「あっ、主！」

ん？

「桜か、どうしたんだ？」

「体をちょうだい！」

……………えっ？　今、桜は何って言った？

「体？」

「そう、カッコよくて可愛いのがいい！」

えっと、桜は今の体が嫌なのかな？　だから違う体をほしがっているのか？　というか、体がもしできたとして……魂を移動させるのか？　俺はそんなことはしたことないから、無理だぞ。

「無理だと思う」

「えっ、どうして。なんで？」

いや、そんな悲しそうな表情をされても困るんだけど。というか、そんなに今の体が嫌なのか？

これはどうしたらいいんだ？

バコッ。

「いったいぃ。風太、何をするの？　馬鹿になったらどうするのよ！」

「言い方！　体をちょうだいなんて意味が分からないだろう」

いや、意味は分かったぞ。ただ、俺にできるかどうかは分からないが。

「はぁ、体は誰のためにほしいんだ？」

えっ、誰のため？　桜だろ？

「そんなの、のろくろちゃんのために決まっているでしょう？」

んっ？　のろくろちゃんのために、体をちょうだいと言っていたのか？

あぁ、一つ目達みたいに体がほしいのか。確かにしゃべれないから意思の疎通が難しいもんな。

「よかった」

魂を移動するなんて、怖いことをせずに済みそうだ。いや、お願いされても拒否するけど。

「主？　どうしたの？」

「ははっ、なんでもないよ」

風太は俺が何を想像したのか分かったみたいだな。苦笑されてしまった。

「主。のろくろちゃん達の体は作れそう？」

「ん～、できないことはないと思う」

一つ目達は、手助けがほしいと思って作ったから動いてくれるようになったんだよな。何も考えずに作ったら、中身が空っぽの岩人形、違った。ゴーレムが作れるはずだ。ただ、空っぽのゴーレムにのろくろちゃんをどうやって定着させるかが問題だよな。傍を飛ぶのろくろちゃんを見る。

「とりあえず、空っぽのゴーレムを作ってみるか」

「既に準備はしてあります」

ん？　リーダーの指すほうを見ると、ウッドデッキにゴーレムの元になる岩がドンと置いてあった。ただ、量がおかしい。いったい、何体作らせるつもりなんだ？

「主？」

「あぁ、ありがとう。すごい量のゴーレムが作れそうだな」

「好きなだけどうぞ」

うん？　好きなだけ？　えっと、一体だよな？　違うのかな？

ウッドデッキに行き、まずはゴーレムを作る。取りあえず……目と口があればいいか。丸いボールに、目と口がある姿をイメージしながら岩に魔力を流し込む。手の中の岩が形を変えだしたので、魔法で一気に作りあげる。

「のろくろちゃん専用ゴーレム作製」

できた。あれ？　想像したものより、表情が怖くなってしまった。まぁ、これは試作品だからいいか。うん、見た目なんて気にしなくていいだろう。

「あとは、この子を動かすことをイメージしていくか」

ゴーレムに入って動かす。ロボットみたいなイメージでいいかな？　乗り込んで、手や触覚はないから電波？　脳波？　で信号を送って動く。

「まぁ、やってみよう」

「ゴーレムとのろくろちゃんを……合体」

手に持った丸いゴーレムが青く光ると元に戻る。

「成功したのか？　試してみるしかないよな」

のろくろちゃんを見る。大丈夫かな？　失敗してのろくろちゃんに何かあると困るし。

ふわり。

「えっ」

手に持っていた丸いゴーレムにのろくろちゃんが近づくと、そのままゴーレムの中に入っていく。ドキドキして、手の中のゴーレムを見る。

「ん？」

なぜかゴーレムから出てくる、のろくろちゃん。のろくろちゃんも不思議なのか、振り返ってゴーレムを見ている。そして再チャレンジ。やはり、ゴーレムを通り過ぎてしまうようだ。

「ごめん、ちょっと待って」

ゴーレムの中に留まれないのかな？　どうしてだろう？　もう一度イメージをしっかりと作ろう。

丸いゴーレムの中心に、のろくろちゃんが入って中で固定。そういえば、さっきはこのイメージを作らなかったたな。次にのろくろちゃんの意思で、ゴーレムが動きだすイメージを作って……。

「これでどうだ！　ゴーレムとのろくろちゃんをリンク」

合体より、リンク。繋がりが重要だよな。

手の中のゴーレムが再度、青く光る。先ほどより少しだけ長く光ると、消えた。

「のろくろちゃん、試してみてくれ」

スッとゴーレムに入るのろくろちゃん。全員がじっと見つめるなか、ゴーレムがピクリと動いた。

やった成功！

ビシビシ、ビシビシ、ビシビシ。

「えっ？」

パンッ！

「うあっ」

手の中にあった重みが消え、目の前で弾けた。

俺の周りが淡く光り、ゴーレムの残骸から俺を守ってくれる。結界は、今日も問題ないな。ではなくて、弾けた。

「のろくろちゃんは？」

俺の言葉に反応したのか、目の前に現れるのろくろちゃん。この子が、ゴーレムの中に入ったのろくろちゃんか？　どの子も似ていて区別がつかないんだよな。

「ゴーレムに入ってくれた子かな？」

小さく動いたけど、頷いたんだよな？　しゃべれない子の場合は、動きを見逃さないようにしないとな。

「ごめん。大丈夫だったか？」

目の前でくるくる回るのろくろちゃん。大丈夫だと言ってくれているみたいだ。

そういえば、みんなは？　周囲に視線を向ければ、驚いた表情の仲間達や子供達がいた。怪我をしている様子はない。

「よかった」

それにしても、どうして弾けたんだ？　考えられる原因は……呪いの力？　今までとは違う力に、反発したのかもしれないな。

えっと、まずはゴーレムを作って。

「のろくろちゃん専用ゴーレム作製」

次にのろくろちゃんを定着させるイメージに、どんな種類の力でも受け入れるイメージを追加して。これでよしっ。

「ゴーレムとのろくろちゃんをリンク」

完成！

「のろくろちゃん頼む！」

ビシビシ、ビシビシ、ビシビシ。

パンッ！

力が強いのかな？　ゴーレムの体に耐久をつけて。

ビシビシ、ビシビシ、ビシビシ。

パンッ！

なんで？

438. 魔石はどう？

なんでだ？　岩にどんな魔法を付与しても、弾け飛んでしまう。

「もう無理。どうしたらいいのか、何も思いつかない」

呪いに反応しないようにしたし、岩の強度もかなり上げた。それでも弾け飛んだから、呪い自体に結界も張った。それなのに、結果は変わらない。

「何をどうしたらいいのか……」

「岩の本質と呪いの本質の相性が、悪いのではないか？」

飛びトカゲの言葉に首を傾げる。本質？　それって独自の性質のことだよな。それの相性が悪い？

「そんなことがあるのか？」

独自の性質の相性ねぇ。水と油みたいな感じかな？

「分からない。だが、ここまで色々して無理なら、ゴーレムの素材を変えたほうがいいかもしれないぞ」

なるほど。ゴーレムの素材を変えるのか。今まで岩でしか作ったことがなかったから、その考えは思いつかなかったな。

「飛びトカゲ、ありがとう。他の素材を考えてみるよ」

ゴーレムの素材にするなら、魔力がよく流れて加工がしやすくて強度の強いもの。もしくは強度を上げられる素材じゃないと駄目だよな。思いつくのは、金と銀の鉱石だけど……金色のゴーレムに、銀色のゴーレム？　ん〜、なんだろう。すごく嫌だ。

他の素材にしよう。何があるかな？　鍋を作った鉱石やコップを作った鉱石は、今使用している岩に比べるとちょっと強度が弱いよな。森の木も素材としてはいいんだけど、強度面からいうと駄目だよな。魔力が流れやすいから、加工はしやすいんだけど。他の素材、他の素材……あれ？　今使用している岩以上の素材が、もしかしてない？　やっぱり、金か銀の鉱石になるのか？……全身金ぴか……まだ銀の鉱石のほうがよさそうだな。

「主、これはどうですか？」

ん？　リーダーの手の中にあるのは魔石だよな。魔石でゴーレムを作るのか？

「確かに魔石だと魔力は流れやすいし、強度も十分にあるな」

考えてみれば、岩以上の素材かもしれないな。ただ、魔石は小さすぎる。魔石一個で作れるゴーレムのサイズは、小指サイズぐらいだよな。

「どうぞ」

「ありがとう」

リーダーから魔石を一個受け取る。やっぱり小さいよな。魔石の中には大きめのものもあるけど、それで作ったとしても人差し指ぐらい？　そんなに変わらないよな。

「とりあえず、形を変えられるか試してみるか」

魔石を両手で包み込み、魔力を流す。スーッと魔石の中に魔力が溜まっていくのが分かる。ん？　溜まったら駄目だよな。ゴーレムにするなら、魔力を溜めるのではなく魔石全体に魔力が流れるようにしないと。えっと、魔石の中を魔力が流れるイメージを作って、魔力を魔石に流すと……上手くいった！　両手を開けて魔石を確認する。淡い光を出す魔石から、流れている魔力を感じる。

「このままの状態をキープできれば、成功だな」

それをテーブルに魔石を置く。淡い光は手を離れると消えたが、魔石から感じる魔力の動きは変わらない。

「大丈夫みたいだな」

しばらく様子を見たが、魔力は流れ続けてくれている。次は、加工だな。

魔石を両手で持ち、形を変えるイメージを作る。あれ？

「おかしいな。イメージが上手く纏まらない」

イメージが作れなかったり消えたりする時は、魔法が発動しない時なんだよな。今だと、魔石の形を変えられないということになる。

ん～、さっき魔石に流した魔力は、弾け飛んだ時のことを考えて最低限の量だった。もう少し魔石に流す魔力を多くしてみようかな。もしかしたら、魔力の量が少ないのかもしれない。手から流れる魔力を多くして、魔石に流す。

「この状態で、イメージをつくって……」

あっ、イメージができた。ははっ、小指サイズの一つ目をイメージしてしまった。なんだか、可愛いな。そうだ。このまま、ゴーレムとして動くようにしよう。のろくろちゃんが小さい一つ目に入って固定、信号で制御、一つ目達のように動くイメージを作って。

「小さい一つ目を作製。のろくろちゃん専用ゴーレムに進化」

手の中の魔石が動いていることが、掌から伝わってくる。うまくいってほしいな。あっ、魔石の動きが止まったみたいだ。

「できたかな？」

うわっ、ドキドキする。そっと両手を開く。

「おぉ～、できた！」

手の中には、透明の小さな一つ目がいた。のろくろちゃんがまだ入っていないので、動いてはいない。でも、なんとも可愛い。

「主！　これは、私達ですね！」

リーダーの興奮した声に驚いて視線を向ける。

「あぁ、そうだよ」

ふわっと、のろくろちゃんが完成した小さい一つ目に近付く。あっ、これ失敗して弾けたらすごいショックを受けそう。小さい一つ目を作ったのは、失敗だったかもしれない。のろくろちゃんが入っても、弾けませんように。

小さい一つ目の中にスーッと入っていく、のろくろちゃん。その様子を、固唾をのんで見守る。

「弾けるなよぉ」

小さな声で祈ると、手の中にいた小さな一つ目がピクリと動く。動いた！　成功か？　失敗か？　どっちだ？

小さい一つ目は、手の中でむくりと起き上がって、周りを見る仕草をする。よかった、成功だ！

「うまくいってよかった」

ホッとして、手の中の小さい一つ目をテーブルに乗せる。

「体に異変はないか？」

首を縦に振る小さい一つ目。

「腕や足はスムーズに動く？」

その質問には、無言で頷く小さい一つ目。あれ？　どうして話さないんだろう？

「話すことはできる？」

えっ、首を横に振ったということは、話せないということだよな。どうしてだ？……あっ、動く一つ目をイメージはしたけど、話すイメージを付加してない。これでは話したくても、話せないよな。

「ごめん。話せるようにしていなかった。今、話せるようにするからな」

テーブルの上にいる、小さい一つ目を両手で包み込み、話している一つ目をイメージして魔法を流す。

「話せるようになる」

そっと両手を小さい一つ目から離す。小さい一つ目は首を傾げて俺を見上げる。

「話せるようになったか？」

「「あ～。あ～、い～。はい、話せるね」」

えっ？　聞こえてきた声に首を傾げる。声が重なっている。やっぱりのろくろちゃんは、呪いが複数集まってできているのか？　もう少し声が聞きたいな。

「えっと、小さい一つ目の居心地は問題ないか？」

「「うん。問題ないよ。手も足もしっかり動くから！　すごい、すごい！」」

やっぱり、複数の声が重なっている。一匹ののろくろちゃんに、複数の存在を感じていたのは間違いじゃなかったんだな。ただそのせいで、のろくろちゃんの声がちょっと聞きづらい。

439. 温かい？

小さい一つ目の動きを見る限り、問題がなさそうでホッとする。

「それにしても飛べるとはな」

そう。のろくろちゃんの時のように、小さい一つ目は飛べた。最初に見た時は、ちょっと驚いた。そんな機能をつけた記憶はなかったから。でもまぁ、特に問題はなさそうなので気にしない。そんな些細なことを気にしていたら、悩みが増えるだけだ。

「見て、見て～」

小さい一つ目が、のろくろちゃん達の周りをくるくると飛び回る。それに反応したのか、のろくろちゃん達もくるくる飛び回りだした。なんとも、微笑ましい光景に笑みが浮かぶ。

「あれ？　黒い煙みたいなものが出てない？」

月が不思議そうに、のろくろちゃんの周りに見える煙を指す。あれは、たぶん呪いだな。なぜ、呪いがのろくろちゃん達から出てきたんだ？

「のろくろちゃん、黒い煙が出ているよ」

桜の言葉に、ぴたりと止まるのろくろちゃん達。そして、なぜかちょっと焦っている。どうしたんだろう？

「あっ、小さい一つ目も透明だったのが黒くなっている」

えっ？　太陽の言葉に、慌てて小さい一つ目を見る。確かに透明だった体に変化が起きて、今は透明だけど黒い体をしていた。

「体に違和感はないか？」

小さい一つ目に聞くと、首を縦に振る。問題はないのか。おそらく、小さい一つ目の中にいるのろくろちゃんの影響を受けたんだろうな。

「少しでも違和感を覚えたら、教えてくれ」

「「分かった。いいよぉ」」

頷く小さい一つ目の頭を、指でぽんぽんと撫でる。やっぱりちょっと小さすぎると思う。壊れないと思うけど、触れるのに少し躊躇(ちゅうちょ)してしまう。

「おぉ、この煙は呪いがすっごく濃いんだ」

月が、のろくろちゃんから出た煙に触ったのだろう。真っ黒になった腕を、俺に見せてくれた。いや見せるのはいいから、浄化をしてくれ！

「月。急いで浄化を――」

「ん～、でもこれ、これまでの呪いとちょっと違うよね？」

紅葉も黒い煙に触れたのだろう。両手が肘の辺りから真っ黒になっている。その状態で首を傾げる紅葉と、黒くなった部分を真剣に見ている月にため息を吐く。どうして、そのままで平気なんだ？

「二人とも、大丈夫なのか？」

呪いに触れると、不快感や痛みに襲われる。結界を解いて呪いに触れたことがあるが、結構な痛みだった。だから二人の余裕な様子に、少し疑問が浮かぶ。

「この呪い……温かい？」

月のちょっと迷うような言葉に、紅葉も迷いながら頷いている。温かい？

「痛みや不快感は？」

「全くないな」

どうしてコアまで普通に呪いに触れるんだ。というか、待て待て飛びトカゲ達も触れようとするな。何かあったらどうするんだ。

「主、大丈夫だ」

飛びトカゲの声にため息が出る。大丈夫でよかったよ。……俺でも問題ないのかな？

「あっ、本当に温かいな」

黒い影に触れると、触れた場所周辺は黒く変化するが痛みや不快感はない。そして微かにだが、温かみを感じる。

「呪いだよな」

「呪いで間違いないよ」

雷と翼も、のろくろちゃんから出た煙に触れて首を傾げている。

「もう少し警戒をしたほうがいいって、のろくろちゃんが言っているよ」

「「「「えっ？」」」」

小さい一つ目の言葉に、体の一部を黒くした者達の声が重なる。

「……俺もだな」

手首から指先に掛けて黒くなっている右手を見て苦笑する。仲間達が黒い煙に触れるのを見て心配したくせに、好奇心に負けてしまった。ちょっと楽しそうに見えたなんて……絶対に小さい一つ目にばれないようにしないと。

「浄化」

黒くなっていた手がスーッと元に戻っていく。動かしても違和感を覚えないので問題ないだろう。

「「「「浄化」」」」

子供達の声に視線を向けると、黒かった腕や手が元に戻っていた。様子を見る限り、完璧に浄化ができたようだ。知らない間に、浄化の能力が上がっている気がする。それをいうなら、仲間達もか。

小さい一つ目を見ると、のろくろちゃん達と遊んでいる子供達や仲間達を心配そうに見ていることに気付く。

「呪いなら問題なく浄化できたから、大丈夫だぞ」

彼らが心配する原因で思いつくのは呪いだ。月が、「呪いが濃い」と言っていたからな。

「「よかった。呪いが悪いことをしなくて」」

小さい一つ目の言葉に、少し驚いてしまう。小さい一つ目ものろくろちゃん達も、これまで苦しんできた側だ。この世界のために被害にあった者達だ。それなのに、俺達を心配してくれる。

「みんなは、優しいんだな」

「「えっ？」」

あぁ、だから。たぶん呪いを温かく感じたのは、この子達が優しいからだ。

「呪いで確かに黒く変色したけど、君達から出ている呪いが俺や子供達、仲間達を傷つけることはなかったよ。それよりも、呪いがどこか温かかったんだ」

俺の言葉をじっと聞く、小さい一つ目と遊ぶことをやめたのろくろちゃん達。

「俺達に優しくしてくれて、ありがとう」

「「…………」」

あれ？　小さい一つ目ものろくろちゃん達もぶるぶると震えていないか？　何かまずいことでも言ったかな？　でも、お礼を言っただけだよな？

「えっと、大――」

「「うっひゃぁ」」

えっ？

ボタッ。

のろくろちゃんの姿が一瞬で消え、飛んでいた小さい一つ目が落下した。慌てて、拾い上げるけど呪いの気配がなくなっていた。

「中から出ていったのか？」

もう一度、のろくろちゃん達を捜すために周りを見回すが、やはりどこにもその姿はない。

「何があったのだ？」

慌てた様子のコアが、俺の傍に来る。

「いや……何があったんだろうな？」

俺のせいか？　たぶん、そうなんだろうな。でも、何が駄目だったんだ？　それに、最後のあの叫びは何だったんだ？

「消えちゃったね」

桜の残念そうな声に、申し訳なく感じる。

「ごめんな。何か気に障ったのかもしれない」

そんなつもりはなかったんだけど。

「大丈夫だよ。だって、最後のあの声は怒っている声でも嫌がっている声でもなかったから」

風太の言葉に、子供達が頷く。確かに、そうだな。どちらかと言えば……パニック？

「気持ちが落ち着いたら、また来るよ。桜とは約束もしているんだし」

ヒカルの言葉に、首を傾げる。桜と約束？

「そうだった！　のろくろちゃんと私で力を合わせて、ウサから一勝をもぎ取るんだった！」

拳を上げる桜を、ウサがニコリと笑う。

「できるならどうぞ。いつでも受けて立つから」

たしか、ウサはそうとう強くなっていたよな。えっ、そのウサに桜は勝ちたいの？

「まぁ、怪我をしない程度に、ほどほどに頑張って」

止めても無駄なことは、これまでの経験上知っているからな。怪我だけ気を付けてくれたらいいよ。

「主、大丈夫です」

ウサの力強い言葉に、頷く。それなら――。

「ちょっとした怪我ぐらいなら、戦っていても治せますから」

「うん」

ウサの言葉に、力強く頷く桜。思っていた答えと、全然違う！　それに、怪我する前提で話している！

「バッチュ」

「はい」

傍にいた子供達の保護者的存在、バッチュを見る。

「大怪我をしないように、注意してくれ」

「もちろんです」

ん～、バッチュに子供達の面倒を見てもらったのは失敗だったかな？　でも、子供達もバッチュも楽しそうだった。そもそも気付いたら、バッチュは今の保護者的立場だったからな。

「主、お願い」

紅葉がギュッと俺の手を握る。彼女が俺にお願いなんて、珍しいな。

「どうしたんだ？」

「私の相棒になったのろくろちゃんにも、体を作ってほしいの」

相棒？

「駄目？」

「いや、いいよ」

手の中の小さい一つ目を見る。同じでいいのかな？

「それで、もう少し大きくして私に似せてほしいの」

えっ、もう少し大きく？　それに紅葉に似せて作るのか？

紅葉の話に、他の子供達も反応しだす。もしかして、全員自分のミニサイズがほしいのか？　まぁ、できないことも……ないか。問題は、大きさだな。

440. 第一位の神　二。

―監視者　第一位の神視点―


「まただ、また失った」

私のために動く者が、また消された。

どうして？　情報が漏れないように、記録装置には何重にも結界を張った。それだけでは駄目だと、触れた者が死ぬようにもした。なのに、なぜか情報が盗まれていく。誰かが私を裏切っているのか？　だが、私の理想とする世界を支持する者ばかりが集まっているのに、私を裏切るのか？　分からない。

「どうしてこんなことに」

苦悶（くもん）の声に視線を向ける。目の前にいるのは、私にずっと仕えている部下。私が最も信頼している者だ。

「なぜ情報が盗まれた？」

「えっ？」

私の問いに目を見開く様子をじっと見る。この者が、私を裏切っているのか？　いや、待て。落ち着け。

コンコンコン。

こんな時に誰だ？

「なんだ？」

「私です」

バシュリ神？　彼がここに来る用事はなかったはずだが。何だろう、すごく嫌な予感がする。

「どうぞ」

部屋に入ってきたバシュリ神の顔色は悪い。嫌な予感は当たるというが、最近はそれが本当なのだと実感するな。

「何があった？」

「まだ公表はされていませんが、ディスカル神とワピキュア神が、創造神の指示で捕まりました」

ディスカル神とワピキュア神が？　私の大切な仲間が？

「…………捕まった？」

彼らの代わりはいる。そう、だからそれほど大きな被害は被っていない。本当にそうと言えるのか？……代わりにしようと思っていた神達は、既に消されたのに。

「ふっ、あははははっ」

本当に、余計なことをしてくれる！

「……」

バシュリ神が、心配そうに私を見ているのが分かる。

「私の指示で動く神は、どれだけ残っている？」

「……三〇柱ほどかと」

ふっ、三〇か。……おかしいな、その三〇柱が誰なのか思い出せない。

「大丈夫ですか？」

「大丈夫なわけがないだろうが！　私の作り上げてきた世界が、私の世界が壊されているんだぞ。あの無能な者達に！　今までこの世界のために動いてきた私を……排除……。排除など絶対にさせるものか。この神々の世界は、私が作り上げてきたのだ。この世界は私のものだ。邪魔をする者は、絶対に許さない」

誰が私の世界を壊した？　創造神がもっと私を正しく評価していれば、そうすればこの世界が壊されることはなかった。そうだ、創造神の目を濁らせたのは誰だ？……アイオン神か。そうだ。奴だ。奴がすべて悪い！

「残っている神達に、アイオン神を殺すように言え」

「……お待ちください。今は、動かれないほうが」

「黙れ！」

私は意見など聞いていない。バシュリ神は、私の指示に従えばいいのだ。

「申し訳ありません。ですが――」

「聞こえなかったのか？」

「いえ」

バシュリ神を睨みつけると、彼はスッと視線を下げ、その場で跪いた。

「すぐにアイオン神を始末しろ。いや、捕まえろ。奴の目の前で奴が大切にしている者を殺してやる！　そしてあの世界を破壊してやる！」

「……はい、わかりました」

そうだ。『あれ』を使おう。成功した勇者を飲み込んで、私の邪魔をした『あれ』。最近は、大量の魂を消費したら現れる厄介な存在になってしまった。そのせいで、何度も何度も邪魔をされた。でも、今度は私が利用してやろう。

「確実に『あれ』を利用するためには、あの世界の魂を苦しめる必要があるな。消滅させるのは簡単だが、どうやって苦しめようかな」

私の邪魔をした世界の魂だ。徹底的に苦しめてやる。そして現れた『あれ』にアイオン神を放り込めばいい。今までに神力を持つ神を放り込んだことはないが、きっと問題ない。

「あぁそうか、これからは『あれ』を利用すればいいんだ」

私の攻撃さえ効かなかったのだから、利用できるようになれば、この世界を牛耳ることだって簡単だ。ふふっ。極秘にされているが、創造神は『あれ』に何度も浄化を掛けている。だが今まで、その効果が出たことはない。

「創造神より強い存在を手にすれば、私がこの世界で最も偉大な神だ」

跪いているバシュリ神を見る。

「行け。すぐにアイオン神を連れてこい」

「……はい」

バシュリ神の声に違和感を覚える。今までと、何かが違う。それが何か、全く分からない。だが、喉に引っかかったような何かを感じた。

「ん？」

バシュリ神に声を掛けようとしたが、その前に私の記憶装置に異常を感じた。何かが、私の記憶装置に入り込んだ？

「くそっ」

記憶装置がある空間に移動するため、荒れ狂う気持ちを抑える。何が起こってもすぐに対処できるようにしておかなければ。

バシュリ神の姿が消え、真っ白な空間が視界に入る。微かに感じる、自分以外の力。その力を感じて首を傾げる。創造神の加護を受けるこの世界は、神力ですべてが動いている。光の魔力は補助するような力で、主となる力ではない。だから、記憶装置が置いてあるこの空間に入るためには、必ず神力が必要となる。それなのに、感じた力は神力とは少し異なるものだった。

「神力以外の力で、この空間に入り込んだのか？」

そんなことが可能なのか？　いや、そんなことよりもどこだ？

「姿がないのか？」

真っ白な空間に浮かぶ巨大な透明な石。私の記憶装置だが、その傍に誰の姿もいない。だが、確かに私以外の存在がいることは分かる。

「誰だ？」

空間に私の神力を充満させる。それは、私以外の者にとっては毒になる。だから、必ず何かしらの反応が返ってくるはず……なのだが。

「なぜ、何も起こらないんだ？」

記憶装置に手を当てて、神力を流す。

「えっ、あれ？」

どうして、反応しないいんだ？　もう一度、掌に神力を集めて記憶装置に流していく。間違いなく、記憶装置に私の神力は流れている。それなのに、記憶装置が反応をしない。

「どうなっているんだ？　記憶装置が反応しない原因で考えられるのは……持ち主の力より強い力で制御されている時だ。私より強い力だと？」

私は、神々の最も一番上にいる存在。つまり、どの神より強い力を持っている神だ。第二位の神と私を比べても、その力は雲泥の差。だから、表立って私に歯向かう神はいない。

「だから、違う原因だ」

私の力を抑え込める力など、あってはいけない。消さなければ。

「ここは、また作ればいい」

すべてのことが片付いたら、元通りになるから。記憶装置だって、新たに作ることができるだろう。だから、壊すことは禁止されているけど、大丈夫。

手に神力を集めていく。私の指示に従わないものは、いらない。集まった神力を、記憶装置に思いっきり叩き込む。

ビシビシビシッ。

「ふっ。これで情報も取れなくなったな」

記憶装置の透明な石にヒビが入り、ボロボロと欠片が落下していく。その様子を見ていると、体がぐっと押し潰されるような感覚に陥る。何？　この空間から、急いで出ないと！

バンッ。

「きゃっ」

床に体を思いっきり打ち付ける。痛みに顔を歪めながら、慌てて周りを見回す。

「執務室？」

見慣れた風景に、体から力が抜ける。よかった。

立ち上がって、もう一度部屋を見回す。バシュリ神の姿はない。おそらくアイオン神を捕まえるために、動きだしたのだろう。

「私も動かないとね」

記憶装置が制御できなかったことや、自分で作り上げた空間から追い出されたことが頭をよぎる。

こんなことは、今まで一度もなかった。私にとってよくないことが、起こっている気がする。

でも、まだ大丈夫。そう、大丈夫。

「元に戻せばいいのよ。そのためには、邪魔なものをすべて消してしまわないと」

441. ドン、ドン、ドン。

「おはよう」

日課となっている、核周辺にある呪いの浄化。最近は、呪詛と言っていいのか分からない言葉達に迎えられる。とはいえ、まだ二割ぐらいは呪詛だけど。

あの、変な叫び声をあげて消えた翌日から、彼らの言葉がすごい勢いで変わっていった。時々、返事をくれるようにもなった。たまたまではないと……思う。

「元気か～」

「元気だよね」

「雨がふるふる、ふふふふっ」

うん、雨は返事ではないな。

「今日も快晴だよ。雨は、そういえばここ数日は降ってないな」

「今日はあれだね」

あれとは？

「……またね」

えっ、あれって何？

「ははっ。またな」

「雪は甘いんだよ。尻尾が伸びた」

ん～、これはどう返せばいいんだろう？

「みぞっこ、ぐぅ」

えっと、ごめん。分からない。

「かわいい子だね。ととんちゃん」

おっ、名前が出た。ととんちゃん？　内容から、この声の子供か知り合いの子供かな。

「今日はやるったら、やる！」

あれ？　この言葉は昨日も聞いたような気がするな。

「みんな、そろそろ浄化を始めるぞ」

聞いているとずっと聞き続けることになるからな。悪いけど、これぐらいで終わりにしよう。

『おはよう。ありがとう』

あっ、この頭に響く声は。

「おはよう。今日も宜しくな」

『こちらこそ』

この声だけは、不思議な聞こえ方をするんだよな。脳からと耳からどちらからも聞こえるというか、つかみどころがないというか。まぁ、普通に会話ができるので嬉しい存在になっているけど。

そういえば、今日は若い男性の声だったな。昨日は、女性の声だった。不思議なことに、性別や声のトーンが異なるのに俺の中で「同じ人物」という認識なんだよな。のろくろちゃんには、色々な存在を感じるのに。

「さて、始めるか」

最近の浄化は少し俺の中で変化した。彼らを苦しみから解放してあげたいという気持ちは変わらない。前より強く思うようになったぐらいだ。

それにプラスして、彼らの思うように生きてほしいという気持ちが芽生えた。元々は、気持ちを楽にして成仏してほしいという思いがあった。でも彼らの声を聞いて、別にここにいたいなら、いてもいいと思うようになった。彼らがそれで楽しいなら、それが一番だと。

体からスーッと力が黒い空間に流れ込んでいく。

「「「「頑張れ、頑張れ」」」」

ふふっ。最近は、力を空間に流しだすと応援されるようになったんだよな。しかも、協力してくれているのか力の広がり方が断然よくなった。まさか呪いが、こんな面白い存在だとは思いもしなかったよ。

『そろそろやめたほうがいい』

応援されて頑張っていたら、止められるんだよな。でも、あと少しぐらい——。

『すぐにやめなさい』

あっ、声が低くなった。流していた力を止め、浄化魔法を使う。

「浄化」

空間に広がる白く輝く淡い光。前のように目がくらむような眩(まぶ)しさはないが、前より浄化力は上がっている。

「ゆるさない」

「あいつら、ころす、ころす、ころす」

まだ聞こえてくる、呪詛。前ほど力がなくても、まだ苦しんでいる者がいる。早く、彼らの苦しみやつらさが軽減されるといいんだけど。

『力の使いすぎは、駄目だ』

「うん、ごめん。気を付けるよ」

えっ、もしかして怒っているのか？

浄化が終わってから怒られたのは、初めてだな。

「主様」

呼ばれた声に振り返ると、妖精が……死者の花でぐるぐる巻きになっていた。変わったのは、この場所に咲く死者の花もだ。前は触ることができなかったが、今では触れるようになった。

「何をしているんだ？」

「えっと、どうしてこうなったんだろう？」

妖精も分かっていないのか、困った雰囲気を出している。

『遊ばれて……遊んでくれてありがとう』

今、言い換えたよね？　つまり、妖精は死者の花に遊ばれているのか。

「あれ？　取れない」

下にふらふら、右にふらふら。まだ、自由に飛び回ることが苦手な妖精には、今の状態はよくないだろう。

「妖精、止まれ。今、死者の花を取るから」

妖精を片手で捕まえて、死者の花に手を伸ばす。

スルスルスルスル。

ん？　まだ触れてもいないのに、妖精から死者の花が離れた。

「死者の花には、意識があるのか？」

『その子は、みんなの気持ちが形になった』

そうなんだ。ん？　両手を見る。妖精を掴んでいる。そう、地面から離れている。

それなのに、どうしてあの声が聞こえるんだ？

そっと後ろを振り返ると、真っ黒な空間が目に入った。もう一度、自分の両手を見る。確実に、地面から離れている。

「ん〜、まぁ大丈夫か」

前は呪詛もそこから溢れる不穏な気配もすごかったので、閉じ込めておきたかった。正直、怖かったから。

でも、今の呪詛ぐらいなら問題ない。それと不穏な気配は、この頃全く感じない。なので、閉じ込めておく必要はないような気がする。

そういえば、「みんなの気持ちが形になった」と言ったよな。妖精から離れた、死者の花を見る。

ぷるぷるぷる。

死者の花が揺れると、きらきらと花の中心から小さい光が出てくる。

「あれ？」

俺の言葉に、揺れていた死者の花が止まる。

「やっぱり」

死者の花の中心にある石は、真っ白な色をしている。でも、本当の色は透明なのだと聞いた。今まで、透明の石を持つ死者の花を見ていないので、すっかり忘れていたが。あの話は、本当だったようだ。目の前の死者の花の中心にあるのは、綺麗な透明の石だった。

「これが本来の死者の花の石なのかな？　すごく綺麗だな」

ばたん、ばたん。

えっ、どうして葉っぱを地面に叩きつけているんだ？　まさか、どこか苦しいのだろうか？

「大丈夫か？」

『大丈夫だ、気にするな』

この声が大丈夫と言うなら、大丈夫なんだろう。死者の花について、詳しいみたいだから。

「さてと、そろそろ戻るよ」

地下四階の死者の花が詰まった箱の状態も見たいしな。あの場所も、ここと同じようにすごい勢いで変化しているんだよな。特に箱の蓋が勝手に開いて、中から花が飛び出して咲くようになった。今あの場所は、それはもうカラフルな花々で彩られている。

「箱から根っこが飛び出していたのは驚いたよな」

土に埋めなくても勝手に根っこが伸びて埋まっていた。なので、あの大変な作業は必要なくなったが、箱を突き破る根っこ。強すぎるだろう。

『ばいばい』

「あぁ、バイバイ。また明日」

お別れは子供の声か。墓場から直接地下四階へと移る。この空間を完璧に掌握したので、移動のルールを変更した。今は、地下神殿に行かなくても地下一階に移動が可能だ。

「おはよう」

腕の中で妖精が身動きした。見ると、飛びたいようだ。

「どうぞ」

腕の中から飛び出した妖精は、箱の蓋を開けて咲いている死者の花の上を飛び回りだした。

「主様。今日は二個が箱の蓋を押し開けて咲き始めたよ。根っこは……底を突き破って土に刺さっている」

「ありがとう」

妖精にお礼を言いながら、傍にある死者の花を見る。ピンクの花弁の中心には白い石。やはり、ここの死者の花は白い石か。

「……元気か？」

……反応なし。まぁ、そうだよな。何をしているんだ、俺は。

「お～い、妖精――」

んっ？　なんだ？　すごい嫌な予感がする。

「主様？」

妖精が傍に飛んでくるが、全身が震えているのが分かる。何かが、来る！

ドン。

「がはっ。くっ」

体が、地面に叩きつけられる。起き上がろうとするが、何かに押さえつけられているようで動けない。

「くそっ。なんなんだよ！」

「きゅう」

小さな声に視線を動かすと、妖精が苦しそうに呼吸をしているのが見えた。

駄目だ。みんなを守らないと。この世界を守る結界で、押さえつけてくる力を撥ね退けるイメージを作る。

「五重の結界！」

体の中からすごい勢いで力が消えた。それと同時に、押さえつけるような力が消えた。

「はぁ、はぁ。妖精は？」

よかった、生きている！

ドン、ドン、ドン。

くそっ。かなり強い力みたいだな。結界が揺れている。

「もう一度、五重の結界！　妖精、ジッとしていろ」

家に戻ると、庭や広場で仲間が倒れていた。傍に寄って様子を見る。

「意識はあるな」

空を見上げる。龍達が、空を飛び回って攻撃しているのが分かる。駄目だ。あの力は、龍達では歯がたたない。

　ドン、ドン、ドン。

「ロープ」

　……くそっ、返事がない。

「主」

　声に視線を向けると、青い顔をしたヒカルがいた。

「子供達を家の中に、獣人達も」

「はい」

　俺の言葉に動ける仲間達が動きだす。

　ドン、ドン、ドン。

「くそったれが」

　なんてことをしてくれるんだ。不安な問題は色々抱えていたけど、それでもみんな必死に生きているのに。どうして、そっとしておいてくれないんだ。

　ドン、ドン、ドン。

　守る。なにがなんでも守ってみせる。

　胸に手を置く。

「おい、守るぞ。俺の力なのだから従え！　絶対に守るからな！」

442. 神とは？

―フィオ神視点―


第一位の神のことを調べだしたが、思うように進まない。

「またか？」

「はい。調べていた者が姿を消しました」

部下が部屋から出たのを確かめてから、大きくため息を吐く。また一人、犠牲者を出してしまった。間違いなく、第一位の神が原因だろう。なのに、証拠が掴めない。いったいどうすればいいんだ？

遥か昔、第一位の神に言われた。「神の世界とは、もっとも素晴らしい世界である」と。この時、俺は第一位の神とは相容れることはないと思った。なぜならこの時には既に、俺の中で神の世界に対する不信感があったからだ。神の世界はこのままでいいのか。変化を恐れるこの状況が、神として本当に正しいのか。当時の創造神をはじめその周辺を固める神々の意志が、俺には理解できなかった。

だから俺は沈黙した。あの時は、俺が何を言おうと何をやろうと、きっと無駄だっただろう。無駄どころか、殺されていたかもしれない。あの時は、そんな心配はしていなかったが。今の状況から考えると、間違いなく消されていただろう。

「創造神と話をしたが、駄目だった」

アイオン神が、苛立った様子で部屋に入ってくる。

「駄目だったか」

創造神が替わる時、ほんの少し周りに圧力をかけた。いや、ほんの少しではないか。結構……かなりだな。だれも俺が動くと思っていなかったので、内密に動けたのがよかった。あの時に目立っていたら、その後が動きにくかっただろう。

動いた理由は、第一位の神を特別視する存在を、これ以上その地位に座らせないためだ。そして俺の思惑通り、創造神になったのは第一位の神と距離を取っている者だった。ただ選ばれた者は、少し優柔不断なところがある。特に、神が絡む問題には消極的すぎる。「同じ神だから」と言うが、同じ存在だからこそ、厳しく罰を下さねばならないのだ。

「俺から話をしておくよ。いい加減、あの方にも覚悟を決めてもらわなければな」

優柔不断で許される立場ではない。そろそろ「創造神」という存在がどういうものなのか、理解し覚悟していただかなくては。

「ありがとう。あと、ロープから連絡が来た」

ロープ？　翔の部下、違う。あれは魔幸石だったな。いや、翔の部下のほうがしっくりくるな。彼の指示でしか動かないし、彼のためにしか動かないのだから。……部下と言うより、

「信奉者だろうか？」

「あの世界で翔に関わった者はすべて、信奉者と言っていいと思うぞ」

ちらっとアイオン神を見る。彼女も変わったよな。前の彼女は、すべてを諦めていた。彼女自身

は、それを頑として認めていなかったが。

「なんだ？」

「いや。ロープはなんと言っていた？」

「第一位の神の記憶装置に入り込めたそうだ」

「はっ？　本当に？」

創造神ですら記憶装置には触れることができないのに？

「あぁ、かなり時間を掛けて周りから攻めていったみたい」

周り？　全く想像ができないな。

もしかして、魔幸石には記憶装置の防御を無効化する力でもあるのか？　そうだとしたら、かなり恐ろしい存在だということになるが。

「随分と難しい表情をしているな。何か問題でもあるのか？」

ロープから今の話を聞いて、何も疑問に思わないのか？

「記憶装置に入れるんだぞ？　魔幸石が、そんな恐ろしい力を持っているなんて問題だろう」

俺の言葉に、首を横に振るアイオン神。

「なんだ？」

「魔幸石の力で入れたわけではない。翔の力があったから、ロープは記憶装置に入り込めたんだ」

「翔の力？」

「あぁそうだ」

「神力に似ている力だと思ったが、あの力が何なんだ？」

かなり強い力だとは思ったが、特別な印象は受けなかったけどな。

「まさか、気付いていないのか？　翔の力は、かなり異質な力だろ？」

えっ？

「異質？　いや、神力に似ている以外には、なにも」

「本当に気付かなかったのか？　あれほど不思議な力だったのに？」

えっ？　俺は、何かを見落としているのか？

「翔の力は、ずっと変化をし続けているんだ」

「変化？」

「そう、翔の新しい力はずっと変わり続けているんだよ。神力も魔神力も変化などしない。決まった力だ。それなのにあの力は、つかみどころがないんだ」

変わり続けている？　ありえない、でも……確かに会うたびに翔から感じる力は、どこか前とは異なっていたような気がする。

「だいたい、元は人間だった者が勇者ギフトで力が扱えるようになったからと言って、新しい力が生み出せると思うか？」

「あっ」

あっ、アイオン神の言う通りだ。これまで多くの勇者が生まれた。でも彼らの誰一人、新しい力など生み出していない。

「翔が新しい力を生み出したことが、そもそも変なんだよ。そして、その生み出された力は変化し続ける力だ。ロープはその変化する力の能力を使って、記憶装置の持ち主の神力を真似て入り込んでいるんだ」

　神力を真似て。

「我々の記憶装置にも入ることができるのか？」

「できるだろうな」

　彼の力がそれほどだったなんて。

「彼にはその力が異質だと話したのか？」

「言っていない。私が気付いたのも最近だしな。言おうとは思ったが、彼は色々なものを抱えているから。もう少し落ち着いてから言おうと思っている」

「そうか」

　抱えているものか。我々神が原因で抱えさせてしまったものだよな。

「それに、少し気になることがあるんだ」

　アイオン神を見ると、眉間に皺を寄せている。

「翔の力が、まるで彼に応えるように変化している気がして。特に、大きく変化したのは魔神が現れた頃かな。あの頃から、翔の力がまるで……。いや、気のせいだと思う。悪い」

　首を横に振って、自分の言った言葉を否定するアイオン神。彼に応えるように変化？　力そのものに意志はない。神力を増やすために鍛えることはできるが、本質を変えることはできない。どんなに俺が切望しても、変わることがないのが力だ。なので、アイオン神が言ったことは、ありえないことだ。でも、本当にありえないのか？

「いや。アイオン神の考えは正しいんじゃないか？」

そうだ、ロープだ。

「えっ？」

「ロープが神力を真似ていると言っていただろう？　だが、真似たぐらいでは記憶装置は誤魔化されないはずだ」

記憶装置は、本人の神力にしか反応しない。それが触れられたのなら、真似たのではなく全く同じに変化させたのが正しいような気がする。ロープがそれに気付いているのかは分からないが。

『ごめん、お待たせ』

不意に二人しかいない部屋に第三者の声が響く。ロープのことを話していたから、驚いたな。

「大丈夫だ。それで、第一位の神のことは探れたのか？」

アイオン神は、切り替えが早くないか？　まぁ今は、第一位の神が最優先だけどな。

『色々分かったけど。こいつは本当に神なのか？』

ロープの言葉に、俺とアイオン神は首を傾げる。神であることは、間違いないと思うんだが。

『今から奴の記憶装置からコピーしてきた情報を送る。受け取るものを用意してくれ』

「それならこれで頼む」

机の上にある、丸い玉を指す。遠い場所にいる部下からの報告を受け取るのに使っているものだ。映像も文字のどちらにも対応している。

『分かった』

何もない空間から力の塊が現れ、そして丸い玉に吸い込まれていった。これが、情報なのか？

『確認してくれ』

「分かった」

第一位の神が何をしてきたのか。これで分かる。

丸い玉に手で触れる。映像が丸い玉の上に現れる。

「これって……酷い」

アイオン神が、顔を歪めているのが視界の隅に映った。

まさか、魔神を倒す勇者を生み出すために世界に住む無数の命を犠牲にしていたなんて。これが本当なら、彼女はもう神とは言えない。

443. 世界が壊れる。

―アイオン神視点―

次々と流れる映像を、ただ呆然と眺める。今の映像で世界がまた一つ、第一位の神のせいで滅んだことが分かる。これで何個目だろう？　もう、数えるのも嫌だ。

正直、ここまで酷いとは考えてもいなかった。途中何度も「やめて」と言いそうになった。でも、それは決して許されない。同じ神として、ちゃんと受け止めなければならないのだ。どれぐらいの時間が流れたのか、目の前の映像が消えた。

『とりあえず、被害が大きいものだけを選んだから』

ロープの言葉に、フィオ神が頭を抱えた。私もロープの言葉に衝撃を受けた。まだあるのかと。まだ、被害にあった者達がいるのか。

「本当に、ここまでのことをしていたのか？」

フィオ神は、空中に視線を向ける。

『これはすべて第一位の神の記憶装置から取った情報だから、本当のことだと思うよ』

「なんてことをしてくれたんだ」

『映像には残ってないけど、奴が他の神を誘導して滅ぼさせた世界もあるから』

映像の中だけでも、第一位の神が滅ぼした世界は五〇個以上もあった。他の神を誘導して滅ぼさせた世界があるなら、たった一柱の神のせいでどれだけの世界が滅んだのか。

『奴にとって、魂は使い捨ての道具なんだろうね。映像で奴も言っていただろう？「無限に生み出すことができる道具だ」と』

ロープの言葉は正しい。神なので、条件さえ揃えば魂は無限に生み出せる。だが、彼らを自らの望みのために使っていいわけでは決してない。

『そうだ、気になることがあるんだった』

ロープの言葉と同時に、目の前に三つの映像が現れる。

「えっ？」

フィオ神を見ると、丸い玉には触れていない。つまり、今の映像はロープが出していることになる。もう、この装置も使えるようになったのか。

それって、フィオ神の神力を真似たのではなく変化か？　まぁ、どちらでもいい。フィオ神の扱うものをすべて扱えるようになったということなんだよな。

「すごいな」

フィオ神を見ると、呆れた様子で首を横に振っていた。

『これらの映像は、奴が世界を滅ぼした前後のものなんだけど、よく見て。そして前後の奴の力を比べてみて』

ロープの言う通り、三つの映像をそれぞれ確認する。あれ？　なんだろう？

「力が一気に増えていないか？」

フィオ神の言葉に頷く。そう。世界を滅ぼした後、神力がありえない増え方をしているのが分かった。まるで、滅ぼした世界の力を取り込んでいるかのようだ。

「まさか、魂の力を利用するだけではなく、自らにも取り込んでいるのか？」

だからあれほどに強いのか？

『やっぱり、そう見えるよね？』

認めたくないが、そういうことなんだろうな。

『これ、大丈夫なの？　なに――』

ロープの声が不意に途切れる。そして、荒れ狂う力を全身で感じた。

「ロープ？　どうしたの？」

体中を締め付けられるような力に、体が震える。

『誰かが、主の世界を攻撃している！……くそっ！　何かに邪魔をされて本体に戻れない。誰が……奴だ！』

「攻撃？　奴？　ロープ？　ロープ？」

奴って？　ロープがそう言う者は、第一位の神か？

「ロープ？」

荒れ狂った力が遠ざかるのを感じる。

「帰ったのか？」

それにしても、すごい圧だった。あれが魔幸石の本来の力なのか？

「アイオン神、行くぞ」

「あぁ、行こう」

ロープが慌てたように、翔の世界が攻撃を受けている。止めないと。

「くそっ。一気に飛ぶことができない」

フィオ神の言う通り、翔の世界に飛ぼうとすると何かが邪魔をする。おそらく、第一位の神の力が我々を撥ね返しているんだろう。

「力技で押すしかないな」

フィオ神から、神力が溢れるのを感じた。置いていかれないように、自分の神力を一気に高めていく。ここまで神力を開放するのは久しぶりだな。

「行くぞ」

「分かった」

フィオ神に手首を掴まれると、私とフィオ神の神力が重なった。そして、何かを割る音が、数回。

体に受ける圧に耐えていると、ふっとその圧が消えた。

「無事にくることができたが……」

フィオ神の目がスッと細められる。その先にあるのは、攻撃を受けている翔の世界があった。結界がかなりボロボロになっている。

「行くぞ」

フィオ神と共に第一位の神を止めるために、彼女との距離を一気に詰める。我々が来たことに気付いたのか、こちらにも攻撃を仕掛けてきた。

「うわっ」

全身が、燃えるように熱くなる。自らの神力を開放して、攻撃してくる神力を撥ね退ける。

「邪魔をするな〜！」

「もう、やめてください！」

えっ？　聞きなれない声に、視線を向けると第一位の神の仲間バシュリ神がいた。

「もう、やめましょう」

バシュリ神は、第一位の神に手を伸ばす。その手が、どろりと形を崩した。

「くっ」

「危険だ」

フィオ神が、バシュリ神を第一位の神から遠ざける。

「邪魔だ！　お前にはアイオン神を捕獲しろと命令したはずだ！　役目を果たせ！」

第一位の神の言葉に、バシュリ神は首を横に振る。

「もう駄目です。俺が持っている証拠をすべて創造神に提供してきました。もう、終わりです」

バシュリ神の言葉に、ぴたりと攻撃が止む。翔の世界への攻撃も止まる。それにホッとする。

第一位の神に注意しながら、翔の世界へと視線を向ける。かなり攻撃を受けていたようだが、結界がしっかりと防いだようだな。まさか、第一位の神の攻撃に耐えるとは思わなかった。翔の力は、本当に未知数だな。

だが、第一位の神が攻撃をしたこと。そしてその攻撃を防いだことで、すべての神がこの世界と翔の力のことを知るだろう。これから、神達がどういう反応を示すか、心配だ。

「終わり？　ふふっ。あははははっ」

不気味に笑いだした第一位の神に、視線を向ける。そして首を傾げる。彼女の名前は……なんだったかな？　私はずっと、自分と似た考えを持つ神達とだけ交流してきた。そのため、私は第一位の神とはほとんど会うことはなかった。だからなのか、彼女の名前が思い出せない。

「昔、聞いたような気がするんだけど」

「どうした？」

昔を思い出そうとしていると、フィオ神が横に来た。

「第一位の神の名前が何だったのか、思い出せなくて」

「…………そうだな」

どうやらフィオ神も、名前が出てこないらしい。彼のほうが、第一位の神に近い存在なのに。

「第三位の神なのに、知らないのか？」

「……誰も彼女の名前を、呼ばないんだ」

呼ばない？

「裏切ったのか？　なぜ？　信じて……許さない！」

「えっ？」

バシュリ神の体を黒い煙が襲う。

「バシュリ神！」

フィオ神が神力で撥ね退けようとするが、黒い煙のほうが神力を撥ね飛ばしてしまう。バシュリ神の体が黒く染まって、崩れていく。周りに苦痛の悲鳴が響き渡る。

「ふふふっ。この世界のせいだ。この世界がすべてを狂わせた」

第一位の神の体が黒い煙に覆われていく。

「フィオ神、あの黒い煙は呪いだ。いつから、奴は呪いに飲み込まれていた？」

「分からない」

目の前の神だった者が、完全に黒い煙で見えなくなった次の瞬間。

「翔！」

一気に黒い煙は膨れ上がり、翔の世界に襲いかかった。

ビシビシビシ。

黒い煙で見えないが、結界の割れる音が響く。なんとか、抑えようと全神力を解放するが、呪いのほうが遥かに強い。

「駄目だ。どうして！」

444. 絶対に守る！

収まった攻撃に、ほんの少し気を緩めた。それが駄目だったのか、全身にのしかかるような力を感じた。何が起こったのか分からない。ただ、ものすごい力がこの世界を壊そうとしていることが分かった。

どこかで理解した。この力には勝てないと。でも、俺には守る仲間や家族がいる！

「五重結界！　結界強化！」

ビシビシビシビシ。

何重にも張った結界がひび割れていくのが見えた。それと同時に、青い空が徐々に闇に飲み込まれていく。

「どうして呪いが？」

微かに感じる呪いの気配。

「あれ？」

毎日呪いには触れている。なのに、今感じている呪いにはなぜか初めて触れたような気がした。

パシッ、バラバラバラ。

「あっ」

ヒビが入っていた結界が、ボロボロと落ちてくる。その風景に慌てて結界を張ろうと、掌を空に向ける。

「五重――」

結界を張ろうとして、まだ力が元に戻っていないことに気付く。朝の浄化までは、力の戻り方はいつも通りだったのに。

「どうして今なんだ」

俺は守れないのか？

どこかで悲鳴が聞こえた。ただ、聞こえたから視線を向けただけ。でも、落ちていく龍達を見て
「ハッ」と意識がはっきりした。

守ると決めた。そう、いろいろ抱え込んだこの世界を、俺は自分の意思で「守る」と決めた。だから、なんとしてでも守らないと。でも、何をすれば……。

視界の隅に、龍達が光に包まれたのが見えた。何が起こっているのか分からないが、その光を見た瞬間に不安な気持ちに襲われた。

「核が、奴らの核がこのままでは壊れてしまう！」

「えっ？」

コアの言葉に唖然とする。核。それって魔力を生み出す重要なもので、生きるためには魔力が必要で。あぁ、このままだったら飛びトカゲ達は。

「核の修復は――」

「無理だ。核は壊れたら元には戻せない」

それは……駄目だ。何か方法があるはずだ。絶対に、諦めてたまるか。

ビシビシビシビシ。

空を見上げると、なんとか無事だった結界にもひび割れができ始めていた。……このままでは、誰も守れない。

「光が消える」

コアの言葉に龍達を見ると、包んでいた光が弱まっていた。あの光が消える前に、核の代わり。いや、核がどこかに。

「あっ、核ならある」

そうだ。俺は核を多く持っているじゃないか。あれが使えれば。胸に手を置く。俺の中の五個の核を感じる。

ビシビシビシビシ。

核を龍達に渡せるだろうか？　いや、大丈夫。俺の力を信じよう。俺の力はきっと、今までのように俺の気持ちに応えてくれる。

「信じているからな。絶対に龍達を守ってくれ」

胸がスッと熱くなる。

パシッ、バラバラバラ。

「そうだ、あの力」

何度も何度も限界まで力を使ってきた。何度目だったのか。ほんの一瞬、魔力が空になった時、何かを感じた。ただ、本能でそれに触れては駄目だと感じた。だから、今まで一度もそれに触れたことはない。

「たぶん、あれは魂力だ」

魔力が空になった時に感じた「力」。魂を維持する力。どれほどの力があるのかは分からない。でも、あれを使えばなんとかなるような気がする。

ビシビシビシビシ。

残っている結界を見ると、あと二枚。

もう時間がない。胸に手を置き、力を意識する。もっと奥。もっともっと奥にある力。その力が必要なんだ。

「くっ」

拒絶されているのか、集中しようとするができなくなる。たぶん、それは本能なんだろうな。魂を守ろうとする。でも、俺は何がなんでも守ると決めた。

さっき、空を見上げた時。アイオン神とフィオ神の神力を感じた。ただ、彼等の力よりこの世界を攻撃している奴の力のほうが遥かに強いことも分かった。アイオン神達が、攻撃して奴を止めるためには、奴の力を削いで弱めなければならない。だから、絶対に今すべての力が必要なんだ。俺の力なんだから、俺の気持ちに応えろ！

「俺は絶対に守りたいんだよ！」

パリン。

何かの割れる音が聞こえた次の瞬間、体の奥から今まで感じたことがないほどの力を感じた。その力を抑え込まず、一気に攻撃している奴へと向ける。

「奴の力を無効化しろ！」

体が、今までに感じたことのない痛みを訴える。

「ぐはっ」

息が！　痛みが酷いと意識は飛ばないようだ。今は、それが助かる。

「核、龍達、を助け、ろ！」

この世界の人も獣人もエルフも。子供達や天使達。フェンリル達やダイアウルフ達にガルム達。シュリに親玉さん。そして彼等の家族。核の周辺にいる、この世界の被害者達。みんなを守ると決めた。俺の力を全部、使っていいから！　空っぽになってもいいから！

「守れ！」

何かを失ったことがわかった。もしかしたら、俺の中にあった核なのかもしれない。でも、もうそれを確認する力はない。

「主。ごめん、遅くなった」

「まも、れ」

俺ではなく、この世界を。奴の力を抑え込む力は、多いほうがいい。そう感じていた。だから、ほんの少しだけ力を貸してほしい。

「……分かった」

なんだか、周りが騒がしい？　でも、どんどん音が遠くなっていく。

『し・し、い』

なんだろう、すごく優しい声が聞こえた気がする。

445. のろう？　まもる？

―闇の中―

んっ？　なんだろう、温かいのが消えていく。
だめ。だめ、だめ。
それが消えたら悲しい。
誰だろう？
誰が奪っていくの？
攻撃されている。
えっ？
何に？
誰が？
どうして？
「この感じ……むかし……そう、むかし……あぁ、これは嫌い！」
知ってる。思い出した。
この感覚は。

にくい、にくい、にくい。

こわそう、すべてこわしてしまおう。もういやだ。

くるしい、きらい。

「おぁぁぁ、こわしてしまえば！」

こんなせかいは、いらな――。

『この世界の人も獣人もエルフも。子供達や天使達。フェンリル達やダイアウルフ達にガルム達』

あっ、この声。それに、温かいのが流れてきた。これだいすき。

『シュリや親玉さん。そして彼等の家族。核の周辺にいる、この世界の被害者達』

もしかして、俺達のこと？

私達のこと？

『みんなを守ると決めた。俺の力を全部、使っていいから！　空っぽになってもいいから！』

えっ、守る？

僕達も守ってくれるの？

『守れ！』

…………。

…………。

…………。

守ってくれるの？

あっ、消えていく。

だめだ。
駄目だよ。
消えちゃう！
どうしよう？
『まも、れ』
「「「「きえちゃだめ！」」」」
『力を！』
だれ？　誰かの声がする。
そんなことより、あの温かいのが消えちゃう！
『力を分けてくれ！　俺達だけでは足りない！　主に力を！』
あるじ。
あの、温かいのをくれる人だ。
そうあの人のことだ。
『力を！』
ちから。
ちから？
でも、ここのちからは。
『主を守る力を！』
守る？

僕達の力で、私達の力で守れるなら。

守ろう。

今度は俺達が守りたい。

きえちゃってもいい！

あの人を守りたい！

力をあげる！

もっともっとあげる！

あっ、弱い子が消えちゃった。でも、嬉しそうだったね。うん。こんな、消え方もいいね。

あっ！

えっ？

あれ？

あの子が動いた？　ずっとずっと、起きることなく眠り続けていたのに？　起きたの？

『あれ？　これは何？』

使って！　その子をつかって！

だいじょうぶ。

その子を使えば、あの人は大丈夫。

『ははっ、ありがとう』

ふふっ。

へへっ。

ありがとう。でも、だいじょうぶかな？
あの子には、ここのちからがぎゅって。
ぎゅってつまっているね。
そうだった。俺達と僕達といっしょになる？
「「「「それは、うれしい」」」」
ん？　まだ、攻撃してくる。止めよう。主が起きる時にあれはいらない。
どうやって止める？
ん〜。　あれ？　同じ力を感じるよ。
ん？　そういえば、そうだね。
ん？　何か叫んでる。
なんて言っているんだろう？
聞こえるようにできるかな？
『くっそぅ。どうして？　結界は壊れたのに、あれは死んだはずなのに！』
あっ、あれだ！
俺達を、私達を、こうした存在。
思い出した、今、はっきりと思い出した。
ころす？
「「「「殺そう」」」」
『殺しては駄目です』

だれ？　どうして駄目なの？

『私は、主が作ったゴーレムのリーダーです。あれを殺しては駄目です』

どうして？

あれがいると、私達、僕達をまた生み出す。

いらない。

いらないよ。

『死は、一瞬の苦しみだけじゃないですか。もっともっと苦しまないと、あなた達が苦しんできたように』

あれ？　思ったのと違う。

リーダーも、私達、僕達を認めるの？

『当然です。主が大切にしたあなた達を認めない理由が、どこにありますか？』

たいせつだって。

ふわって温かいね。

たいせつはいいね。

大切だって。

ふふふっ。

ぽかぽかするね。

『そうだ、主は安定しました。ありがとうございます』

よかった。うれしい。

こんな、気持ちになれるんだね。
ふしぎ。
ずっと、真っ暗だったのに。
今も、まっくらだよ。
そうだった。でも、暗いのに温かいね。
『居心地がよくなったのですか？』
そう。
うん、うん。
ふわふわで、ぽかぽか。
いいね。
『それはよかったです』
少し前から、ふわふわだね。
ふふ、そうだね。
もっとふわふわ。
主だけじゃなく、みんなもいいって、だからふわ～。
あの子共に、会いたいな。
私も。
僕も。
あの時は楽しかったな。

『また、いつでもどうぞ。子供達が喜びます。特に桜が』

あのこだ。

そうそう、元気なあの子だ。

あの子達のためにも、あれからみんなを返してもらおう。そうだね。返してもらおう。

『協力できることがあったら言ってくださいね』

ありがとう。

本当に、普通の態度だね。

『主を好きな者達は、みんな仲間です！』

「「「「仲間！」」」」


—監視者　第一位の神視点—


なぜ？　どうして？　結界は完全に壊れたはず。なのに、あの世界に攻撃が届かない。何か見えない強大な力に守られてしまった。あの力は何なんだ？

「あぁ、どうして邪魔をする！」

だが、あれは死んだ。そう、あれが持つ力は完全に消えた。だから、死んだ。なのに、どうしてこんなに不安になるんだ？

「くそっ」

力が足りない。でき損ないの世界を壊すのに、こんなに力を使うとは思わなかった。もっと簡単に壊れると思ったのに。

「今度こそ」

「いい加減にしろ！」

ん？　誰かの声に視線を向けると、フィオ神とアイオン神の姿。まだ、いたのか。

「ふふっ。あははっ。残念だったな。あれは死んだ！　お前達は守れなかったんだ！」

本当にショックを受けているんだな。たかだか、下等な存在が死んだぐらいで。

ふわり。えっ？　なんだ、この気配は。

フィオ神とアイオン神の驚いた表情に慌てて、世界へと視線を向ける。

「なっ！」

こっちに向かってくる黒い塊。それが何か分かる。これは、呪いだ。しかも、そうとう濃い。

防ごうと胸に手を当てると、その手をぐっと黒い塊から出た影が掴む。いつの間に、こんなに近くに？　手を掴んでいる黒い影に気を取られていると、目の前に何かがいた。視線を向けると、真っ赤な目。

「……ひっ」

感じることのなかった恐怖に襲われる。なんだ、これは。どうして私が怖がっているんだ？

「我々は、この存在のまま認められた。だから、ここにいることができるようになった。返してもらう。我々の仲間達を」

ズボッ。

「えっ？」

自分の胸元を見る。黒い影が、何かを掴んでいる。それは……それは、黒い石。呪いに囚われた魂は、通常の力より強い力を持っていた。だから、この黒い石に魂を閉じ込めて呪いの力を自由に使えるようにした。必要だったから。そう、私にはそれが必要だった。だから。

「駄目だ！　それは私のものだ！」

「違う」

ブチブチブチ。

私と黒い石を繋げていたものが、黒い影によって引き千切られていく。どうして、呪いにこんなことができる？　呪いはただの力だ。物理的に何かを掴むことなどできるはずがない。

「あぁ、この腕が気になるの？　これは、リーダーが片腕を貸してくれたんだ」

リーダー？　誰のことだ？

「まさか、簡単に『それなら手を持っていきますか？　掴むのに必要でしょ？　今のあなた達なら使えると思いますよ』と言って、片腕を差し出すとは。ふふっ」

なんだ？　呪いのはずなのに、なぜ笑っている？　何かがおかしい。

「これが呪いの塊？」

フィオ神が傍に立ったのが分かった。すぐに奴から離れようとするが……足が動かない。あぁ、そうか。視線を、黒い影が掴んでいる黒い石に向ける。あれを取られたから、力が……。

「世界が」

アイオン神の言葉に、壊すはずだった世界を見る。得体の知れない強大な力が消えていた。だが、壊れたはずの結界が元に戻っている。

「この力は、翔か？」

アイオン神の言葉に、「ありえない」と首を横に振る。死んだはず。完全に力が消えたのだから。

「よかった。生きていたのだな」

「生きていたというか、復活したというか、生まれ変わったというか」

呪いがアイオン神の言葉に普通に答える。それにぎょっとした表情を見せた、アイオン神。

「呪いだよな？」

「あぁ、呪いの塊だな。何と言うか、不思議な存在になった。形は保てないが、意識がはっきりした」

なんだそれ。そんなことがあるのか？

「なぜ、そんなことに？」

「さぁ？　ただ主が、我々が苦しくないなら呪いのままでもいいと言ってくれた」

「存在証明をしたということか？」

あやふやな呪いという存在を、確かに存在すると「あれ」が証明したのか？　それが、できた？

嘘だ。そんなことは、ありえない。

カチャン。

「えっ？」

腕を見る。神の力を封じる神具が見えた。

446. 主が中心。

――一つ目リーダー視点――

いきなり襲ってきた力に、主の力が押されています。主は大丈夫でしょうか？

空を見上げると、主の結界が次々と割れていくのが見えます。それに少し恐怖を感じます。いえ、今はそんな感情に振り回されている時ではないですね。しっかりとしなければ。今は少しでも主の結界が強くなるように、結界に私の持っている力を送る時です。

「もっと、力がほしいですね」

しばらく続いた攻撃が、不意に止みました。終わったのでしょうか？　まだ不安が残りますが、よかった。みんな、無事のようです。主は、仲間達を絶対に守ると自身に誓っています。ならば、主の大切な仲間達の様子を確認しなければなりません。

私も絶対に主の大切な者を守ります。

「また来た！」

同じ一つ目からの声に、仲間達に結界を張ります。全員を守ることはできませんが、周りにいる仲間ぐらいなら守ってみせます。主を悲しませるようなことは、絶対に起こさせません！

「龍達が！」

誰の声だったのかは分かりません。ただ、その言葉を聞き視線を向けた瞬間、息を飲みました。落ちていく龍達から、核が消滅しようとしていたからです。核が消えてしまったら、もう助けられません！

「なんでこんなことに、なっているのですか？」

結界の外、ちらりと見えたアイオン神とフィオ神に叫びます。

攻撃してきた者の力を見る限り、神です。途中から神力とは異なる力が多く混ざってきましたが、神で間違いありません。それなら、あの二柱が止めるべきでしょう。なのに、なぜ、今も攻撃が止まらないんですか？　早く、止めてください！

最後の結界が壊れたらどうなるのでしょう？　いえ、主を助けるためには、どう動けばいいのでしょう？　力がほしいです。

「えっ？」

主の力が、世界を包み込むのを感じて周りを見回します。

「この力はなんでしょうか？」

結界とは違うようです。ただただ優しい力が、世界を守っているのを感じます。攻撃から世界が守られたと感じるのに、ものすごい不安に襲われます。まるで、大切な何かが手から滑り落ちてしまうような。なんでしょうか、この感覚は。

「主は、どこにいるのでしょう？」

攻撃を受けた時は、家にいました。今も家にいる可能性が高いですね。向かいましょう。

急いで家に向かいます。どんどん不安感が増していくのは、どうしてでしょうか？

「主？」

どうして、家に近付いているのに主の力が弱くなっていくんでしょう？

どうして、主の気配がどんどん薄れていくんでしょう？

どうして？

どうして？

どうして？

「…………」

何を見ているのか、理解したくないです。主の周りにいる者達が、私に何か叫んでいます。でも、声が聞こえません。

理解したくないです。見たくないです。

「あぁ……嘘です。ありえないです」

どうして、どうして。

「あいつのせいで…………あの神の」

あいつ、許さない。殺してやる！　苦しめて、苦しめて、絶望を味わわせてから殺してやる。

なんだろう？　何かにどんどん覆われていくような気がします。でも、それを拒否しません。だって、何か大きな力を感じましたから。この力があれば、あれを苦しめることができるでしょう。

主のいない世界など、いり――。

「リーダー！　駄目だ。主は守ってほしいと言っているんだよ！」

……守るのですか？　だって、主がいないんです。

「主は、まだ生きてる！　死んでない！　ちゃんと見て！」

ヒカル殿の声に、ハッとして主を見ます。

「本当ですか？」

主の周りにいる仲間達が、力を主に注いでいるのが分かります。

「主の核は、消えた。でも、主は死ななかった。本当は核が消えた瞬間に死ぬらしいけど、まだ死んでない！　息をしているんだ！　それなのに、リーダーが諦めたら駄目だろ！」

ヒカル殿の言葉に、ぐっと両手を握り締める。そうですね。私が諦めては駄目です。でも、私の中の力はほとんど残っていません。どうしたらいいのでしょう。どうしたら……あっ！

さっき感じたあの力です。あの力を主に使えたら、主は助かるかもしれません。

「少し時間をください。さっき、何かに飲み込まれた時に、巨大な力を感じたのです。あの力が、主の助けになるかもしれません」

「巨大な力？」

太陽殿の言葉に頷くと、さっき感じた力を思い出しながら探索魔法を発動します。主と一緒に魔法の練習をしました。だから、魔法が想像力で変わることを知っています。常識すら壊すので、ちょっと扱い方に気を付けないと駄目なのです。

「見つけました！」

お願いします。主のために力をください。あれ？　のろくろちゃんから感じるものと、同じものを感じます。もしかして繋がっている先は、呪い達でしょうか？　よく分かりませんが、今は繋がった先がどこだったとしても関係ありません。お願い。力を分けてください。

どうしましょう。繋がることはできましたが、魔力が限界です。声を届けることができません。

あっ！　ヒカル殿、太陽殿、桜殿、紅葉殿の声が、彼らに届きました。よかった。

何かが来ます。すごい力を秘めている塊です。これは何でしょうか？　クウヒ殿が聞くと、「使って」「あの人は大丈夫」と言われたそうです。もしかして、核の代わりになるものでしょうか？

ウサ殿のお礼に笑い声が聞こえます。本当に、ありがとうございます。

また不穏な力を感じます。あの神は、まだ諦めていないのですね。

ん？　ものすごい憎しみが伝わってきます。あぁ、先ほどまでの私のようです。いえ、それ以上です。駄目です。あなた達が手を出しては主が悲しみます。お願いします、伝わってください。

駄目です、伝わりません。どうしたらいいのでしょうか。

『協力するよ』

この声は、ロープ殿ですね。あれ？　先ほどまで感じていた壁が消えたような気がします。もしかしてロープ殿が力を貸してくれたのでしょうか？

『殺しては駄目です』

あぁ、私の声が届きました。ロープ殿、ありがとうございます。

『私は、主が作ったゴーレムのリーダーです。あれを殺しては駄目です』

いらない？　そうですね。私も、あの神が必要だとは思いません。ですが、殺すのは駄目です。

主が言っていました。あなた達の苦しみを、あなた達をそうした神達はしっかりと知るべきだと。

つまり、あなた達の苦しみを神達も味わえということですよね。主の望みは私の望みです。あの神には、あなた達の苦しみをしっかりと味わわせるべきなんです。

『死は、一瞬の苦しみだけじゃないですか。もっともっと苦しませないと、あなた達が苦しんできたように』

私達、僕達を認めるの、ですか？　主にとって大切な者達は、私にとっても大切な存在です。ヒカル殿から、主が安定したと教えていただきました。ありがとうございます。本当に、ありがとうございます。

そうですね。落ち着いたら、みんなで遊びましょう。桜達は特訓を希望するでしょうね。今から、その時が楽しみです。

『主を好きな者達は、みんな仲間です！』

分かってくれたみたいです。さぁ、主の元へ戻りましょう。

447. 変わっても。

―アイオン神視点―

どれだけ力を込めて神力をぶつけても、第一位の神の神力に弾き飛ばされてしまう。悔しい。こんなに力の差があるなんて！

「あっ！」

目の前で、翔の世界を守っていた最後の結界が弾け飛んだ。

「クソッ」

こうなったら、私の核でこの世界を守る。決して手を出してはならない力に、意識を向ける。さすがに、これを使えば死ぬだろうな。だからなのか、本能が反発しているのが分かる。でも、もうこれしか方法がない！

「アイオン神！」

腕を掴まれ、意識を核から逸らされる。フィオ神を睨み付ける。

「邪魔をするな！」

「あれを」

フィオ神の焦った声に、世界に視線を向ける。そこには、不思議な力で守られている世界が見えた。

「あの力はなんだ？」

フィオ神の言葉に答えることなく、ただその力を見つめる。今まで感じたことがないほど、優しく力強い力。その力が世界を包み込み、第一位の神の攻撃を完全に防いでいた。

「くっそぅ。どうして？　結界は壊れたのに、あれは死んだはずなのに！」

第一位の神が焦っているのが分かる。でもそれよりも、叫んだ言葉が気になる。「死んだ」と言ったのか？

「まさか、あの力を防ぐとは。だが、あれは誰の力だ？」

誰の？　誰って、あの力からは翔を感じる。

「翔だ」

「えっ？　彼の力なのか？」

どうしてフィオ神は、そんなに不思議そうな表情をしているんだ？　あの優しい力からは翔を感じるじゃないか。

「アイオン神？　どうした？」

「えっ？」

フィオ神の戸惑った表情に首を傾げる。あれ？　手に何か落ちた。右手に何かが触れたような気がして、右手を持ち上げる。濡れている。

「泣いているが、大丈夫か？」

大丈夫？　大丈夫じゃない。

「あの力は。あれは翔の……」

そうだ。今、私自身が自分の核に少し触れたから分かった。あれは翔の命の力。核の奥。魂が持つ、最後の力だ。私は、また守れなかったのか？　どうしていつも、間に合わないんだ。

「ひっ、やめろ！　私に触れるな！　くるなぁ」

「えっ？」

第一位の神の叫び声に視線を向けると、黒い大きな影に飲み込まれるところだった。あれは、呪いだ。

「もっと早く飲み込まれてしまえば、翔は生きていたのに」

『主は、生きているよ』

「「えっ？」」

第一位の神が影に飲み込まれ、ここにはフィオ神と私しかいないはずなのに声が聞こえた。周りを見回すが、誰もいない。こんなことができるのは、ロープだな。

「ロープだよな。どこにいるんだ？」

『本体から声だけを届けている状態だよ。力を使いすぎて、本体から離れられないんだ。それと主のことだけど、大丈夫だよ。ちゃんと生きているよ』

生きている。

「よかった……本当に、よかった」

でも、どうやったんだろう？　世界を守っている力は、今も目の前にある。魂の力を使った以上は、既に……。いや、ロープが嘘を吐くはずがない。だから、大丈夫。翔は生きている。

「翔と話がしたいんだが」

『今は無理だ。主は、すべての力を使ってこの世界を守ろうとしたんだ。仲間や子供達だけじゃなく、人も獣人もエルフも。そして呪いに落ちた者達も』

翔らしいな。ん？　呪いに落ちた者達？

『今、世界を包んでいるのは主の魂が持っていた力だ』

やはりあの力は魂力なんだな。でもそうなら、翔はやはり死んでいるのでは？

『世界を力が包み込んだ時点で、主は死んでいてもおかしくない。でも、子供達がそれをぎりぎり阻止した。あの子達の力はすごいぞ。本当にぎりぎりだったけど、主の死を防いだんだ。そして仲間達とゴーレム達が協力して、その命を繋いだ。最後にリーダーが、呪いに落ちた者達と意識を繋げ、子供達が主に力をくれるようにお願いした。呪いに落ちた者達も、自分達まで守ろうとした主に助かってほしいと思ったみたい。呪いの弱い者達は消えると分かっていながら、協力してくれた』

そんなことがあったのか。

『しかも第一位の神が魔神を殺すために作りだした勇者が、ずっと呪いの中で眠り続けていたのに主のために起きてくれたんだ。今は主の新しい核になったよ』

今、すごいことをさらっと話されたような気がする。第一位の神が作った勇者って、完成した数日後に消えたはずだよな。呪いの中で眠っていたんだ。というか、それが翔の新しい核？

『だから主はもう大丈夫。いろいろな力が体の中で混ざったおかげで慣れるまでに時間が掛かるみたいだけど、死ぬことはないから』

色々重要なことを言われたけど、もういいや。翔が生きている。その結果だけで。

『フィオ神、アイオン神。お願いがある。あるものの存在を認めてほしい』

あるものを認める？

「それは存在証明を求めているのか？」

『うん。そうだよ』

存在証明。「そのものが確かに存在すると証明すること」だったな。でも、いったい何の？

『二柱が証明したら、十分だと思うんだ』

つまり神として、そのものの存在を認めろということか。

「分かった」

「フィオ神！」

「ははっ。アイオン神、慌てすぎだ」

笑っているフィオ神を、ギッと睨む。そんなことを言っている場合ではないだろう。

「ものが何か分からないのに、了解するなんて」

「別にどんなものでもいいと思ったからだ」

フィオ神は、翔に関わってから本当に変わったよな。前までは、無気力というかただそこにいるだけだったのに。

「それで、我々は何を認めればいいのだ？」

『呪いの世界』

えっ？　今、なんて？　質問したフィオ神も、かなり驚いている様子だ。

『主の世界は、呪いの力も混ざってしまったんだ。まぁ、協力を求めた結果なんだけど。で、神の世界にいたら、神達から今回のような攻撃を受ける可能性がある。だから、呪いが認められる世界を作ろうと思う』

確かに、今回のようなことが起きないとは言えないな。神という存在が、いかに傲慢なのか嫌というほど知ったから。

『ただ、呪いの世界は今まで誰にも認められてこなかったから、不安定なんだ。主の安心と安定のためにも、呪いの世界を安定させる必要があるんだよね』

ふふっ、こんな時でも翔のためなんだな。

「呪いの世界に行っても、翔やその世界に住む者達は問題ないのか？」

フィオ神が心配そうにロープに聞く。

『大丈夫。呪い自体が主の意思を継いでくれたから。すごく居心地がよくなったよ。まぁ、呪いに直接触れたら呪われるけど』

呪いが翔の意思を継ぐって、またすごいことを成し遂げたな。だが、呪いの世界を認めていいのだろうか？……まぁ、翔のためになるならいいか。後々問題になるだろうけど。

「認めるよ」

ん？

「オアジュ魔神」

不意に現れたオアジュ魔神に、唖然としてしまう。この空間は、神の神力が充満している。魔神には苦しいはずだが。

「すごいな、主の力は」

オアジュ魔神の言葉に首を傾げる。

「主の力は魔神力でもなく、神力でもない。でも、どちらにも対応できる力なんだ。で、俺は主の世界に長時間いたから、体内に主の力が入ったみたいだ。そのおかげで、神力が充満している神の世界にいても苦しくない。不思議だよな」

「彼の力は本当に未知数だな。ロープ、俺もさっき言ったように認める。アイオン神はどうする？」

「もちろん、認める」

二柱ではなく三柱が認めるんだ。しかもそのうちの一柱は第三位の神だ。なので、呪いの世界はちゃんと安定するはずだ。

『ありがとう。でも、そんなに簡単に決めていいの？　言っておいてなんだけど、きっと色々と問題になるよ？』

ロープの心配そうな声に、笑みが浮かぶ。翔の周りの者達は、優しい者が多いな。

「大丈夫とは言えないが、なんとかなるだろう。たぶん」

フィオ神が肩を竦めると、オアジュ魔神が小さく笑った。

「なんともならなかったら、主の世界に行ったらいいんじゃないか？」

翔の世界に？　神達の世界を捨てて？……それもありか？

「アイオン神。それは最後の手段だからな」

フィオ神の言葉に、視線を逸らす。なぜ、バレた？

「んっ？　最後の手段？」

フィオ神も、最後の手段として翔の世界で生きることを考えているのか？

「……神の世界で生きるより、楽しそうだよな」

フィオ神の言葉にオアジュ魔神が吹き出す。私もちょっと笑ってしまう。でも、本当にそう思う。

『あっ、本当に認めてくれたんだね。ほら』

あぁ、世界が動いている。確か魔神の世界ができた時も、その鼓動を感じたといわれていたな。

まさか、私が世界の誕生に関わることになるとは。

「はぁ、みんなに会えなくなるのか」

寂しくなるな。

『どうして、会えなくなるの？　今まで通り会いたくなれば、来たらいいのに』

「「呪いの世界に入れるのか？」」

すごい、全員の声が揃った。

『もちろんだよ。前の世界を守っていた結界の条件が「呪いの世界」に入れる条件になったから。

敵意さえなければ、誰でも入れるよ。特にアイオン神達は出入り自由だよ。もちろん、主や仲間達に悪意を持ったら無理だろうけど。オアジュ魔神は、こっちの世界に来るんじゃなかったの？』

そうなんだ。新しくなっても遊びに行けるんだ。そして、オアジュ魔神は羨ましい。

『場所が変わるだけで、何も変わらないよ』

448. 数年越しの？

体が重い？　ん？　違うな、動こうとすると痛いのか？……筋肉痛か？　この世界に来てから、筋肉痛にはなったことがなかったんだけど。あれ？　この世界……えっと、何か重要なことを忘れているような気がするな。そもそも、なんで筋肉痛になんてなっているんだ？　昨日は、いつものように墓場で呪いの……呪い？

「あっ！　痛っ」

痛い、全身が痛い！　ちょっと動いただけなのに、こんなに痛みに襲われるなんて。

ん？　痛み？……生きているのか？　うん、生きているみたいだな。あの時、体の奥にあった力。たぶん、魂力を使ったと思う。そうだ。間違いなく使った。だから、死んだというか消滅したはずなんだけど……ここはどこだろう？

「俺の部屋だな」

見おぼえがある部屋の作りに天井には、孫蜘蛛達が……今日はまたたくさんいるな。それに孫アリ達までいるのか？　なんだか、慌ただしく動き回っているけど、どうしたんだろう。あぁ、落ちる、落ちる。よかった糸を持つ孫蜘蛛だったか。それにしても……天井の梁にいるのはもう慣れたけど、今日は多すぎないか？　なんで梁の上でぎゅうぎゅうに押し合っているんだ？　あぁ、また落ちそうになっている。

　バタ――――ン！

「主～！　おぎだのでずね～」

…………えっ？　なんて言ったんだ、今。起きた？　それに一つ目のリーダーのこの様子。もしかして、かなり眠っていたのか？　あ～、あの力を使ったからか。誰かが俺を助けて、そして眠っていたということか。なるほど。

「よく助かったな、俺」

「本当です！　なぜ、あんな無茶なことをしたのですか？　どれだけ心配したと思うのですか？私に言っていただければ、何をしてでも……いえ、あれには勝てなかったでしょう。ですが、だからといって！」

　リーダーを見ていると、ものすごく悪いことをした気分になる。あの時は、あの方法以外にみんなを守る方法はなかったと思う。だから後悔はしていないけど……居心地が悪い。

「ごめんな。みんなは無事か？」

　そうだ。みんなはどうしたんだろう？　それに襲ってきた神はどうなったんだ？

「全員、無事ですよ。呪いの者達の中には、消えてしまった者もいますが無事です」

　声が聞こえたほうに視線を向けて、固まった。誰だ？　見たことはある。うん。クウヒの面影がある。だが、背が高くなっているし子供っぽさが抜けている。もう大人だな。クウヒの親？　兄？

「俺はクウヒです。えっと、いつの間にか成長していて」

まじか！　驚きで、起き上がった。

「くっ」

その瞬間、全身に走る痛み。忘れてた！

「主！」

クウヒが慌てて俺の寝ているベッドの傍に来る。

「大丈夫？　痛みが？　えっと、どうしよう。あっ、ヒール」

クウヒの慌てた様子に、ちょっとおかしくなる。見た目は落ち着いた大人に成長したのに、慌てた様子は以前のクウヒみたいだ。

「大丈夫だ。ありがとう」

クウヒに視線を向けると、ホッとした表情を見せた。というか、痛みを感じたら自分でヒールを掛ければいいだけだよな。

「クウヒ、ヒールが上手くなったな」

痛みが引いた体を動かす。少し引きつるような感覚が残っているが、痛みは消えている。

「そうですか？　頑張ったかいがありました」

すごいな、ちゃんと成長している。

「主、どうぞ」

リーダーが持ってきてくれた、果実水を飲む。俺が一番好きな、甘酸っぱいミカンのような味の果実水。好きだと言ったことはないけど、さすがリーダー。俺のことをよくわかっている。

「美味しいよ。ありがとう」

ん～、なんだろう。体に少し違和感があるな。さっきまでは痛みで気付かなかったけど、なんていうか……体の奥に何かあるような気がする？　なんだろう？　核に変化でも起きたのか？

あれ？　そういえば、核は龍達に渡したよな。俺の中にあった核は五個。龍は全部で五体。……核は生きるために必要なものだから……。

「新しい核？」

胸に手を当てると、掌から感じる違和感。間違いなく、ここに何かある。目を閉じて、その違和感を探る。とても、力強くて……優しい力。あれ？　なぜ、呪いの気配を感じるんだろう？……でも、この呪い。嫌な感じではなくて、ただ深い……深い闇？　ん～、温かさも感じるな。温かい闇？……まぁ、いいか。特に、問題はなさそうだし。ありがとう。俺の核になってくれて。

「というか、そもそもこれはなんなんだ？」

少し触れただけでも分かった。今までの核とは比較にならないほど、強い力を秘めている。

「主？　もしかして主の新しい核のことですか？　それは、あの屑神が多くの魂を傷つけて作りあげた最強勇者の素です。あまりに多くの魂を傷つけて作り上げたため、勇者を作り上げたと同時に同等の力を持つ呪いが誕生したそうです。そして勇者が屑神を拒否したので、生まれたばかりの呪いが勇者を隠し守ってきたそうです。あっ、ちなみにその時に肉体は、呪いに負けて消滅したとのことでした」

とりあえず、屑神とは誰のことだろう？　もしかしてこの世界を襲ってきたあの力の持ち主か？

今まで感じたことがないほど強い神力だったよな。ただ、途中から呪いの力が混ざってきたのが不思議だったけど。

「そうだ。屑神は、呪いの者達にその力の源を奪われ、フィオ神に捕まりました。アイオン神は、屑神に協力してきた神達の洗い出しをしています。ロープがそれに協力をしているので、暫くは声を掛けても答えられないと思います」

情報が増えた。とりあえず、

「屑神とは、襲ってきた神のことでいいか？」

「はい。第一位の神だったそうです。今は、力のほとんどを奪われ、新神より弱くなったと聞いていますので、もうこの世界が襲われることはありません」

それは、よかった。あんなこと、二度と経験したくない。

「分かった。それを聞いて安心した」

あとは……核だ。最強勇者の素？　最強ということは勇者としてかなり強いのか？　あっ、またギフトが贈られたなんてことは、ないだろうな。たしかあれは、勇者召喚をした時に押し付けられるものだった。今回は、召喚ではないから大丈夫だとは思うが。確認はしておくか。

「勇者召喚とは違うが、ギフトの扱いはどうなっているんだ？」

ギフトにはいろいろ助けられたけど、神様至上主義みたいな洗脳があったはずだ。あれは断固拒否したい。今のところ、「神様、すごい」という考えは全く起きないから、大丈夫だと思うけど。

「それは、大丈夫です。勇者召喚とは違うのでギフトはありません。そもそも最強勇者は、通常の勇者とは強さのレベルが違いすぎるので。ギフトはなんの役にも立たないと思います」

そんなに強いのか？

「あのさ、俺の核になった勇者の強さなんだけど。襲ってきた神より強いのか？」

「主の核になった勇者ですが、魔神を殺すために作られたので、かなり強いみたいです。しかも呪いの中でずっとその力を増やしてきたので、今では簡単に神を殺すことも可能だろうと、フィオ神が言っていました」

おぉ、神も魔神も殺せるんだ。というか、その最強の力を秘めているものが俺の核になっているんだよな。実感はないけどちょっと怖いな、それに俺が持っていていいのかな？　それにしても勇者か。

「あっ、俺は元々勇者召喚の失敗でこの世界に来たんだよ。ということは、数年越しにあの勇者召喚は成功したといえるのかな？」

あの時召喚した者が勇者になったんだから、成功だよな。俺は、巻き込まれたんだけど。

449. この世界は？

「確かに、勇者でもありますね」

リーダーの言葉に首を傾げる。勇者でも……でも？　他にも何かが俺に当てはまるのか？　今までは、神力もどきのせいで人にも、神にも、魔神にもなれなかったんだけど。

「主、この世界のことについてなのですが、話してもいいですか？　疲れているようでしたら、別の日にしますが」

この世界のこと？　それは、なるべく早く聞いておいたほうがいいだろうな。勇者以外の当てはまる者が気になるけど、今は世界のほうが重要。まずは現状をしっかり把握しないと。

「大丈夫だから、話してくれ」

「分かりました。主の命を維持するために、子供達や仲間達だけでなく、呪いの者達からもかなりの力を提供してもらいました」

そうなんだ。俺は、みんなに助けられたんだな。

「呪いの力が一番多く提供されたため、世界のバランスが崩れ、呪いの力が世界に溢れました」

マジか！　ものすごく大変なことになってる。

「まぁ、主の思いが呪いの者達を変えていたので、溢れた呪いの力が世界に悪影響を及ぼすことは全くありませんでしたが」

俺の思い？　それが何かは分からないけど、大変なことにならなくてよかった。

「今までは、主の神力に似た力が多く充満していたため神達の世界に属していました。ですが、呪いが溢れた以上は神達の世界に属していると、いろいろと厄介なことになる可能性があると思い、属する世界を変更しました。今は呪いの世界に属しています」

呪いの世界か。そんな世界があったんだな。イメージ的には……墓場の下みたいな真っ暗な闇に包まれた世界を想像するけど、大丈夫かな？　リーダーの様子から、心配はなさそうだけど。

「呪いの世界に属した影響は？」

「ありません」

ないんだ。ということは、俺の想像したような世界ではないということか。

それにしても、いろいろと厄介なことか。オアジュ魔神から聞いた神達の話や、アイオン神から聞いた神達の話を考えると。

「間違いなく、神達には敵対視されるだろうな」

最悪、この世界を消そうと動くだろう。

「はい。そうなる確率が高いと思いました」

リーダーはすごいな。神達のことまでしっかり考えている。

「呪いの世界ですが、アイオン神とフィオ神、オアジュ魔神に認めてもらいました」

んっ？　認めてもらう？

「無事に世界は安定し、元々いた場所から移動し、あと少しでこの世界も問題なく動きだします」

えっと、認めてもらって安定？　それは……呪いの世界が安心して住める世界になったという認識でいいのかな？　ただ「動きだす」の意味は、なんだろう？……分からないな。

「動きだすとは？」

「元々いた魂に、呪いの力が慣れるまで時が止まっているんです。その間は魂も眠った状態です」

時が止まるなんて、ファンタジーみたいだな。いや、この世界には魔法があるんだ。今さら、ファンタジーを感じるのも変だよな。でも、時が止まるんだよな？　想像はできるけど、現実味がない。俺もクウヒもリーダーも、動いているからだろうな。

「といっても、元々この世界の魂は色々な力に晒されてきたため順応性が高いそうです。そのため、数日で動きだすとフィオ神が予想していました」

いろいろな力に晒された原因は、間違いなく俺だな。まぁ、そのおかげで数日だけで順応できるみたいだし。

「あっ、順応できない者が出たらどうするんだ？」

「『そんな者は現れないだろう』と、アイオン神が言っていました。なんでもこの世界の魂は、異常なほど受け入れ態勢がいいとか。オアジュ魔神には『なんでも、来い』の精神だなと言われました」

「なんでも来い」か。ははは っ。まぁ、問題がないならそれでもいいか。「終わりよければすべてよし」ともいうし。うん。そういうことにしておこう。

「この世界のためにありがとう。リーダーがいてくれて本当によかったよ」

俺に意見を求めていたら、考えすぎてこんなに早くことは進まなかっただろう。俺が眠っている間に終わっていたのは、よかったかもしれない。

「いえ……私がいて……よかった、なんて！」

ん？　声が小さくて聞きづらいな。

リーダーを見ると、両手で顔を押さえている。もしかして、照れているのか？

「そういえば、俺はどれくらい眠っていたんだ？」

さっきのリーダーの様子から、少し長い時を眠りについていたような気がするけど。

「五日です」

えっ？……想像以上に短かった。というか、たった五日なのにリーダーのあの状態。まぁ、消滅寸前まで行ったから、あれもありなのかもしれないが……でもやっぱりちょっと大げさだよな。あっ、クウヒが隠れて笑っている。やはり、大げさだと思っていたんだな。

「主」

クウヒが俺の前に数枚の紙を差し出した。受け取って、中を確かめる。

「フィオ神からの手紙？」

手紙には、第一位の神が起こした行動のお詫びと、それを止めることができなかったことのお詫びが丁寧に書かれてあった。また、呪いの世界が安定したことで、すべての世界に変化が起きたそうだ。なんでも、神と魔神の世界にあった不安定さが消えたらしい。

「不安定さが消えたのなら、どの世界にとってもいい状態になったということでいいよな」

神達が、その結果を認めるかは知らないが。

そういえば、コアや親玉さん。子供達はどうしたんだろう？　それに今気付いたけど、家の中が異様に静かだ。時が止まった影響でも、受けているのか？　でも、クウヒを見る限り大丈夫そうだけど。

「みんなはどうしたんだ？」

「連絡を飛ばしたので、急いで帰ってきていると思います」

リーダーの言葉と態度に首を傾げる。どうして、空に視線を向けたんだろう？　それに、連絡を飛ばした？　まるで空に向かって連絡を……嫌な予感がする。まさか、……この世界から飛び出しているとか、ないよな？　いや、まさかな。

「ただ少し遠い世界まで行っている者もいるので、数日かかる可能性もあります」

ははっ、遠い世界かぁ。やっぱり嫌な予感は嬉しくないけど当たるよなぁ。だって、どんなに遠い場所にいたとしても、この世界にいるなら一日もあれば帰ってこられる。

以前は、森から出るのにも数日は必要だった。でも今は、いろいろな魔法を重ね掛けして数時間で森から出られるようになっている。子供達も同じだ。本気になれば、数時間で森を走り抜けられる。それが、数日かかる？

「いったい、どこに行っているんだ？」

「第一位の神に協力しておきながら、バレそうになったら見捨てて逃げ出した神達のところです」

やっぱり、この世界から出ていた！

「えっと、どうしてそんな神達の下へ？」

「主。悪いことをしたら謝るのは当たり前です。それをせずに逃げるなど。ふふふふっ、許すわけにはいきません！」

うわっ。リーダーから、なんか黒い煙が出ているんだけど！　これって呪いの力か？

「主。しっかりと主の前で謝罪をさせますので、暫くお待ちくださいね」

リーダーの迫力に、無意識に頷いてしまう。クウヒにちょっとヘルプを……あっ、クウヒもリーダーに賛成みたいだ。

「神達と敵対するのは、危険だと思うぞ」

神は多くいる。数で攻められると厄介だ。

「問題ありません」

リーダーの自信に満ちた声に、苦笑が浮かぶ。

「ははっ。そうか」

まぁ仲間達が、馬鹿なことをするとは思えないし、任せても大丈夫だろう。……たぶん。俺は、最悪なことにはならないように、しっかりと見ておこう。

窓から外を見る。お昼なのか、畑で働いている子蜘蛛達や子アリ達の様子がよく見えた。そういえば、呪いの世界にきたわりには明るいな。まるで、今までと何も変わりがないみたいだ。

「不思議だな」

呪いの世界か。これから俺が、お世話になる世界。

「まぁ、どこにいたとしてもそんなに変わらないいか」

ゆっくり過ごせれば、それでいい。……過ごせるよな？　ちらっと浮かんだ仲間や子供達の姿に、ちょっと不安を感じたけど。きっと大丈夫……きっと………たぶん。

書き下ろし番外編・御使い様？

―ヒカル視点―

森の異変を知らせに来たウッズと共に、猛スピードで森を駆ける。

やはり風魔法を利用すると、すごく速い。ただし、体勢をキープするための魔法も同時に使わないと、風の威力で転がるけど。

「あそこです～」

独特な話し方をするウッズの声に立ち止まって、指したほうを見る。そこには、耳をペタンと後ろに倒した獣人の子供が三人いた。

「泣いているのです～」

くぐもった泣き声は、ここが危険な森の中だと分かっているのだろう。それにしても、なぜ子供達だけなんだろう？

周辺の気配を探るが、三人以外に獣人の気配はない。つまりあの子達の親は、この周辺にはいないということになる。ここまで、子供達だけでくるのは不可能だ。では、なぜここにいる？

「捨てられちゃったのです～？」

ウッズの言葉に、首を傾げる。獣人達は仲間意識が、人やエルフより強い。特に、子供達をとても大切にしている種だ。だから、捨てられたとは思えない。

「どうするの～？」

「あの子達を見つけた時、近くに獣人はいなかった？　少し離れた場所でもいいんだけど」

もしかしたら、彼等の親は違う場所を捜しているかもしれない。

「『いなかったよ～』」

俺の言葉に、上から返事が聞こえた。見ると、子アリ達が前脚を振っている。それに軽く手を振り返す。

いなかったのか。どうしたらいいかな？

「ここに置いておくのは、問題だよね」

「そうだよね～。ここは、森の少し奥だから、魔物がいっぱいだし～」

ウッズの言う通り。既に獣人達のにおいに釣られたのか、こちらに向かってくる魔物の気配がする。あっ、気配が消えた。ん～、この気配はアイに似ているからガルム達が傍にいるみたいだな。

「あの子達を助けよう」

「それで、子アリにお願いがあるんだけどいいかな？」

「了解です～」

俺の言葉に前脚を上げる子アリ達。

「ありがとう。近くで魔物を倒しているガルム達がいるみたいなんだ。ここに来るように言ってくれる？」

俺の言葉に頷くと、木々から降りてガルムの気配があるほうへ颯爽と走り去る子アリ達。これで、子供達の移動手段が確保できるな。

「驚かせたら可哀想だから、少し離れた場所から手を振ってみようか」

「了解です～」

獣人の子供達が見つけやすい場所まで移動すると、ワザと音を立てる。その音に耳が動くと、そっとこちらを窺う子供達。ずっと泣いていたのか、目が赤くなっている。

「初めまして。何もしないから、近付いても大丈夫かな？」

ん～、ちょっと怪しい人みたいになっていないかな？

「「「あっ～」」」

あれ？ 思っていた反応と違う。どう見ても、怖がっているように見えない。あの子達の視線の先は……ウッズ？

「森の神の御使い様だ～」

獣人の子供達の中で一番背の高い子が、ウッズに向かって走ってくる。おかしいな。少し前までは、ゴーレムを見たら怖がっていたと思うんだけど。それに「森の神の御使い様」とはなんだろう？

「こっちに来ます～。どうしたらいいですか～？」

「怯えていないみたいだから、普通に対応しようか」

ちょっと疑問があるけど、怖がっていないのはいいことだよね。

「うわぁ、本物だ～」

「本当だぁ」

「すごい、すごい」

子供達の様子にウッズが首を傾げて俺を見る。ごめん、俺もよく分かっていないんだ。

「そろそろ落ち着いたかな？」

ウッズを見て興奮していた子供達も、少しすると落ち着いた。その様子を見て、声を掛ける。

「あっ、お兄さんは誰？」

どうやらウッズに夢中で、俺のことは見えていなかったみたい。それはちょっと悲しいかもしれない。

「初めまして。俺はヒカル。こっちはウッズ。少し質問をしていいかな？」

一番背が高い子が、俺とウッズを見て頷く。

「名前は？」

「俺はコウスです。弟のコマラと幼馴染のポリです」

「コウスにコマラにポリね。教えてくれてありがとう。お母さんやお父さんは一緒じゃないのかな？」

俺の言葉に、悲しそうな表情をする子供達。もしかして、本当に親に捨てられたのか？

「お仕事していたから、少し離れて遊んでいたんだ。そうしたら、知らない人に」

親が捨てたわけではなかった。よかったぁ。

「そうか。その知らない人に森に連れてこられたの？」

「うん。わけのわからないことを言ってたよ」

ポリの言葉に、他の二人が頷く。

「何を言っていたの？」

「きかれたのなら、始末するしかないって」

ポリの言葉に、首を傾げる。「きいた」というのは「聞いた」でいいのかな？　もしかして、子供達は気付かない間に事件に巻き込まれたのかもしれない。

「そっか。森に連れてこられる前、何か話を聞かなかった？」

俺の言葉に、不思議そうな表所をする子供達。

「分からない。木になっている緑の実をみんなで採っていたんだ。だから、話なんて聞いてないよ」

「そうか。ありがとう」

子供達の様子から嘘を言っているようには見えない。事件を起こした者達の早とちりか。

「ヒカル殿」

おっ、いい時に来てくれた。子アリを乗せたガルム達が、向かってくるのが見えた。怖がってい
ないか子供達の様子を窺う。

「すごい、すごい。フェンリル様かな？」

コマラがウッズを見た時と同じように、興奮し始めた。他の二人も目がキラキラしている。ウッ
ズと同様、怖がるより嬉しいという気持ちが強いみたいだ。ほんの少し前の獣人たちは確かに怖が
っていた。なのに、どうしてここまで変わったんだ？

「色が違うね。えっとダイアウルフ様？　ガルム様？」

コウスの言葉に、驚く。よく知っているな。

「詳しいね」

「だって、森の神の御使い様だから」

さっきはウッズのことを「森の神の御使い様」と言っていた。今は、ガルム達にも。

「主の仲間という意味かな？」

「森の神様を知っているの？」

俺の言葉に、ポリが驚いた表情を見せる。それに戸惑いながら頷く。

「ヒカル様も、森の神の御使い様なんだ。すごい。今日は御使い様にいっぱい会った！」

俺も「御使い様」の仲間入りをしたみたいだ。そしてやはり、「御使い様」というのは、主の仲

間のことみたいだな。

「どうして、御使い様というのかな？　誰かにそう言うように言われたの？」

「本で読んだんだ」

「森の神様がこの世界を守るんだぁ」

コウスの後に、嬉しそうにコマラが言う。ポリも嬉しそうに頷いている。

「そうなんだ。本かぁ」

なんだろう、すごく嫌な予感がする。こういう時は、よく当たるとか聞くよね。

「あぁ、リーダーが配ったあの本のことだね～」

……聞かなかったことにしていいかな？　うん、何も聞いてない。

「リーダーが今、第二弾を執筆中なんです～」

……あぁ、聞かなかったことにはできないみたいだ。これは、主のためにも止めたほうがいいよね。

「ウッズ。その本はどんな内容なのかな？」

「これです～」

俺の言葉にウッズが、肩から提げていたバッグから本を出す。あぁ、表紙の主が既に神様みたいに書かれている。

「ちょっと借りるね」

……本当のことしか書いてない。これだと止めようがない。問題があるとしたら、挿絵だな。どの主も、神様みたいに書かれている。

「森の神様はすごいです。他の神様を従えてます」

えっ？　ポリの視線は、本の後ろ？

「あっ」

ほんの後ろにも絵が描かれてあるけど、これは……中心に主。そして左右にアイオン神にフィオ神。残念ながら、これも嘘ではない。遊びに来た時の立ち位置だ。

「第二弾か。とりあえず、戻ったらすぐに確かめるか」

挿絵だけでも変えさせよう。

「ヒカルお兄ちゃん？」

「あぁ、ごめんね。えっと、ガルム達に乗って、お母さんとお父さんの元に戻ろうか」

俺の言葉に、子供達が驚いた表情をする。

「御使い様に乗っていいの？　本当に？」

ポリが興奮した様子で、俺のズボンをギュッと握る。その手を優しく撫でて頷く。

「うん。ご両親が心配しているだろうから、急いで帰ろうか」

俺の言葉に嬉しそうに笑う子供達。

「ウッズ。子供達を、主の森に捨てていった者達を捕まえてくれる？」

「了解です～。任せてください～」

子供達に聞かれないように、ウッズに頼む。話し方はいつも通りだけど、纏う雰囲気ががらりと変わるのを感じる。

「頼むな」

ウッズに任せておけば、すぐに問題の者達を捕まえるだろう。話し方から想像しづらいけど、この子は主の森で罪を犯した者に容赦しないから。

「さぁ、行こうか」


リーダーに第二弾のサンプル本を借りて読む。そっと俺の反応を窺うリーダー。

「却下！」

「そんな、なぜですか？」

悲愴感を漂わせるリーダーにため息を吐く。

「完全に、神様として物語を作っているから」

第二弾がばらまかれる前に止められてよかった。こっちは、本格的に神として称える話だった。

「駄目ですか？」

「駄目。主がこんな嘘は悲しむよ」

「それならやめます」

主を出すと、本当に判断が早いよな。あとは第一弾の本だけど。

「第一弾の本だけど」

「はい。あの本は、本当に人気です。今では各国の王達が後押しして、第一弾を見本に本が作られ売られているようです」

あっ、これは手遅れだ。もう、止めようがない。主には……知らないほうがいいこともあるよな。

うん、きっと。

あとがき

初めての方も、お久しぶりの方も、このたびは『異世界に落とされた…浄化は基本』の八巻を購入していただき、ありがとうございます。皆様のおかげで、八巻まで出版させていただきました。本当に感謝しています。そしてイラストを担当してくれたイシバシヨウスケ様、今回も本当にありがとうございました。ちっちゃい一つ目が本当に可愛いです。

八巻では、翔のいる世界で何が行われていたのか、それがわかります。

そしてとうとう、一番問題を起こしている神の存在が明るみに出ます。この存在について、最後までどんな神にするか迷いました。ただ力が強いだけなのか。少し考えが他の神とは異なるのか等。色々考えた結果、私はこの神を特殊な存在にすることにしました。それを表現するために、この神に名前を付けていません。名前は本人を表す大切なモノです。その名前を、高い地位にいて、誰もがその存在を知っているのに知らない。誰もその存在の名前を呼ばない環境。そして本人も、それに違和感を覚えない。

名前を憶えていないことで、その存在の異常さが表現できていればいいなと思います。

そして、八巻では七巻に続きバッチュによる、各国の掃除が続きます。仲間達と、ただただ主の住みやすい世界にするために、いらない者を排除していきます。この部分は、七巻から重くならないようにずっと気を配りました。神による重い話が出てくるので、バッチュのターンは面白く、軽く、楽しくです。上手く表現できたのでは？　と思っています。

ＴＯブックスの皆様、担当者Ｋ様、八巻でも助けていただきありがとうございます。今回も、皆様のおかげで無事に発売することができました。これからも、よろしくお願いいたします。

最後に、この本を手に取って読んでくださった方に心から感謝を。そして、これからもどうぞよろしくお願いいたします。『異世界に落とされた…浄化は基本』はコミカライズの三巻が発売されます！　そして、私のもう一つの作品『最弱テイマーはゴミ拾いの旅を始めました』は、二〇二四年にアニメ化が決定しました！　こちらもどうぞ、よろしくお願いいたします。

二〇二三年五月　ほのぼのる５００

ほのぼのる500シリーズ

原作
9巻
イラスト:なま
好評発売中!

コミックス
5巻
漫画:蕗野冬
好評発売中!

ジュニア文庫
4巻
イラスト:Tobi
好評発売中!

スピンオフ
1巻
漫画:雨話
好評発売中!

24年TVアニメ放送予定!

詳しくは公式サイトへ

広がる
コミックス 第四部
貴族院の図書館を
救いたい! Ⅵ
漫画:勝木光
好評
発売中!
新刊、続々発売決定!
コミックス 第二部
本のためなら
巫女になる! Ⅸ
漫画:鈴華
好評
発売中!
コミックス 第三部
領地に本を
広げよう! Ⅶ
漫画:波野涼
2023年
9/15
発売!

リーズ累計120万部突破!（紙+電子）

TO JUNIOR-BUNKO

※第4巻カバーイラスト

イラスト：kaworu

TOジュニア文庫第4巻
2023年9月1日発売!

NOVELS

※第24巻書影

イラスト：珠梨やすゆき

原作小説第25巻
2023年秋発売!

COMICS

※第10巻書影

漫画：飯田せりこ

コミックス第10巻
2023年8月15日発売!

SPIN-OFF

※WEB連載バナー

漫画：桐井

スピンオフ漫画第1巻
「おかしな転生〜リコリス・ダイアリー〜」
2023年9月15日発売!

甘く激しい「おかしな転生」シ

TV ANIME

テレビ東京・BSテレ東・AT-X・U-NEXTほかにてTVアニメ放送・配信中!

※放送・配信日時は予告なく変更となる場合がございます。

CAST
ペイストリー：村瀬 歩
マルカルロ：藤原夏海
ルミニート：内田真礼
リコリス：本渡 楓
カセロール：土田 大
ジョゼフィーネ：大久保瑠美
シイツ：若林 佑
アニエス：生天目仁美
ペトラ：奥野香耶
スクヮーレ：加藤 渉
レーテシュ伯：日笠陽子

STAFF
原作：古流望「おかしな転生」（TOブックス刊）
原作イラスト：珠梨やすゆき
監督：葛谷直行
シリーズ構成・脚本：広田光毅
キャラクターデザイン：宮川知子
音楽：中村 博
OP テーマ：sana(sajou no hana)「Brand new day」
ED テーマ：YuNi「風味絶佳」
アニメーション制作：SynergySP
アニメーション制作協力：スタジオコメット

アニメ公式HPにて予告映像公開中!
https://okashinatensei-pr.com/

GOODS

おかしな転生 和三盆

古流望先生完全監修!
書き下ろしSS付き!

大好評発売中!

STAGE

舞台「おかしな転生」
～アップルパイは笑顔とともに～

DVD化決定!

2023年8月25日発売!

GAME

TVアニメ「おかしな転生」がG123でブラウザゲーム化決定! ※2023年8月現在

▲事前登録はこちら

只今事前登録受付中!

DRAMA CD

おかしな転生ドラマCD第②弾

好評発売中!

詳しくは公式HPへ!

異世界に落とされた…浄化は基本！8

2023年9月1日　第1刷発行

著　者　ほのぼのる500

発行者　本田武市

発行所　TOブックス
〒150-0002
東京都渋谷区渋谷三丁目1番1号　PMO渋谷Ⅱ　11階
TEL 0120-933-772（営業フリーダイヤル）
FAX 050-3156-0508

印刷・製本　中央精版印刷株式会社

ISBN978-4-86699-915-9

Printed in Japan